»Ich will keine Geschichte erzählen.« So läßt Bove die Aufzeichnungen seines Helden Jean-Marie Thély beginnen, unehelicher Sohn der Tochter eines armen Holzfällers und eines Leutnants. In Episoden, bruchstückhaften Erinnerungen und Szenen reiht Thély die Stationen seines unglücklichen Lebens aneinander: eine Kindheit in Obhut mehrerer, ihm mehr oder weniger gewogener, mehr oder weniger vermögender Personen, eine unvollständige Schulausbildung, zahlreiche Umgebungswechsel. Das Gefühl der Unbehaustheit wird den Ich-Erzähler sein Leben lang verfolgen. Ein Mittdreißiger ist er, als er seine Aufzeichnungen beginnt, verwitwet, mittellos, in einem kümmerlichen Hotelzimmer hausend, ohne Aussicht auf Arbeit und ohne Kraft, das eigene Schicksal in die Hand zu nehmen. Ein Außenseiter ist Théry auch im Umgang mit persönlichen Kontakten und Begegnungen – immer wieder schätzt er die Reaktionen, Worte und Gesten seiner Umgebung falsch ein, erliegt falschen Erwartungen und setzt auf die falschen Personen. Einen Platz unter den Menschen zu finden, wünscht Boves Held sich, und der Autor zeigt ihn bei seinen zahllosen mißglückten und fehlgeleiteten Anläufen. Zur Vergeblichkeit dieser Versuche trägt nicht zuletzt ein namenloses Vergehen bei, das Théry sich während seiner Militärzeit hat zuschulden kommen lassen und das wie eine Ursünde auf seinem Schicksal lastet. Das ›unvorhergesehene‹, das unerhörte Ereignis, auf das der Held wie auf eine Erlösung wartet, bleibt aus.

Emmanuel Bove wurde 1898 in Paris geboren. Er lebte in der Schweiz, in England, Österreich und ab 1942 in Algier im Exil. 1944 kehrte er schwerkrank nach Paris zurück und starb dort ein Jahr später. Die Reedition seiner Werke Ende der siebziger Jahre führte zu einer Bove-Renaissance und machte den Autor auch bei uns bekannt. Der vorliegende Roman liest sich wie eine Autobiographie: Unübersehbar sind neben dem gemeinsamen Geburtsjahr von Autor und Romanheld die Parallelen in ihrer beider Lebensläufe. In den Jahren 1938/39 verfaßt und erst 1987 posthum veröffentlicht, gilt ›Ein Außenseiter‹ als wichtiger Beitrag zur französischen Moderne. Im Fischer Taschenbuch Verlag sind die folgenden Romane von Bove veröffentlicht: ›Dinah‹ (Bd. 12525), ›Ein Junggeselle‹ (Bd. 10621), ›Die Liebe des Pierre Neuhart‹ (Bd. 10400), ›Menschen und Masken‹ (Bd. 10790), ›Der Mord an Suzy Pommier‹ (Bd. 11658).

Emmanuel Bove

EIN AUSSENSEITER

Aus dem Französischen
von Dirk Hemjeoltmanns

Herausgegeben und mit
einem Nachwort versehen
von Bettina Augustin

Fischer Taschenbuch Verlag

Veröffentlicht im Fischer Taschenbuch Verlag GmbH,
Frankfurt am Main, Juni 1999

Lizenzausgabe mit freundlicher Genehmigung
des Manholt Verlags, Bremen
Die Originalausgabe erschien 1987
unter dem Titel ›Mémoires d'un homme singulier‹
im Verlag Calmann-Lévy, Paris

Druck und Bindung: Clausen & Bosse, Leck
Printed in Germany
ISBN 3-596-14326-8

RICHARD DECHATELLUX

Ich will keine Geschichte erzählen. Dazu habe ich nicht die Geduld. Der Augenblick ist zu schwierig. Was tun? Mein Gott, was tun? Die Papiertüte, die ich über die Glühbirne gestülpt habe, ist angesengt. Schon zwei Stunden sitze ich vor meinem Tisch. Draußen hat es in Strömen geregnet. Jetzt höre ich nichts mehr. Vielleicht leuchten am dunklen Himmel die Sterne. Aber wie ernst ich bin! Mit welchem Recht versuche ich, den Ton eines Mannes zu finden, der leidet? Ach, ich möchte es gar nicht wissen.

Ein Tag folgte dem anderen, immer gleich, seit vier Jahren, vier langen Jahren. Wie hatte ich die Zeit so verstreichen lassen können? Wie hatte ich auf jede Würde verzichten können? Inzwischen verbrachte ich vierzehn, ja sechzehn Stunden im Bett; an meinem Waschbecken wurde ich vom Geläut der Mittagsglocken überrascht. Es ist unglaublich. War ich mit meiner Toilette fertig, ging ich zum Essen in ein kleines Restaurant hinter Saint-Sulpice, gleich neben einem Stundenhotel. Anspielungen auf diese Nachbarschaft habe ich zur Genüge gehört! Denken Sie nur, ein Stundenhotel zwei Schritte neben einer Kirche. Ich zog die Mahlzeit in die Länge. Ich war nicht hinter den Mädchen her, die bedienten. Meine Nachgiebigkeit war allen Stammgästen bekannt. Nach und nach hatten sie die Gewohnheit angenommen, mich mit allen möglichen Erledigungen zu beauftragen. So fremd auch der Ort ist, an den wir uns gebunden haben, am Ende haben wir dort ebenso viele Verpflichtungen wie im Umkreis der Familie. Ich schloß Freundschaften, ließ mich mit Menschen ein, die mir gleichgültig waren. All das geschah, als ob ich einer Gruppe, zu der ich gehörte, treu sein müßte, ohne eigentlich zu wissen warum.

Um einen Eindruck von der Art der Ereignisse zu geben, die mich beschäftigten, möchte ich eine kleine Begebenheit berichten. Seit einiger Zeit hatte sich der Besitzer meines Hotels einen Umbau vorgenommen. Jede Woche gab es neue Kostenvoranschläge, die Machenschaften anderer Baufirmen. Verwirrt fragte er mich um Rat. Er befürchtete, was ich ihm auch nicht vorwerfen würde, sich in allzu große Ausgaben zu stürzen. »Es wäre vielleicht besser, wenn Sie auf eine günstigere Situation warten«, schlug ich ihm stets vor, denn ich wollte eigentlich nur, daß er alles beim Alten beließ. Ich hatte kein Geld. Ich sah voraus, daß nach einer Instandsetzung der Preis des Hotels steigen würde. Man würde von mir erwarten, daß ich mich dem anpaßte. Die erste Zeit dürfte man sich noch daran erinnern, daß ich ein alter Gast war. Aber danach?

»Was Sie sagen dazu, wenn ich zunächst nur alles neu streichen ließe?«

»Das ist keine schlechte Idee. Aber ich an Ihrer Stelle würde warten, bis ich in der Lage wäre, alle Arbeiten auf einmal machen zu lassen. Ich erlaube mir, Ihnen das vorzuschlagen, weil Sie mich um meine Meinung gebeten haben.«

»Sie haben sicherlich recht«, antwortete er mir voller Respekt.

Nun, am nächsten Tag stellten die Maler ihre Farbeimer in den Eingang.

Am Tag, als der Brief eintraf, kehrte ich spät zurück. Ich spürte, daß ich nicht würde einschlafen können. Ich hatte Lust, mich zu unterhalten, mich in Gesellschaft zu begeben, und ausgerechnet jetzt hatte jeder etwas vor. Im Restaurant waren die Gäste früher als sonst aufgebrochen. Die Hotelrezeption war nicht besetzt. Das Odéon, von dem man zwei oder drei Säulen am Ende der Straße sehen kann, hatte Ruhetag. Ich ging wieder hinaus. In der Rue Cujas befand sich ein langgestrecktes Café, wo ich manchmal bekannte Gesichter antraf. Der große Raum war nicht mehr beleuchtet. Welche Enttäuschung wegen einer solchen Kleinigkeit! Das war der Augenblick, wo ich den Entschluß faßte, meine Einsamkeit hinzunehmen und der Erleichterung, die mir die Anwesenheit eines Menschen verschafft, ihren wahren Platz zuzuweisen. Ich würde auf den nächsten Tag warten. Lesen. Rauchen. Rund um mich vertraute Dinge hinlegen. Schon stellte ich mir den einsamen Menschen vor, der ich in meinem Hotelzimmer sein würde. Es fehlte nicht an Größe. Dennoch beschloß ich, nicht zurückzugehen. Ich stieß andere Cafétüren auf. Sie hatten sich in dieser Nacht in bürgerliche Türen verwandelt. Man mußte sie schließen, ohne sie hinter sich zuzuwerfen. Sie waren von einer Zerbrechlichkeit, die ich zuvor nie bemerkt hatte. Leute wandten sich um, wollten sehen, wer sie geöffnet hatte. Und noch immer fiel Regen, unablässig, von der Nacht unsichtbar gemacht. »Aber warum habe ich nicht den Mut, mich schlafen zu legen?« sagte ich zu mir.

Schließlich traf ich einen gewissen Cyprien, eine elende Figur auf der Suche nach Zuhörern. Er ließ sich weitschweifig am Tresen aus. Die Menschenrechte. Der Tod ohne Phrase. Das Land erwartete ihn. Ab und zu hielt er inne, um ein paar Takte der Carmagnole anzustimmen. Ich ging näher zu ihm hin, war bereit, ihm zuzuhören, ihn ernst zu nehmen, so groß war meine Einsamkeit. Er schwieg.

»Was hat dein Vater gemacht?« sprach ich ihn in der Hoffnung an, eine so persönliche Frage würde ihn wieder in die Realität zurückholen.

»Haben Sie mich eben geduzt?«

Er hob die Stimme, nahm die Kassiererin zur Zeugin meiner fehlenden Höflichkeit. Seit drei Jahren trafen wir uns in diesem Viertel.

»*Soviel ich weiß*, haben wir nicht zusammen Schweine gehütet«, sagte er hochtrabend.

»So ein Idiot«, murmelte ich beim Hinausgehen.

»Was haben Sie gesagt?«

Er folgte mir bis zur Tür. Ich sah ihn einige Augenblicke lang durch die Scheibe an. Ich war nicht mehr da, aber er fuhr fort, mich zu beschimpfen, mir zu drohen. Die Echtheit der Empörung, ich kenne das. Dann entfernte ich mich. Der Regen brach die Lichter. Ich legte fünf Finger gespreizt an den Hals, um den hochgeschlagenen Kragen meines Mantels festzuhalten. Ich hatte das Gefühl, als wäre diese bloße Hand ein Stern im Zentrum meiner seltsamen Erscheinung. Es war erst halb elf. Ich ging den Boulevard Saint-Michel hinunter. »Die endgültigen Ergebnisse, die endgültigen Ergebnisse«, schrien die Zeitungsverkäufer. Die Ergebnisse? Gab es denn noch jemanden, der sie nicht kannte, der keine Gelegenheit gehabt hatte, sich eine Zeitung zu kaufen?

Was für ein eigentümliches Schicksal ich hatte! Ich dachte an ein Bild, das, so schien es mir an diesem Sonntagabend, ganz genau zu mir paßte. War ich nicht dieser den anderen überlegene Läufer, dem man ein Hindernis in den Weg stellt, das er nicht überwindet, und der deshalb nur als sechster ins Ziel kommt?

Endlich entschloß ich mich, zurückzukehren. In der Hotelrezeption war niemand außer diesem teilnahmslosen Stubenmädchen, das dort sitzt, wenn der Chef abwesend ist, und das nicht einmal daran denkt, sich wegen dieser Vertrauensstellung aufzuspielen. Man hatte vergessen, mein Fenster zu schließen. Es hatte ins Zimmer geregnet, und die Tropfen auf dem Holzfußboden nahmen mir jedes Gefühl von Geborgenheit.

Ich hatte zum Glück seit drei Wochen einen angenehmen Nachbarn, einen Österreicher. Ich sah noch Licht unter seiner Tür. Ich glaube, er hieß tatsächlich Nachtmann. Ich hätte fast geklopft. Aber wir hatten bislang nur ein paar Worte gewechselt, und er war vielleicht nicht alleine. Alles was ich ihn hatte sagen hören, war - in dem bemühten Ton, den Ausländer haben: »Gehen Sie nur vorbei, Monsieur.« Heute abend seine Bekanntschaft zu schließen, wäre durchaus verlockend. Ich könnte ganz behutsam klopfen. Einmal. Ein zweites Mal. Ein drittes Mal.

»Wer ist dort?«

»Ihr Nachbar.«

»Welcher Nachbar?«

»Sie wissen doch, der Herr, zu dem Sie kürzlich sagten: Gehen Sie nur vorbei, Monsieur.«

Er würde öffnen. Ich würde einen kindischen Vorwand anbringen. Streichhölzer. Ich würde mich entschuldigen, man spräche miteinander, und die gegenseitige Zuneigung wäre gefunden.

All das war lächerlich. Ich schloß mich ein. Schlafen, ich sollte mich schlafen legen. Dort, nebenan, mußte Nachtmann allein sein. Keine Stimmen. Ab und zu hörte ich ihn seine Pfeife ausklopfen. Oh, Besitzer, wie glücklich er ist, daß Sie ihn jetzt, wo Sie so große Ausgaben ins Auge fassen müssen, nicht hören! Dann ging er auf und ab. Was tat dieser Mann in seinem Leben? Was waren seine Ziele? Waren sie für ihn nicht zu hochgesteckt? Vielleicht war er ein frisch graduierter Mediziner oder ein Journalist. Es wäre besser, ich würde ihn nie ansprechen. Ich schämte mich. Er arbeitete. Er war jung. Er glaubte an sich. Ich könnte vor ihm nicht verbergen, daß ich seit vier Jahren in diesem Hotel wohnte. Er würde höflich lächeln, aber welche Verachtung tief in seinem Inneren!

Ich zog meinen Mantel aus, nahm meinen Hut ab. Ich schloß das Fenster. Ich überzeugte mich, daß die Dinge, die mir gehörten, an ihrem Platz waren. Eine Angewohnheit. Alle meine Angewohnheiten warteten auf mich. Sie waren mir in dieses Zimmer gefolgt. Von Jahr zu Jahr sind es mehr geworden. Und doch bedürfte es nur einer Winzigkeit, um mich wieder von ihnen zu befreien. Es bedürfte eines Ereignisses, das mich vor dem täglichen Leben schützte. Ich entschied, mich nicht hinzulegen. Ich mußte angezogen bleiben, um mich zu bewegen, um auf- und abzugehen, um mich zu verteidigen. Was erregte mich so an diesem Abend? Der Brief von Richard. Richard (welch komischer Vorname) bat mich darum, meinen Besuch um vierzehn Tage zu verschieben. *Vierzehn Tage*! »So beschäftigt ist er nicht, *soviel ich weiß*!«

Ich zog die Vorhänge zu. Ich war es leid, diese Person zu spielen, die man manchmal von der Straße aus hin- und hergehen sehen kann, ohne sich mit jemandem zu unterhalten.

Ich legte mich ins Bett. Aber ich konnte nicht einschlafen. Der Brief von Richard bereitete mir ein Unbehagen, das zur Tortur wurde, sobald ich das Licht gelöscht hatte. Schließlich stand ich wieder auf. Nochmals las ich den Brief. Er bestand aus vier Zeilen. »Ich habe weder diese noch nächste Woche Zeit, Sie zu empfangen. Ich bin sehr beschäftigt. Lassen Sie uns Ihren Besuch um vierzehn Tage verschieben. Kommen Sie bitte an diesem Montag, dem 17. Dezember, zum Mittagessen.« Die Zeilen waren weder datiert, noch durch eine Höflichkeitsfloskel eingeleitet, noch unterschrieben. *Dieser* Montag, also Montag der 17. und kein anderer. Etwas Entschiedenes in diesem Brief verriet eine ganz neue Entwicklung, die mir unbekannt war. Lag es an der Dunkelheit? Meine Gedanken wurden immer konfuser. Was ich war, was ich besaß, verdankte ich Richard Dechatellux. Wenn er einen Weg gefunden hatte, mich loszuwerden, würde ich dann die entsetzlichen Augenblicke, die ich bereits erfahren hatte, wieder erleben? Da es spät war und letztlich keiner von mir abhing, legte ich mich wieder hin. Wenige Augenblicke später schlief ich ein.

Ich erwachte. Rundum Stille. Ich hatte weder das Surren des elektrischen Staubsaugers noch den Straßenlärm gehört, der durch die geöffneten Fenster eindrang und die Stubenmädchen daran hinderte, auf die Klingelzeichen zu antworten, die ihnen Etage um Etage folgten. Es ging auf Mittag zu. Sofort dachte ich an den Brief. Statt den Vorfall auf sein richtiges Maß zurechtzurücken, ließ der neue Tag ihn mir noch ernster erscheinen. Mir kam wieder in den Sinn, was ich über die Art, wie sich Ereignisse entwickeln, gelernt hatte. Wäre ich jünger, hätte ich gedacht, eine Verbindung, wie wir sie hatten, könne sich nur allmählich lösen. Richard hätte mich geschont. Er hätte sich erst nach einigem Vortasten und Hinweisen von mir getrennt. Gegenwärtig erfuhr ich am eigenen Leibe, daß man sich nicht unbedingt in kleinen Schritten auf einen Eklat zubewegen muß. Eine noch so alte Freundschaft kann mit einem Schlag abbrechen, ohne Erklärung, ohne eigentlichen Grund. Und während ich mich anzog, dachte ich, daß ich mich vielleicht überflüssigerweise aufregte, wenn schon alles erledigt war.

Obwohl unsere Beziehung wie die unter Verwandten war, wagte ich nicht, Richard aufzusuchen, wenn er mich nicht vorher darum gebeten hatte. Gab mir sein Brief das Recht, mich darüber hinwegzusetzen? Es war durchaus möglich, daß ich mich geirrt hatte, daß ich zwischen diesen vier Zeilen etwas las, das dort gar nicht stand.

Doch sobald ich angezogen war, hatte ich den Gedanken, zu dem Haus in der Rue de Rome zu gehen, wo er wohnte. Der Himmel war bedeckt. Der Hotelbesitzer hielt sich im Flur auf. Stets um Vervollkommnung bemüht, stellte er sich vor der Trennwand eines kleinen Büros die Frage, ob man bei ihrer Entfernung nicht die Stützmauern beschädige. Wie gewohnt blieb ich stehen. Ich war der einzige Gast, der für diese Fragen Interesse aufbrachte. Er hatte keine Ahnung, daß ich es aus reiner Höflichkeit tat. Er glaubte - ich frage mich übrigens, wie er sich so einer Illusion hingeben konnte -, daß ich der Verschönerung des Hotels dieselbe Bedeutung zumaß wie er. »Wenn man diese Trennwand entfernt«, meinte er, »dann wäre die Eingangshalle größer.« Ich war so sehr von meinen Sorgen in Anspruch genommen, daß mich jedes andere Problem vollkommen kalt ließ. Ich antwortete nur knapp. Aber kaum war ich auf der Straße, überkam mich ein ungewöhnliches Gefühl. Angst. Es war Angst. Es kam mir auf einmal vor, als würde ich teuer für meine Gleichgültigkeit zahlen müssen, als würde die Strafe des Himmels mich nicht übersehen. Beinahe wäre ich wieder umgekehrt.

Ich nahm die Buslinie Place Saint-Michel - Gare Saint-Lazare. Der Gang, den ich vorhatte, beruhigte mich. Hatte ich mir nicht eingebildet, daß Richard Ausflüchte gesucht hatte, daß das eigentliche Anliegen seines Briefes war, mich zu beruhigen, meine Nachforschungen zu verzögern, mich vor vollendete Tatsachen zu stellen? Ich wollte die Fenster seiner Wohnung sehen, wollte mich vergewissern, daß die Läden nicht geschlossen waren, die Eingangstür offen stand und der Verkehr wie gewohnt durch die Rue de Rome floß, daß die Kunden in den Geschäften des Viertels bedient wurden, daß niemand im Umkreis des Hauses irgendwelche Hintergedanken zu haben schien.

Es war halb zwei, als ich am Restaurant ankam. Berthe - ein recht altmodischer Vorname - saß zwischen meinen altbekannten Tischnachbarn. Sie aß nur selten mit mir zusammen, vielleicht einmal im Monat, ohne mir das vorher anzukündigen. Sie kam spät hinzu. Ich war meistens schon beim Kaffee. Ich stand auf, um mich mit ihr etwas abseits hinzusetzen. Diesmal spielte sich das genaue Gegenteil ab.

Nach ein paar Sätzen bemerkte sie:

»Sie sind neugierig wie Conciergen, deine Freunde!«

»Wieso?«

»Sie wollten von mir wissen, wer du bist, was du machst. Weniger taktvoll kann man nicht sein, findest du nicht auch?«

Berthe hatte betroffen erscheinen wollen, ich vermutete, daß sie mich nicht mit allzu großem Eifer in Schutz genommen hatte. Sie war so verläßlich wie eine ehemalige Geliebte, die jetzt nicht mehr als eine gute Freundin war. Ich zuckte nicht mit der Wimper. Es war mir gleichgültig. Berthe und die anderen waren für mich ohne Belang. Sie hatten die Freiheit, auf meine Kosten über mich herzuziehen, wenn ihnen danach zumute war. Außerdem trifft es einen nicht so sehr, wenn man es nur indirekt erfährt. Wie groß das Übelwollen auch sei, das wir auf uns lasten fühlen, es verfehlt fast immer sein Ziel.

»Weißt du, was sie am meisten interessiert?« fragte sie.

Berthe und ich, wir hatten Pläne gehabt. Welche Pläne, mein Gott! Sie waren den niedrigsten egoistischen Gefühlen entsprungen. Um sie umzusetzen, hatten wir keine Skrupel, die Interessen anderer zu verletzten, alte Leute zu schädigen. Aber wir hatten uns getrennt, bevor wir sie ausführen konnten.

Ich musterte Berthe. Sie hatte vergessen, was wir uns mit der Ausrede, zu zweit zu sein, ausgedacht hatten. Sie hatte vergessen, und ich, ich erinnerte mich daran. Der Unterschied zwischen uns kam allein daher. War es nicht allzu verständlich, daß sie im Moment die Rolle einer Vertrauten spielte, die dem Widersacher zuhört, um ihn gleich darauf zu verraten?

»Deine Mittel zum Lebensunterhalt«, fuhr Berthe fort. »Ich habe ihnen gesagt, daß du von deiner Familie Geld bekommst. Das durfte ich doch sagen, nicht wahr?«

»Warum solltest du das nicht sagen dürfen? Du weißt genau, daß das ohne jede Bedeutung ist.«

Ich verließ Berthe und ging aus dem Restaurant. Sie hatte mich abgelenkt. Trotzdem hörte ich nicht auf, an Richard zu denken. Mein Ausflug zur Rue de Rome hatte mich nur vorübergehend beruhigt. Ich betrat ein Postamt und rief Richard an. »Wer ist dort bitte?« fragte mich das Dienstmädchen. »Legen Sie nicht auf, legen Sie nicht auf...« Jemand hatte geantwortet. Nur das hatte ich wissen wollen.

Drei Tage flossen dahin. Sie schienen mir endlos. Nichts beunruhigte mich mehr als warten. Ich hatte in meinem Leben auf zu viele Ereignisse gewartet, Ereignisse, die erst nach Monaten, ja Jahren eintraten. Diese Zeit war vorüber. Ich wartete auf nichts und auf niemanden mehr. Ich machte keine Pläne mehr. Ich traf keine Verabredungen mehr. Wenn Berthe von mir wegging, bat sie mich immer darum, unser nächstes Zusammensein festzulegen. »Komm, wann du willst. Wenn ich nicht da bin, merkst du es ja.« Allein die Treffen mit Richard blieben pünktlich. Ich mußte das akzeptieren. Er notierte sich die Daten meiner Besuche. Zwölf Tage, noch zwölf Tage bis zum 17. Dezember.

Freudlos ging eine Woche dahin. Dieser 17. Dezember war für mich vergleichbar mit meiner Entlassung vom Militär. Die Zeit zog sich immer mehr in die Länge. Die Nachmittage wollten nicht enden. Drei Uhr. Vier Uhr. Wie anstrengend diese in der Ferne liegenden Verabredungen für mich waren! Wie recht ich hatte, sie zu vermeiden, wann immer sich mir die Möglichkeit bot! Lag es nicht teilweise an der Ungeduld, in die sie mich versetzten, daß ich so viele

Fehler begangen hatte? Hatte ich nicht schon wieder einen begangen?

Eine englische Dame wohnte oder besser residierte in demselben Hotel wie ich. Welches Unglück bewahrte sie in ihrer Erinnerung, wie hatte sie die sechzig Jahre gelebt, die sie wohl hinter sich hatte, wer war dieser Onkel, der in Devonshire verschwunden war, dieser Bruder, der jedes Jahr für ein paar Stunden nach Paris kam? Ich versuchte nicht, es in Erfahrung zu bringen. Ich nahm an, daß sie sich enthaaren ließ, denn an manchen Tagen hatte ihre Haut eine jugendliche Frische. Ihre farblose, wie von Patina bedeckte Kleidung war nie schmutzig oder fleckig. Ich traf sie oft in der Hotelrezeption, wo sie gerne stehen blieb, denn wie schlicht oder ungezwungen sie sich auch gab, man zollte ihr stets Respekt. Trotz des Interesses an den Hotelumbauten, das ich zur Schau trug, verwies mich ihre Anwesenheit in den Hintergrund. Dort blieb ich meistens recht lange, denn von ihrem Charme gefangen, dachte der Besitzer nicht daran, mir meine gewohnte Bedeutung beizumessen.

Eines Tages zeigte diese Person plötzlich Sympathie für mich. Ich hatte wohl eine Bemerkung fallen lassen, die sie behalten hatte. Es sei denn, die Aufmerksamkeit, die sie auf sich zog, ermutigte sie, ihr wahres Gesicht zu zeigen. Seither hielt sie mich jedesmal fest, wenn sie mich traf, und bat mich, ihr in die Rezeption zu folgen. Doch diese Freundschaft hatte Grenzen. Im Hotel waren wir Freunde, aber kaum hatten wir es verlassen, trennten sich ohne Zögern unsere Wege. Das konnte nicht lange so andauern. Unsere Bekanntschaft war zu herzlich geworden, als daß ich dieser Fremden vorenthalten konnte, mit mir, einem Pariser, auszugehen. Ich zögerte diesen Moment so lange hinaus wie nur möglich. Die Beziehungen, die man im täglichen Leben knüpft, fand ich angenehm, doch nur unter der Voraussetzung, daß sie nicht über eine bloße Kameradschaft hinausgehen. Das war nicht mehr der Fall.

Eines Nachmittags war ich so niedergeschlagen, daß die zu erwartende Langeweile, mit dieser Frau auszugehen, mir wie eine Erholung vorkam. Wir saßen in dem besagten Büro, dessen eine Wand entfernt werden sollte. Es wurde schon dunkel. Draußen herrschte eisige Kälte. Ich betrachtete die Eingangstür am Ende des Flurs und die Passanten hinter der Scheibe; die ganze Zeit hoffte ich, einer von ihnen beträte das Hotel.

»Möchten Sie, daß wir gemeinsam ausgehen?« schlug ich auf einmal vor.

»Und wohin?« fragte sie mich derart erfreut, daß ich sie erstaunt ansah.

»Möchten Sie vielleicht ins Kino gehen?«

»Kennen Sie einen sehenswerten Film?«

»Nein. Wir könnten nur so ins Kino gehen. Das ist alles.«

Eine halbe Stunde später saßen wir nebeneinander in einem kleinen Kino in der Rue des Écoles. Ich schaute nicht auf den Film. Ich dachte an die sechs Tage, die ich noch warten mußte, bis ich Richard sehen würde. Aber war das nur männliche Einbildung? Mir kam es vor, als beuge sich meine Nachbarin mit Vorliebe zu meiner Seite, um auf die Leinwand blicken zu können, die von dem Zuschauer vor ihr verdeckt wurde. Ein Anflug von Vergnügen schlich sich in den Nachmittag, obwohl sie kaum begehrenswert war, die gute Frau! Sie redete ganz alleine. Ich dachte an den langen, leeren Abend, der mich erwartete, an den nächsten Tag und den übernächsten. Wieder beugte sie sich zu mir herüber. Sie fing an zu lachen. Ich überlegte, ob diese Frau vielleicht zu jenen wehrlosen Wesen gehörte, die zu nichts nein sagen können. Sie mochte faltig und grau sein, ich hatte ein Ziel. Sie lachte noch immer. Die Zeit verging endlich schneller. Aber wenn ich mich irrte, wenn es ein echtes und nicht nur ein nervöses Lachen war! Ich machte eine zweideutige Bemerkung. Sie lachte weiter. Sollte ich meine Hand auf ihre legen, trotz meines Widerwillens? Einige Augenblicke lang fragte ich mich das. Ich schob meine Hand vor. Meine Nachbarin wich zurück. Ein Desaster. Ich verabscheute sie!

»Was haben Sie denn?« fragte sie mich trocken.

Und ohne ein Wort hinzuzufügen, stand sie auf und ging.

Ich war noch nicht am Ende meiner Leiden. Am 14. Dezember erhielt ich noch einen Brief von Richard. Er verschob unser Treffen auf Montag, den 24. Das hieß, er wollte mich nicht mehr sehen. Die Weihnachtsfeiertage und Sylvester würden neue Vorwände ermöglichen. Ich glaubte, einen wohlüberlegten Plan hinter all den Absagen zu erkennen. Richard wollte, daß ich von mir aus darauf verzichtete, ihn zu sehen. Wut verzerrte mein Gesicht. Es ist ein großes Unglück, eines Tages der Willkür von jemandem ausgeliefert zu sein. Welches Ungeschick hatte ich an den Tag gelegt, um dort hinzugelangen? Ich fühlte mich ganz allein verantwortlich, das machte mich noch wütender. Ich mußte irgend etwas tun, das mir Erleichterung verschaffte. Nur das arme Telefon bot sich an. Ich wählte Europa. Aber anstatt wie beim letzten Mal nach Richard zu fragen, ließ ich ihm ausrichten, ohne mich zuvor erkundigt zu haben, ob er zuhause sei, daß ich am 17. vorbeikäme, daß nichts mich davon abhielte.

Am nächsten Tag fuhr ich nach Châtillon. Ein Mann wie ich erreicht nicht die Mitte des Lebens, ohne seine Opfer hinter sich zu lassen. Ein Mann wie ich ist schwach. Meine Opfer! Bin ich ein Henker? Ich hatte gelitten. Ich litt. Heute leide ich noch immer. Das Schlechte, was ich getan habe, war immer noch wiedergutzumachen, aber das, was man mir angetan hat... Ich habe vom Leben nichts Außergewöhnliches verlangt. Nur eines. Es ist mir immer verwehrt worden. Ich habe wirklich darum gekämpft. Meinesgleichen hat es, ohne danach zu suchen. Es ist nicht das Geld, nicht die Freundschaft, nicht der Ruhm. Es ist ein Platz unter den Menschen, ein Platz für mich, ein Platz, der mir ohne Neid zugestanden würde, weil er nichts Beneidenswertes hätte. Er unterschiede sich in nichts von dem ihrigen. Er wäre ganz einfach respektabel.

Ich besuchte eine Frau , die ich geliebt hatte oder besser, die ich sehr intim gekannt hatte. Ebenso wie mit Berthe hatte ich auch mit Germaine nicht endgültig brechen können, so daß unsere vergangene, sehr vergangene Beziehung weiterhin einen Hauch von Leben bewahrte. Siebzehn Jahre waren vergangen, seit ich Germaine verlassen hatte. Sie hatte mich beschimpft und verflucht. Und ich war wieder zurückgekommen. Ich wollte frei sein, und zugleich sollte sie mir verzeihen. Sie bildete sich ein, daß ich schwach sei. Vielleicht war ich es wirklich. Jedenfalls fühlte sie sich berufen, große Rollen zu spielen. Ohne von ihrer Härte abzulassen, gab sie plötzlich vor, Mitleid mit mir zu haben. Sie war einverstanden, daß ich sie ab und zu besuchte. Ich erinnerte mich an einen elenden Nachmittag, wo sie Freunde eingeladen hatte, um mich ihnen vorzustellen. Wie fremd mir die Herzlichkeit vorgekommen war, die alle an den Tag gelegt hatten!

Ich fuhr also nach Châtillon. Oh, der Trost einer kleinen Reise! Ich nahm die Straßenbahn an der Porte d'Orléans. Es fror. Der Himmel war blau. Die übliche Traurigkeit der Blumenhändler vor dem Friedhof von Vanves war verschwunden. Der Blick fiel in die trostlos kahlen Gärten und entdeckte dort die versteckten Bänke. Ich war glücklich. Die Straßenbahn schien frei zu sein auf ihrem vorgezeichneten Weg, und als sie anhielt, hatte ich nicht wie in Paris das Gefühl, daß sie zu lange brauchen würde, um zurückzufahren. Ich war nicht mehr an ein paar Straßen in einem Viertel gebunden. Mir kam auf einmal der alberne Gedanke in den Sinn, später mit irgendeiner großen Umgehungslinie, über Saint-Cloud oder den Norden, zurückzukehren. Ach, wie angenehm es wäre, ohne Geld und ohne Ziel seinem Untergang entgegenzufahren, statt weiter in der Erniedrigung zu leben!

In Châtillon stürzte ich in einer Art Stehausschank gegenüber vom Bahnhof zwei Glas Wein hinunter. Ich legte keinen Wert darauf, mich vor Mittag sehen zu lassen. Mir schien, daß der Himmel dunkel wurde, obwohl er strahlend hell war. Ich fühlte, daß ich erst die Rückfahrt abwarten mußte, um die Hinfahrt nachträglich genießen zu können.

Ich war nicht grundlos nach Châtillon gekommen. Von fünf Uhr morgens, als ich aufgewacht war (das passiert mir öfters, wenn ich am Abend zuvor nicht einschlafen konnte), bis zum Aufstehen, hatte ich an Richard gedacht. Eine eigenartige Idee war mir schließlich gekommen. Warum sollte ich nicht Germaines Sohn bitten, mir brieflich mitzuteilen, daß seine Mutter mich seinetwegen schon lange Zeit in Anspruch nahm? Ich könnte das Schriftstück Richard zeigen. Aber würde ich es zeigen? Verachtete ich nicht im Grunde solch elende Tricks? War ich nicht ein Mann, trotz meiner Gemeinheiten? War ich letztlich nicht gleichgültig gegenüber allem, was Richard entscheiden mochte?

Germaine erwartetet mich nicht. Ich überraschte sie in aller Häßlichkeit. Das war nicht das erste Mal. Am Anfang hatte ich mich noch gewundert, daß sie nicht unter irgendeinem Vorwand für kurze Zeit verschwand, um sich ein wenig Puder aufzulegen. Ich nahm nicht an, daß sie eine besondere Befriedigung darin fand, so wenig zu ihrem Vorteil auszusehen. Schließlich ahnte ich, daß sie mir auf diese Weise zu verstehen gab, daß sie nicht mehr das geringste Gefühl für mich hatte.

Sie begrüßte mich herzlich. So groß ihr Groll gegen mich auch sein mochte, immer, wenn ich sie besuchte, rechnete sie mit irgendeiner Wendung der Situation, mit irgendeinem unvorhergesehenen Geschenk. Ich nahm das so deutlich wahr, daß ich instinktiv, kaum daß ich eingetreten war, als erstes sagte, es gäbe nichts Neues. Sie verbarg ihre Enttäuschung hinter der zusätzlichen Arbeit, die ich verursachte. Sie öffnete Schränke, bat mich, beiseite zu gehen. Ich stand auf einmal mitten in der Geschäftigkeit ihres Haushalts, ohne die geringste Rücksichtnahme, ohne die geringste Verlegenheit, als ob es der Gipfel gewesen wäre, mir die alltägliche Häßlichkeit zu ersparen, nach dem, was ich getan hatte.

Als wir uns zu Tisch setzen wollten, tauchte ihr Sohn auf. Ein großer junger Mann in Golferhose und kurzer Lederjacke mit Reißverschluß. Wie seine Einfachheit und seine Frische mich angenehm überraschten! Er war *gesund*, um ein Wort zu benutzen, das seine Mutter mit Vorliebe verwandte. Er beabsichtigte, auf eine Landwirtschaftsschule zu gehen. Er wunderte sich nicht einen Augenblick darüber, daß ich weder sein Vater, noch sein Bruder, noch sein Onkel, noch sein Cousin war.

Germaine strich über seine Krawatte. Er hatte einen kräftigen Hals und breite Schultern. Seine Mutter schaute mich an. Sie schien mir sagen zu wollen, daß ihr Sohn sie zu verteidigen wüßte, wenn er es für notwendig hielt. Dieser wortlose Hinweis auf die physische Kraft ihres Sohnes war noch schäbiger als die so offenherzig vor mir ausgebreitetete alltägliche Misere.

Widerwillig hatte ich meinen Mantel ausgezogen. War es in einem solchen Haus nicht vernünftiger, nichts aus dem Auge zu lassen, sich nicht zu setzen, seine Bewegungsfreiheit beizubehalten? Bezahlte ich meinen Verzehr nicht immer im voraus, um nicht warten zu müssen, um nicht aufgehalten zu werden? Das Essen entsprach den Vorbereitungen. Germaine stellte die Kasserollen auf den Tisch, bat mich, sie weiterzureichen.

Was hatte ich hier bloß gesucht? Einen Brief, auf den ich mich hätte berufen können? Nein.

Ich schämte mich, Richard vor dem Datum, das er mir mitgeteilt hatte, aufzusuchen. Mein Entschluß war im Zorn getroffen worden. Jetzt war ich wieder Herr meiner selbst.

Ohne Zögern klingelte ich. Es gab keinen ernsthaften Grund, der mich von diesem Besuch hätte abhalten können.

Das Dienstmädchen ließ mich in den Vorraum. Würde Richard mich empfangen? Ich vernahm Türenschlagen, Hin- und Hergehen. Ich hatte geglaubt, daß ich nie wieder eine unüberlegte Tat beginge. War es denn keine unüberlegte Tat, die mich hierher geführt hatte? Auf einmal spürte ich Schweißtropfen in meinen Achselhöhlen. Ich merkte, daß ich nicht ohne Grund da war, daß meine Befürchtungen nicht, wie ich im Innersten geglaubt hatte, übertrieben waren.

Nach einigen Minuten erschien wieder das Dienstmädchen. Sie bat mich, ihr zu folgen. Sie führte mich in den Salon Richard erwartete mich dort. Kaum hatte er mich gesehen, kam er in großen Schritten auf mich zu.

»Wie kommt es, daß Sie mich heute besuchen?«

»Sie haben mich also nicht erwartet?«

Ich deutete Verblüffung an, hoffte, ihm etwas vormachen zu können. Mit naiven Ausrufen dieser Art hatte ich vielen Leuten gefallen. Ich hatte sie scheinbar absichtlich gemacht. Doch so war es keineswegs, denn heute, wo sie mir schadeten, kamen sie wieder über meine Lippen.

»Es stimmt, ich habe Sie nicht benachrichtigt, aber es ist so lange her, daß wir uns gesehen haben!«

»Finden Sie?«

»Ja.«

»Die Zeit kam Ihnen lang vor? Sie konnten nicht mehr ohne mich auskommen?«

»Ja.«

»Und Sie kommen mittags vorbei, zum Essen. Nun gut. Sie werden mit uns essen. Das wird hübsch werden.«

Er ging hinaus.

»Ich habe meine Frau unterrichtet. Sie freut sich sehr darüber, Sie zu sehen«, sagte er kurz darauf, als er wiederkam, um mich zu holen.

Wir saßen seit etwa zehn Minuten am Tisch, als Richard plötzlich aufstand und den Raum verließ.

»Nehmen Sie es ihm nicht übel«, wandte sich seine Frau an mich, »Richard ist zur Zeit sehr nervös.«

»Was hat er?«

»Es ist nichts. Ich versichere Sie, es ist nichts.«

Doch als ich ihn zurückkommen sah, überfiel mich Angst. Der Blick, den er mir zuwarf, war von einer unbestimmten Intensität. Statt sie zu mildern, hatte die kurze Abwesenheit seine Unruhe noch gesteigert. Er war also nicht hinausgegangen, um sie zu verbergen. Diese schlichte Tatsache erschreckte mich. Er verharrte einen Moment lang, die Hände auf der Rückenlehne seines Stuhls, aber er setzte sich nicht, sondern umrundete den Tisch und blieb einen knappen Schritt neben mir stehen.

»Sie sind ein mieser Kerl«, sagte er und berührte dabei fast meinen Kopf mit seinem.

Ich regte mich nicht. Seine Frau hatte sich erhoben. Sie faßte ihn am Arm, zog ihn wieder auf seinen Platz.

»Nehmen Sie es ihm nicht übel«, wiederholte sie.

Mein Mund stand halb offen. Ich hatte mich nicht gerührt. Ich spürte, daß ich, so lange ich meine krankhafte Starre beibehielt, nicht antworten mußte, daß es mir zugestanden war, unter dem Schock der Beschimpfung zu verharren. Doch bald wurde mir bewußt, daß ich diese Haltung nicht auf Dauer einnehmen konnte. Ich mußte reagieren. Aber wie? In meiner Unfähigkeit, ein Wort, eine Geste zu finden, fing ich an zu zittern. Schließlich schrie ich:

»Nein, nein, nein... ich werde das nicht hinnehmen... Das ist eine Schande! Sie müssen sich entschuldigen. Ich erwarte eine Entschuldigung.«

Jetzt war es Richard, der nicht reagierte. Er sah mich an, verstand anscheinend nicht den Grund meiner Erregung. Sein Gesicht ließ keinerlei Bedauern erkennen. Doch wenn er für längere Zeit den Blick senkte, spürte ich, daß er langsam seine innere Ruhe wiedergewann. Seine geballten Fäuste öffneten sich.

»Geht es dir besser?« fragte ihn seine Frau.

Er nickte mehrmals.

»Du solltest dich ausruhen.«

Nachdem sie ihn zunächst dazu gebracht hatte, sich zu setzen, wollte sie ihn nun zum Aufstehen bewegen.

»Laß mich. Ich bin noch nicht fertig.«

Er warf mir erneut diesen befremdlichen Blick zu, dann wiederholte er, diesmal ohne jeden Zorn:

»Sie sind ein mieser Kerl.«

Ich wandte mich Madame Dechatellux zu. Durch ein Zeichen gab sie mir zu verstehen, daß ich mich vor allem nicht aufregen solle. Ich antwortete ihr durch eine andere Geste, die besagen sollte, daß ihr Wunsch meine Kräfte überstieg. Danach, als wolle ich ihr trotz allem gehorchen, blieb ich stumm.

Richard war wieder wie ein normaler Mensch.

»Es ist vorbei, nicht wahr?« fragte ihn seine Frau.

»Ja.«

»Was ist in dich gefahren?«

»Ich weiß es nicht.«

Sie umgab ihn mit so viel Fürsorge, als hätte diese Beschimpfung mehr Folgen für ihn als für mich. Ich stand auf.

»Setzen Sie sich.«

»Wie? Sie bitten mich zu bleiben!«

»Ich möchte mich bei Ihnen entschuldigen. Ich kann mir nicht erklären, was in mich gefahren ist. Sie wissen genau, daß ich das nicht denke, was ich gesagt habe. Es wäre unbegreiflich, nach all der Zuneigung, die ich Ihnen entgegengebracht habe. Nicht wahr, Édith?«

»Du fühlst dich zur Zeit nicht wohl .«

»Das stimmt. Ich fühle mich schon seit Tagen nicht sehr wohl. Plötzlich mußte ich zu Ihnen sagen, Sie sind ein mieser Kerl. Ich hätte dasselbe zu meinem besten Freund gesagt, wenn er dagewesen wäre. Vielleicht liegt es daran, daß Sie gekommen sind, obwohl ich Sie gebeten hatte, nicht zu kommen.«

Eine halbe Stunde später verabschiedete ich mich. Er begleitete mich bis zur Tür.

»Vergessen Sie alles. Kommen Sie nächsten Montag wieder, wie ich es in meinem Brief geschrieben habe. Auf jeden Fall können Sie auf mich zählen. Morgen werde ich Ihnen das Geld schicken.«

Ich kehrte ins Hotel zurück. In der Rezeption standen Rosen. Ich blieb stehen, um sie zu betrachten und an ihnen zu riechen. »Ich bin ein mieser Kerl!« War das möglich? Ich war nur selten in meinem Leben beschimpft worden, aber jedesmal, wenn mir das passiert war, hatte ich daraus eine heilsame Lehre gezogen. »Vielleicht bin ich ein mieser Kerl.«

Weder am nächsten noch am übernächsten Tag noch an den folgenden Tagen erhielt ich das Geld. Ist eine Sache erledigt nach einer Situation, wie sie sich abgespielt hatte, dann scheint die Ausführung nur noch eine nebensächliche Frage zu sein, und es ist heikel, nochmal daran zu erinnern. Ich mochte nicht glauben, daß Richard die Doppelzüngigkeit hatte, auf solche Skrupel zu setzen. Fingen wir wieder mit den Geschichten der vergangenen Woche an?

Am 24. Dezember suchte ich Richard erneut auf. Ein ständiges Kommen und Gehen ließ die Türen erzittern. Kaum saß ich im Wartezimmer, klingelte das Telefon, kurz danach läutete es an der Tür. Mehrmals betrat das Dienstmädchen den Raum. Zuerst holte sie einen Stuhl, dann von oben aus dem Schrank das Geschirr, das Madame Dechatellux sicher nur benutzte, wenn sie Gäste hatte. Dann legte sie unten in diesen Schrank einen mit Leinen umschlagenen Ballen. Später erfuhr ich, daß es sich um gebrauchte Laken für eine Klinik handelte. Für einige Minuten stand die Tür eines kleinen Büros, das an das Sprechzimmer angrenzte, offen. Ich bemerkte einen Mann, der dort alleine saß und seinen Hut zwischen den Beinen hin- und herbalancierte. Trotz des Tageslichts brannte die Lampe in dem Zimmer. Ich wartete nun schon seit zehn Minuten, als eine ärmlich gekleidete, hagere Frau hineingebeten wurde. In der einen Hand hielt sie ein Blatt Papier. Es schlug zwölf. Sie saß mit dem Gesicht zu mir, sichtbar verängstigt. Fast im selben Augenblick drang Stimmengeräusch zu uns herüber. Ich erkannte die Stimme von Richard. Er begleitete einen Patienten. Als er merkte, daß die Zwischentür offenstand, stieß er sie zu. Er hatte noch Zeit, mich zu sehen, doch nichts auf seinem Gesicht ließ erkennen, daß er mich kannte. Das Stimmengewirr wurde jetzt zu einem eigentümlichen Murmeln. Welcher Ernst liegt in den Worten, wenn man nur ihren Klang vernimmt! Dann gab die kleine Bürotür den Weg frei für den Mann, den ich dort mit seinem Hut zwischen den Beinen hatte sitzen sehen. Ich betrachtete ihn. Er hielt jetzt den

Hut wie jeder andere Besucher in der Hand. Er trug einen weißen Bart, und, wie häufig bei Männern seines Alters (er mußte etwa sechzig Jahre alt sein), bemerkte man eine unerwartete Nachlässigkeit für den Unterkörper: Hosen ohne Bügelfalten, abgewetzte Schuhe, während die Frisur, das Gesicht, der Stehkragen und die Krawatte eine abgestimmte Einheit bildeten. Er saß zwischen der Neugekommenen und mir, schnalzte mit der Zunge, schneuzte sich die Nase, spielte an seinem Schnurrbart und beachtete weder meine Gegenwart noch die der Dame.

Plötzlich öffnete sich die Tür, und Richard rief nach dem alten Mann. Er stand mit erstaunlicher Gewandtheit auf. Diesmal nickte Richard mir freundlich zu. Ich dachte, er würde auch nach mir rufen. Ich wollte schon zu ihm gehen, ohne die etwas übertriebene Lebhaftigkeit meines Nachbarn. Der Gedanke an ein von Richard in die Wege geleitetes Zusammentreffen von uns beiden schoß mir durch den Kopf, bereitete mir kurze Freude. Aber ich hatte mich geirrt. Richard hielt mich mit einer Handbewegung zurück. Zwei weitere Patienten wurden in das Wartezimmer geführt. Es handelte sich um ein relativ junges Paar. Ganz offenkundig war er der Kranke. Die Fürsorge, mit der die Frau ihrem Mann beim Platznehmen half, rührte mich, ebenso das Lächeln, das sie zur Entschuldigung an mich richtete, als habe sie mich gestört. Der Mann war blutarm. Seine Wangen schienen wie von innen her angesaugt. Ich ließ das Paar nicht aus den Augen. Dabei bemerkte ich etwas anderes, das mich noch mehr als die Aufopferung der Frau rührte. Es war die Binde, die uns die ständige Gegenwart des anderen auf die Augen legt. Diese Frau sah gar nicht mehr, in welchem Zustand sich ihr Mann in Wirklichkeit befand. Sie redete immer wieder auf ihn ein, und ich merkte, daß sie es nicht nur tat, um ihn zu beruhigen, sondern weil sie selbst daran glaubte, daß er geheilt sei, daß sie ihn ohne den nachdrücklichen Rat eines gewissen Doktor Bodin oder Baudhouin nie zu Dechatellux gebracht hätte.

Dieser Anfang verhieß entschieden nichts Gutes. Eine Viertelstunde später rief Madame Dechatellux diskret nach mir. Mitten in dieser Aufregung noch ein Grund für zusätzliche Aufregung zu sein, das verwirrte mich. Um mich empfangen zu können, hatte Richards Frau ihre Arbeiten ganz offensichtlich nur unvollständig erledigt. Es waren also noch Kleinigkeiten zu tun, und ab und zu ließ sie mich alleine. Während dieser Minuten wurde mir klar, wie groß doch der Unterschied zwischen Richards und meinem Leben war. Sich in dieser Weise für die Menschen einzusetzen, ihre Leiden zu lindern, sich mit ganzem Herzen und aller Kraft einer so ehrenwerten Aufgabe zu widmen, das war sehr viel bedeutender als im Müßiggang zu leben. Richard stand jeden Morgen um fünf Uhr auf. Eine Stunde später ging er in die Kirche. Danach suchte er mittellose Kranke auf, verteilte überall finanzielle Unterstützung, gab ärztlichen Rat. Nie aß er vor halb zwei zu Mittag. Danach empfing er wieder Patienten. Wie bestärkend mußte es sein, von so viel Arbeit in Anspruch genommen zu sein, nie mit sich allein zu sein! Wie mußte man sich daran erfreuen, daß ein so bewegtes Leben nicht vergeblich war!

Als Madame Dechatellux wieder einmal zurückkehrte, sagte ich zu ihr:

»Mir scheint, daß Richard wieder richtig aktiv ist.«

Sie antwortete, das sei gar nichts. Nächsten Monat würde ihr Mann die Leitung einer Armenklinik übernehmen. Sie würde seine Mitarbeiterin werden. Sie beklagte sich nicht darüber. Auch Richard nicht. Je mehr sie zu tun hatten, um so glücklicher waren sie.

In diesem Augenblick kam der Mann mit dem weißen Bart, der auf mich einen so schlechten Eindruck gemacht hatte, weil ich an ihm diesen schrecklichen Zug von verspätetem Ehrgeiz entdeckt hatte, auf uns zu.

»Darf ich hereinkommen?«

»Aber gewiß, Doktor, ich bitte Sie darum.«

Ich erhob mich. Madame Dechatellux stellte mich vor. Nachdem er mir herzlich die Hand geschüttelt hatte, zog er Édith in eine Ecke des Zimmers. Ich ging zu einem Fenster. Es fing wieder an zu regnen, Tropfen fielen auf den trockenen Teil des Balkons. Ein elektrischer Zug glitt rasch in den Graben des Bahnhofs Saint-Lazare hinein. Von hier oben sah er wie ein Spielzeug aus. Und auch die Passanten, die Autos und die Häuser in der Ferne. Ich wandte mich um. Hier war alles in menschlichen Proportionen. Madame Dechatellux und der Arzt standen nun mitten im Raum. Diese Person brachte mich ganz entschieden auf. Obwohl er unaufhörlich redete, spürte ich, daß er nichts zu sagen hatte, daß diese Wortflut, begleitet von vorhersehbaren Gesten, nur dazu da war, Édith festzuhalten.

Endlich gesellte sich Richard zu uns. Ichbezogen gab er sich einer allmählichen Genugtuung hin. Sie war berechtigt, oh, sie konnte nur berechtigt sein, nach einem so arbeitsreichen Vormittag. Er lächelte, aber wie ein Mann, der gegen seinen Willen noch immer an die Arbeit denkt, die er soeben hinter sich gebracht hat. Von Minute zu Minute würde sich dieses Lächeln aufhellen. Man löst sich von einer geistigen Anspannung nicht wie von einem Patienten. Man mußte Richard in Ruhe lassen, ihm Zeit geben, zu sich selbst zu finden. In wenigen Augenblicken würde er wieder er selbst sein. Ob er sich dann wohl an die Szene vom letzten Mal erinnerte?

»Sie bleiben zum Essen«, sagte er zu dem Arzt, der, nachdem er so lange gewartet hatte, soeben gehen wollte.

Das Telefon klingelte. Richard entschuldigte sich und verschwand. Ich erkannte ihn wieder. Ich hatte den Mann wiedergefunden, der sich mitten in einem Gespräch an etwas erinnerte, das er vergessen hat, den man im Vorbeieilen festhalten mußte, der einen darum bat, einen Augenblick zu warten, und nicht zurückkam, der einem anschließend sehr viel mehr Zeit widmete, als man erwartete hatte: der Mann, den ich nicht mochte.

Um viertel vor zwei setzten wir uns zu Tisch.

»Für wen ist dieses Gedeck?« fragte Richard beunruhigt, als er einen leeren Platz bemerkte.

»Für Mathilde.«

»Wollte sie kommen?«

»Sie hat sich angekündigt. Sie wollte dir sagen, ob sie kommen wird...«

Richard sah mich an, hörte mir zu. Hin und wieder wechselten wir ein Wort. Er hatte mir sogar ein sehr liebenswürdiges Kompliment gemacht. Aber noch immer war ich für ihn nur eines der unzähligen Wesen, denen er im Verlauf des Vormittags begegnet war. Ich war Teil seiner Umgebung. Er hatte noch nicht Zeit gehabt, mich richtig wahrzunehmen. Auf einmal sah er mich scharf an. Ich spürte, daß er sich ganz allmählich wieder an mich erinnerte, an meinen letzten Besuch, an das Versprechen, das er mir gegeben hatte, an seinen Wortbruch. Seine Haltung veränderte sich nicht im geringsten. Doch als er sich an seine Frau und seinen Gast wandte, wurde mir am Klang seiner Stimme klar, daß ich von nun an in seinen Augen kein harmloser Besucher mehr war.

Der Mann mit dem weißen Bart verabschiedete sich; Richard bat mich, ihm zu folgen. Ich wartete einige Augenblicke lang, bis er Édith wieder in ihr Zimmer geführt hatte. Sie hatte in ihrer Jugend einen Unfall gehabt und konnte nur mühsam gehen, indem sie einen Stock zu Hilfe nahm.

»Ich zeige Ihnen den Weg«, sagte er und ging voraus.

Jetzt, wo er allein war, ging eine ziemlich beunruhigende Strenge von ihm aus. Er öffnete eine Tür, danach eine zweite. Wir befanden uns in seinem Arbeitszimmer.

»Ich freue mich, daß Sie gekommen sind, denn ich habe Ihnen vieles zu sagen.«

Er sah nach, ob das Fenster richtig geschlossen war, ging noch mehrmals auf und ab, als sei das die Einleitung. Ich hatte mich nicht hingesetzt. Ich verfolgte ihn mit den Augen. Er hatte den ernsten Gesichtsausdruck eines Menschen, der, ehe er einen Besucher empfängt, sich kurz sammelt, um den vorigen zu vergessen. Nachdem er einen kurzen Blick auf einige Papiere geworfen hatte, als verlöre er trotz allem seine Arbeit nicht aus den Augen, nahm er Platz.

»Setzen Sie sich«, sagte er zu mir.

Er erhob sich etwas, um den Sessel, den ich nehmen wollte, näher zu schieben.

»Nun sind wir endlich beieinander. Das freut mich. Ich wußte übrigens, daß Sie heute kommen würden. Ich habe es so eingerichtet, daß ich den ganzen Nachmittag zur Verfügung habe. Ich hoffe, Sie haben ebenfalls Zeit, Jean.«

»Ja.«

Er schien mit meiner Antwort zufrieden, obwohl er gewiß nicht daran gezweifelt hatte, daß ich keine Zeit haben könnte.

»Hören Sie, Jean. Ich werde nicht, wie es vielleicht andere an meiner Stelle täten, das, was ich Ihnen zu sagen habe, verpacken oder abmildern. Ich werde offen mit Ihnen reden. Ich denke, das ist die beste Art, miteinander umzugehen. Ich habe Ihnen kein Geld geschickt. Nicht aus Vergeßlichkeit, nicht um etwas einzusparen. Ich werde es Ihnen in Ihrem eigenen Interesse nicht schicken. Ich habe nachgedacht. Ich habe keinen Grund, Ihnen eine Pension zukommen zu lassen, nicht einen einzigen.«

»Das stimmt«, bemerkte ich.

Der Ernst Richards war, wie man sieht, ansteckend.

»Lassen Sie mich zum Ende kommen. Ich weiß, daß Sie mir eine Frage stellen werden.«

»Ich werde Ihnen keine Frage stellen.«

»Doch. Sie werden mich fragen, warum die Gründe, aus denen ich Sie bislang unterstützt habe, auf einmal nicht mehr gelten. Wenn sie vorher ausreichend waren, warum sind sie es jetzt nicht mehr? Ich werde es Ihnen sagen. Sie haben mir leid getan.«

»Auch Sie tun mir leid!«

»Ja. Ich habe Ihnen schon gesagt, daß ich offen mit Ihnen reden werde. Das tue ich. Sie waren unglücklich...«

»Und heute glauben Sie, ich bin es nicht mehr?«

Richard war vor einigen Minuten aufgestanden. Er ging im Zimmer auf und ab, die Hände auf dem Rücken. Ich fand es eigentümlich, daß ein Mensch, der mit mir über Dinge sprach, die ihn so intensiv beschäftigten, auf und ab ging, als diktiere er einen Brief. Plötzlich blieb er vor mir stehen:

»Sie haben sich soeben verraten«, schrie er mich triumphierend an. »Sie haben ein Wort gesagt, das Sie kennzeichnet. Wie alt sind Sie?«

»Achtunddreißig.«

»Ich bin zweiundvierzig. Wir sind also fast im selben Alter, nicht wahr?«

»Ja.«

»Und Sie werfen einem Ihrer Altersgenossen vor, daß er Ihnen nicht hilft?«

»Ich werfe Ihnen nichts vor.«

»Ich antworte auf Ihre Frage. Sie fragen mich, ob ich glaube, daß Sie nicht mehr unglücklich sind. Sie sind unglücklich, ja. Ich weiß, daß Sie immer unglücklich sind. Ich zweifle nicht daran. Aber was kann es ausmachen, ob Sie es sind oder nicht? Sie bilden sich ein, Sie haben sich eingebildet, daß Ihr Unglücklichsein Ihnen Rechte gibt, Sie dazu ermächtigt, eine Wiedergutmachung, eine Entschädigung zu fordern. Und als ich Ihnen gesagt habe, daß ich den Unterhalt streiche, haben Sie, anstatt nach dem wirklichen Beweggrund meiner Entscheidung zu suchen, sofort an dieses Unglücklichsein gedacht, das Ihrer Meinung nach so viel Rücksichtnahme verdient. Denken Sie nur, ich vergaß, daß Sie unglücklich sind! Wie unbarmherzig! Wie gefühllos! Wie ungerecht! Auch wenn Sie zehnmal beklagenswerter wären, als Sie es sind, und Sie auf der Straße betteln müßten, ich würde genauso handeln. Vor vier Jahren, als ich genauso unglücklich war wie Sie, als der Tod meiner Schwester... Sie machten damals eine Geste, die mich - da ich gerade davon spreche, möchte ich es Ihnen noch einmal sagen - die mich tief berührt hat und die ich nicht vergesse, Sie machten eine Geste, die ich Ihnen nicht zugetraut hatte und die mir auf einen Schlag bewußt gemacht hat, daß Sie ein Herz haben. Äußerlichkeiten, meine Erziehung, alle möglichen Vorurteile hatten mich getäuscht. Ja, ich bin ungerecht gewesen, wir sind alle ungerecht gewesen. Ich möchte es Ihnen gegenüber nicht verbergen, ich habe es bereut. Ich habe getan, was Sie bereits wissen. Ich bereue es nicht. Warum habe ich beschlossen, Ihnen kein Geld mehr zu geben? Warum heute und nicht gestern? Ich sage es Ihnen. Sie werden darüber nicht gekränkt sein. Sie flößten mir Mitleid ein. Sie flößen es mir nicht mehr ein, ganz und gar nicht mehr. Seit vier Jahren schon beobachte ich Ihr Leben. Ich glaubte, wie jeder andere es auch geglaubt hätte, daß Sie ein Opfer unglücklicher Umstände sind, daß Ihr Unglück von der Bosheit der Welt rührt. Ich habe das ernsthaft geglaubt. Heute weiß ich, daß niemand an Ihrem Unglück schuld hat, daß es aus Ihnen selbst kommt. Indem ich Ihren Lebensunterhalt sichere, leiste ich Ihnen einen schlechten Dienst, ich halte Sie davon ab, gegen Ihre eigenen Fehler anzukämpfen. Noch vor wenigen Wochen dachte ich, Sie hätten vor, sich von dem Gängelband zu befreien, an dem Sie hängen. Welche Naivität! Sie haben sich in einem kleinen Hotel im Quartier Latin eingerichtet, im Glauben, daß irgendwelche Erinnerungen Sie an dieses Viertel binden, und Sie warten. Worauf? Niemand weiß es. Sie gehen hierhin, Sie gehen dorthin. Sie sind achtunddreißig und bei guter Gesundheit, und Sie leben wie ein älterer Herr, und wenn Sie sich vorstellen, dieses Leben könnte einmal enden, verlieren Sie den Kopf. Nun gut, es muß enden, ich sage es Ihnen in Ihrem eigenen Interesse, nur in Ihrem Interesse. Hören Sie, Jean, Sie müssen die Kraft aufbringen, das schrecklichste Elend einer solchen Existenz vorzuziehen. Tun Sie es zumindest mir zuliebe.«

»Ihnen zuliebe?«

»Ja. Ich leide unter dieser Situation. Ich leide, weil sie mich demütigt. Sie sind intelligent. Sie verstehen mich. Es ist vorbei. Ich will Ihnen kein Geld mehr geben. Und ich werde Ihnen kein Geld mehr geben. Ich habe Familie, und ich habe Freunde. Meine Frau macht mir keine Vorwürfe. Aber die anderen! Wenn ich ihnen nicht verschwiegen habe, was ich für Sie getan habe, dann bin ich gezwungen, ihnen zu verschweigen, was ich von Ihnen weiß. Sie stellen Vermutungen an. Sie fragen sich, was es da zwischen uns wohl geben mag. Das ist nur zu verständlich!«

Die Tür öffnete sich. Ich sah Madame Dechatellux auf ihren Stock gestützt, regungslos wie der Souffleur im Theater, wenn man den Vorhang beiseite zieht, der ihn verbirgt. Ich war nicht überrascht. Jedesmal, wenn Édith die Einsamkeit ihres Zimmers verließ, blieb sie einige Augenblicke lang regungslos stehen, um sich der anderen Lebenden zu vergewissern.

»Doktor Sellier würde dich gerne sprechen«, sagte sie und betrachtete uns, ihren Mann und mich, als ob seit ihrem Erscheinen alles, was wir uns hatten sagen können, bereits der Vergangenheit angehörte.

Die beiden Männer waren sich noch nie begegnet, der Neuankömmling zögerte leicht, weil er nicht wußte, ob Richard oder ich der Hausherr war. Diese Unwissenheit gestattete mir, mich ein paar Augenblicke einer Freundlichkeit zu erfreuen, die nicht für mich bestimmt war. Dem anschließenden Gespräch entnahm ich, daß Richard einen Kollegen zu Besuch hatte, den er, ohne ihn persönlich zu kennen, so hochschätzte, daß er ihm Kranke anvertraute, für die er die Verantwortung nicht übernehmen wollte.

Eine Viertelstunde lang versuchte jeder, den anderen an Höflichkeit zu übertreffen. Vor meinen Augen entwickelte sich eine Freundschaft, die von beiden so lebhaft gewünscht wurde, daß sie vollständig meine Gegenwart vergaßen. Für mich war es nun nicht mehr möglich, die Liebenswürdigkeit in Anspruch zu nehmen, die in der anfänglichen Unentschlossenheit mir gegolten hatte. Als sie sich trennten, war ich überrascht von der überaus freundschaftlichen Art, die sie vor einem Zeugen ihrer so jungen Bekanntschaft an den Tag legten.

Während Dechatellux seinen Freund hinausbegleitete, blieb ich einen langen Augenblick allein. Es dämmerte bereits an diesem Winternachmittag. Ich dachte an den Vortrag, den ich soeben gehört hatte. Man roch förmlich, daß er mit Fleiß vorbereitet, im vorhinein entworfen worden war. Richard hatte ihn sicherlich aufgeschrieben, ihn auswendig gelernt, ihn seiner Frau vorgetragen. Es kam mir jetzt vor, als hätte ich so etwas schon irgendwo gelesen, vielleicht in einem Roman von Ohnet. *Hören Sie, Jean... Ich werde nicht, wie es vielleicht andere an meiner Stelle täten... Sie werden mich fragen, warum... Sie fragen mich, ob... Ich werde es Ihnen sagen... Ich antworte auf Ihre Frage... Sie machten eine gewisse Geste... und da ich gerade davon spreche, möchte ich es Ihnen noch einmal sagen...* Und das alles in einem solch ernsten Ton, dem Ton von: ich sehe mich gezwungen, so mit Ihnen zu reden!

Nein, es war irgend etwas passiert. So wie eine gewisse Geste, um den Ausdruck von Richard zu gebrauchen, mich seinen Respekt hatte gewinnen lassen, so brachte mir eine andere Geste - die ihm zweifellos gerade enthüllt worden war - seine Mißachtung ein. Beim letzten Mal hatte er mich angeschrien, ich sei ein mieser Kerl. Seine ganze Rede lang hatte er das gedacht. Aber er irrt sich. In bin kein mieser Kerl.

Endlich öffnete sich wieder die Tür, Monsieur und Madame Dechatellux erschienen. Sie warf mir den Blick von jemandem zu, der soeben unterrichtet worden ist. Ich glaube, daß keine andere Frau mir je ein derart unangenehmes Gefühl verursacht hat. Eine hochmütige Unbarmherzigkeit geht von ihr aus, aber kaum nimmt sie die zusammengepreßten Lippen auseinander, drückt sie sich mit einer Sanftheit aus, in der man nicht eine Spur von Herablassung zu entdecken vermag. Ich wollte ihr beim Gehen behilflich sein. Sie mußte denken, daß ich vergessen machen wollte, was zwischen ihrem Mann und mir vorgefallen war. Sie lehnte ab und sagte freundlich: »Setzen Sie sich doch.«

»Ich setze mich gleich. Ich will Ihnen helfen.«

Diesmal willigte sie ein, doch ohne ein weiteres Wort. Nachdem Richard und ich sie in einen Sessel gesetzt hatten, wiederholte sie mit der immer gleichen Sanftmut:

»Jean, so gehorchen Sie doch.«

Lächelnd nahm ich Platz.

»Sie lächeln, Jean. Das ist im Moment nicht ganz angebracht.«

»Ich darf lächeln«, sagte ich. »Es gibt nichts Tadelnswertes in meinem Lächeln.«

»Mein Mann hat lange mit Ihnen geredet«, fuhr sie fort. »Auch mir liegt viel daran, mit Ihnen zu reden. Es gibt gewisse Dinge, die eine Frau besser zu verstehen geben kann.«

Mich überraschte der ernste Ausdruck in ihrem Gesicht. Man erwartet, daß eine Körperbehinderte, die sich beim Gehen auf einen Stock stützt, beim Sitzen eine bequeme Haltung einnimmt. Nichts davon. Sie hatte sich nicht einmal angelehnt. Man ahnte, daß sie eine dieser Frauen war, die glauben, daß sie sich in unserer zivilisierten Gesellschaft den Männern nicht zu beugen haben, trotz der Schwachheit ihres Geschlechts.

»Vor allem, wenn sie gleichermaßen unangenehm sind für den, der sie ausspricht, wie für den, der sie zu hören bekommt«, fuhr sie fort. »Sie wissen, daß wir Oberst Laîsné kennen. Ich glaube mich sogar zu erinnern, daß Sie ihm in Compiègne vor vier Jahren begegnet sind, bei den Eltern meines Mannes. Er hat uns besucht und, ohne daß wir ihn danach gefragt hätten, darauf gebe ich Ihnen mein Wort, über Sie gesprochen. Was er uns berichtet hat, machte uns buchstäblich starr vor Bestürzung. Sie werden zugeben, daß es da etwas gab. Sie werden zugeben, daß unsere Beziehung, die wir notfalls hätten aufrechterhalten können, nun nicht mehr möglich ist.«

Ich rührte mich nicht. Alles, was sonst Erregung ausdrückt, Lippen, Lider oder Nasenflügel, all das zitterte nicht. Ich sah mich in meinem Zimmer in der Rue Casimir Delavigne, harmlos, einsam. Ich war dort für einen Monat eingezogen. Vier Jahre waren seither vergangen. Ich hatte nichts Schlechtes getan. Ohne Ehrgeiz und ohne Ziel hatte ich nicht einmal Gelegenheit gehabt, jemandem Schaden zuzufügen. Und doch fuhr das Leben fort, gleichsam mit der Vergangenheit auf mich einzuschlagen. Allein die Kadenz hatte sich verändert. Ich bekam Angst. Wovor? Ich wußte es nicht. Und wenn ich es wie alle Welt machte! Wenn ich einen Handel vorschlug? Wenn ich für Geld akzeptieren würde, ein mieser Kerl zu sein, nie wieder in die Rue de

Rome zu kommen, nie wieder ein Lebenszeichen von mir zu geben. Das wäre abscheulich gewesen.

Édith fuhr fort.

»Sie werden verstehen, daß es unter diesen Bedingungen für uns nicht mehr in Frage kommt, Ihnen Geld zu schicken oder Sie gar wiederzusehen.«

Es war inzwischen fast dunkel, und da es unangenehm gewesen wäre, uns in die Augen zu sehen, machte niemand das Licht an. Richard schwieg. Langsam wieder zu sich kommend, aber noch nicht richtig in der Wirklichkeit, saß er zurückgelehnt in seinem Sessel, als wage er nicht, die Haltung aufzugeben, in die man ihn gebracht hatte, um ihm zu helfen.

Ich stand auf.

»Wenn Oberst Laîsné«, sagte ich, »sich an einen einfachen Soldaten der Kompanie erinnert, die er vor neunzehn Jahren befehligte (damals war er nur Hauptmann), an einen Soldaten, an den er nur ein einziges Mal von der Höhe seines Pferdes das Wort gerichtet hat, an einen glück- und erfolglosen Soldaten, an einen Soldat wie jeder andere, dann hat das seinen Grund. Ich sage Ihnen welchen. Der Mensch wird nicht so oft, wie man annimmt, mit einer Ungerechtigkeit konfrontiert. Wenn das geschieht, vergißt er es nicht. Er vergißt es um so weniger, wenn seine Stellung ihm untersagt, sie wieder gutzumachen.«

Mit diesen Worten verließ ich Dechatellux und seine Frau. Ich hütete mich, noch irgend etwas hinzuzufügen, aus Angst, die Wirkung abzuschwächen. Der Himmel war grau, kein einziger Riß, keine Spalte in den Wolken, entsetzlich eintönig. Passanten liefen aneinander vorbei, den Blick geradeaus. Jeder dachte nur an seine Angelegenheiten, an seinen kleinen Bereich. Und ich, ich war wie sie. Ich bin so wenig übelwollend, daß ich meinte, Richard und Édith, vor allem

Richard, hätten im Grunde meinen wunden Punkt nicht bis ins letzte ausgenutzt. Ohne sich dessen bewußt zu sein, hatten sie gehandelt, als würde ich zu ihrem Milieu gehören. Sie hatten unserer Beziehung in aller Korrektheit ein Ende gesetzt. Ich lief an den Häusern entlang. In jedem lebten Familien, gab es Haß, Neid, Liebe. War ich der einzige, der sich falsch verhielt? Die Unterschiede, die mich so sehr beschäftigten, schwanden in der Menge. Sie wurde immer dichter, je mehr ich mich der Gare Saint-Lazare näherte. Dachten wir nicht alle über unsere Taten nach? Was sollte aus mir werden? Wenn die Auswirkungen von einem Ereignis erst sehr viel später zutage treten, wenn das, was zutage tritt, nicht das Unglück ist, sondern die Umstände, die es unvermeidlich machen, dann fühlt man sich erleichtert. Es scheint, daß wir von der Freiheit des Geistes profitieren, die wir gerade wiedererlangt haben. Wir müssen Entscheidungen treffen. Unsere Feinde können nichts mehr gegen uns ausrichten. Wir sind schon nicht mehr der Mann, den sie besiegt haben, sondern ein anderer. Beruhigten mich diese Überlegungen? Ja und nein. Ich hatte noch nie ein solches Gefühl der Ohnmacht empfunden. Wenn alle von uns abrücken, müssen wir in Ruhe nachdenken und uns fragen, in welchem Maß wir verantwortlich sind für das, was uns geschieht. Hatte die Stunde geschlagen, in der ich für meine Fehler geradestehen mußte? Vielleicht wirkte sich unser Bruch günstig für mich aus. Alles was ich auf dieser Welt besaß, war eine Zuflucht. Noch mußte ich jeden Monat die Rechnung des Hotelbesitzers begleichen, eine Rechnung, auf der die getrunkenen und die vergessenen Tassen Tee, zehn von hundert, notiert waren, und an die hinten aus einem Wäschereiheft herausgerissene Seiten mit einer Nadel befestigt waren. Würde ich noch in der Lage sein, mein Leben weiterzuführen?

Am Abend konnte ich, wie es in der letzten Zeit immer öfter vorkam, nicht einschlafen. Je weiter die Nacht voranschritt, desto mehr schwand meine Müdigkeit. Ich nahm ein Buch. In solch einem Augenblick lesen! Ich begann, auf- und abzugehen. Eine Feststellung bestürzte mich. Ich hatte mich der Verschwiegenheit einer einzigen Person überlassen, ohne es zu bemerken. Ich hatte keinerlei Vorsorge treffen wollen. Was für eine Dummheit! Manchmal blieb ich stehen, sah mich um. Ich war der Bewohner dieses öden Zimmers. Hierhin kam ich jedesmal zurück, wenn ich ausgegangen war. Und wenn ich eines Tages nicht zurückkehrte? Stellen wir uns das einmal vor. Vielleicht eine Woche lang würde niemand wagen, meine Wäsche, meine persönlichen Dinge anzurühren. Man würde meine Sachen respektieren. Man würde sich an all meine physischen Eigenheiten erinnern, und nicht an meine Zahlungsunfähigkeit. Meine Person, bislang so vage, bekäme ein Profil. Bis jetzt war das nicht so!

Bislang hatten sich die Ereignisse in meinem Leben bloß aneinandergereiht. Zahlreiche Verbindungen, darunter einige, die zweifellos nicht mehr hielten, fesselten mich an die Vergangenheit. Obwohl meine Einsamkeit sehr groß war, war sie nicht vergleichbar mit der eines Flüchtlings. Ich hatte zum Beispiel seit Jahren meine Mutter aus den Augen verloren. Ich könnte sie wieder besuchen. Einige Worte genügten, um ihr zu verstehen zu geben, wie und warum ich in der Rue Casimir Delavigne wohnte. Aber morgen, wenn ich genötigt wäre, das Hotel zu verlassen, ohne Gepäck, vielleicht ohne Mantel, was erwartete mich? Ich faßte wieder Mut, als ich daran dachte, daß ich diese Überlegungen bisher immer in entscheidenden Augenblicken meines Lebens angestellt hatte. Hatte ich bisher nicht jedesmal diese Kontinuität wiedergefunden, deren Verlust mich so sehr erschreckte?

Ich begann wieder, im Zimmer auf- und abzugehen. Ich war erschöpft, als wäre ich kilometerweit gelaufen (vielleicht war ich es), und trotzdem hätte ich mich nur hinsetzen müssen. Sich in einem Schlafzimmer hinsetzen! Der einzige Sessel streckte mir jedesmal, wenn ich ich vorbeikam, seine Lehnen entgegen, doch schon bei der Vorstellung, mich dort hineinfallen zu lassen, wurde ich von einem Schwindelgefühl erfaßt, als hätte man mich plötzlich angehalten, während ich mich um meine eigene Achse drehte. »Was tun, was tun?« murmelte ich. Ich zündete mir eine Zigarette an, die dreißigste. Sie schmeckten immer bitterer, und ich rauchte weiter. Es war drei Uhr morgens. Im Morgengrauen würde mir die Zunge brennen. Ich hatte Durst, aber das Wasser aus der Leitung widerte mich an. Einen Augenblick lang dachte ich daran, auszugehen. Fünf Stockwerke hinabzusteigen, hätte den Verdacht aufkommen lassen, ich brächte eine Frau hinaus, und außerdem, was sollte ich machen? Jemanden zur Unterhaltung suchen? Es herrscht eine Art Gemeinschaftsgefühl am Ende der Nacht, auf den Straßen, in den Cafés. Einen Unbekannten an meinen Tisch einladen? Ihm mein Leben erzählen? Die Zeit dieser Ergüsse war vorüber. Das Geld spielte zur Zeit eine zu große Rolle in meinem Leben. Der Unbekannte könnte mich darum bitten, ihm ein Getränk zu spendieren, und ich hätte mich in jener Position befunden, die mir soviel Angst bereitete: alles allein zahlen zu müssen. Ich warf einen kurzen Blick auf mein Bett. Sich hinlegen? Schlafen? Wenn ich einschliefe, würde ich am nächsten Morgen meinen üblichen Zustand, der erträglich war, wiedererlangt haben. Ich öffnete das Fenster. Aus meinem Zimmer fiel ein so heller Lichtschein auf das Haus gegenüber, daß ich die Lampe ausmachte. Die Rue Casimir Delavigne war menschenleer. Ich mußte den Morgen abwarten, um ein lebendes Wesen zu sehen. Schließlich setzte ich mich in den Sessel, schloß die Augen. Mir drehte sich der

Kopf. Ich stand auf, fing wieder an, hin- und herzulaufen. Es genügte, einen Stuhl beiseite zu schieben, um den Weg freizumachen. Seit Stunden ging ich immer um diesen Stuhl herum, achtete jedesmal darauf, daß ich nicht dagegen stieß. Endlich schob ich ihn aus dem Weg. Oh, diese Geste! Einen Stuhl wegstoßen, um Platz zu haben! Nein, hier konnte ich nicht länger bleiben. Ich zog meinen Mantel an und ging hinaus.

Eines Morgens, als ich die Vorhänge aufzog, sah ich draußen Schnee. Wie vor zwanzig Jahren. Nicht ein Laut war zu hören, obwohl ich Passanten vorbeilaufen sah. Nicht ein Auto. Es war, als hätte jeder sich entschlossen, zu Fuß zu gehen. Paris war auf einmal das alte Paris. Der Schnee lag gleichmäßig verteilt auf allen Hausvorsprüngen. Mein Zimmer war hell. Oh, wie herrlich war es an diesem Morgen, meine Toilette zu machen! Alles, was mir sonst unangenehm war, das ungemachte Bett, die Sachen, die herumlagen, alles hatte in dieser Helligkeit etwas Heiteres. Es war wie in einem Märchen. Ich brauchte nur irgend etwas zu berühren, und ich fühlte mich beschäftigt. Vor meiner Tür erklangen Stimmen . Alle waren vereint wie in einer Familie.

Plötzlich hörte ich es klopfen, dreimal, wie bei Leuten, die man nicht kennt. Irgend jemand hatte gerade die Fron der fünf Stockwerke zu mir hinauf auf sich genommen. In diesem Hotel war das Besucherzeremoniell niemals richtig festgelegt worden. Es hing von der Laune des Augenblicks ab. Man gab dem Besucher nur die Zimmernummer und kümmerte sich nicht weiter um ihn, oder man bat ihn zu warten, und das Telephon verfolgte von Stockwerk zu Stockwerk die Zimmermädchen.

»Herein.«

Zu meiner großen Überraschung stand das Zimmermädchen mir gegenüber.

»Ein Herr erwartet Sie unten.«

»Wer ist es?«

»Ich weiß nicht.«

»Gut, ich komme herunter.«

Ich war beunruhigt. Noch nie hatte mich jemand am Morgen sprechen wollen. Einige Augenblicke später kam im Hotelflur ein Mann auf mich zu.

»Sie sind Monsieur Jean-Marie Thély?«

»Ja.«

»Ich würde mich gern ein wenig mit Ihnen unterhalten.«

Er musterte mit seinem Lorgnon die Umgebung.

»Gibt es hier nicht einen Ort, an dem wir ungestört sprechen können?«

Ich fragte ihn, ob er mir nicht zunächst einmal kurz sagen könne, worum es sich handelte.

»Wäre es möglich, daß wir in das kleine Zimmer gehen«, meinte er und zeigte dabei auf das Büro, das es der englischen Dame so angetan hatte.

»Wenn Sie Wert darauf legen.«

»Ich lege eigentlich keinen Wert darauf, aber es läßt sich dort einfach besser reden.«

Kaum saßen wir, sagte der Besucher zu mir:

»Maître Logelin, den Sie kennen, hat mich beauftragt, Sie darum zu bitten, ihn aufzusuchen. Er erwartet Sie morgen um vier Uhr nachmittag, es sei denn, Sie hätten keine Zeit, dann möchte ich Sie höflichst bitten, mir einen anderen Tag zu nennen.«

Neun Jahre waren vergangen, seit ich Maître Logelin aus den Augen verloren hatte. Jetzt fiel mir wieder unsere Verbindung ein. Wie immer war sie abgebrochen wegen einer Nachlässigkeit von mir, an die ich mich gar nicht mehr erinnern konnte; selbst wenn ich später seinen Rat gebraucht hätte, hätte ich es nicht gewagt, in seinem Notarbüro aufzutauchen, und wenn ich ihm begegnet wäre, hätte ich so getan, als habe ich ihn nicht wiedererkannt. Ich hatte einen Mann in Erinnerung, der mich beeindruckt hatte durch seine Eleganz, seine vornehme Art, seine Natürlichkeit. Als ich fast zwei Wochen lang täglich zu ihm hineingeführt worden war, zeigte er sich stets außerordentlich freundlich. Er hatte mir zahlreiche Fragen gestellt. Die Situation, in der ich mich befand, amüsierte ihn. Er hatte ohne weiteres erkannt, was sich hinter den Kulissen abspielte, und wenn er auch, um das Ansehen seiner Zunft zu wahren, für Vermögen und Sicherheit Position bezog, so zögerte er nicht, unter vier Augen die Gier und Kleinlichkeit seiner Klienten zu kritisieren. »Sie machen sich Illusionen«, hatte er mir geantwortet auf irgendeine Vertraulichkeit, über die ich sicherlich erröten würde, wenn ich mich noch an sie erinnerte.

Aus welchen Gründen wollte er mich heute sehen? Ich hoffte, ohne große Überzeugung, daß er sich plötzlich wieder an mich erinnert hatte. Nutzen wir nicht manchmal einen zeitlichen Abstand, um zu erfahren, wie sich Situationen lösen, deren Entwicklung zu verfolgen indiskret gewesen wäre? Nein. Richard hatte ganz einfach seinen Notar gebeten, mit mir zu sprechen. Ich würde also morgen Maître Logelin gegenübersitzen. Und unter welchen Voraussetzungen! Ich werde dann nicht mehr der junge Mann sein, der Neugier weckt, von dem man sich fragt, ob er einfach Glück hat oder aber tüchtig ist. Maître Logelin wird es sofort verstehen. Er hatte einmal zu mir gesagt: »Später, wenn Sie meine Erfahrung haben, werden Sie verstehen, daß eine kluge Vermögensverwaltung nicht unvereinbar ist mit den allerverrücktesten Ideen.« Und ich würde ihn mit einiger Erfahrung wiedersehen. Aber mit welcher Erfahrung!

Ich ging zum vereinbarten Termin. Ich brauchte nicht lange, um zu bemerken, daß die Zeit mitleidlos war mit dieser Art enttäuschter Sympathie. Maître Logelin war dicker geworden. Er empfing mich mit höflicher Gleichgültigkeit. Er hatte versucht, mir gegenüber zu glänzen. Nicht nur, daß er jetzt keinen Sinn mehr darin sah, er konnte sich nicht einmal mehr daran erinnern. Ich war nicht der einzige gewesen, der in den letzten Jahren älter geworden war. Damals, als er von seiner Erfahrung sprach, hatte er nicht daran gezweifelt, daß er weitere machen würde. Er hatte leiden müssen. Das Äußere hatte in seinen Augen eine geringere Bedeutung. War das derselbe Mann, der mir einmal Komplimente über meinen Geschmack gemacht hatte? Er fand keine Freude mehr daran, Dinge wieder in Ordnung zu bringen, sich die Hacken seiner nagelneuen Schuhe abzulaufen.

»Setzen Sie sich«, sagte er ohne die kleinste Anspielung auf unsere frühere Bekanntschaft.

Weil er vielleicht trotz allem eine vage Erinnerung behalten hatte, sagte er sich: »Jean-Marie Thély ist also in meinem Büro. Gut. Worum handelt es sich? Wo habe ich nur den Brief des Doktors? Ah ja, da liegt die Akte, sehr gut.« Er nahm den Brief mit spitzen Fingern in die Hand, mit der leichten Geringschätzung des Bürokraten für das modische Format von Privatbriefen, dann lehnte er sich an die Schreibtischkante und beugte sich nach vorne. »Sehen wir mal, was in diesem Brief steht. Sie wohnen in der Rue Casimir Delavigne, nicht wahr? Im gleichnamigen Hotel?«

»Ja, Maître.«

Er hob die Stimme, als er sich wiederaufrichtete.

»Ich habe diesen Brief von Monsieur Richard Dechatellux erhalten. Was schreibt nun Monsieur Richard Dechatellux.«

Maître Logelin las den Anfang leise für sich allein. Als er bei einer Stelle merkte, daß sie mich betraf, las er laut weiter: »Mein Wunsch wäre«, schrieb Richard, »daß Sie ihm zu verstehen geben, daß ich nicht das Geringste gegen ihn habe (damit sind Sie gemeint, merkte Maître Logelin an), daß ich allein aus Gründen persönlichen Ermessens handle. (Hier fing der Notar wieder an, vor sich hin zu murmeln. Er hielt es erst für nötig, laut weiterzulesen, nachdem er die Seite umgeblättert hatte.) Ich möchte, daß Sie ihm mitteilen, daß ich ihm durch Ihr Büro die Summe von achtzehntausend Francs im Jahr zukommen lassen möchte, was einer monatlichen Zahlung von fünfzehnhundert Francs entspricht. Es wäre geschickt, wenn Sie ihn dazu bringen würden, daß Sie diese Summe für ihn aufbewahren. Er kann eines Tages in sehr viel größerer Not sein als heute. Andererseits ist es möglich, daß das Gefühl, ein Guthaben in sicheren Händen zu wissen, in ihm das Verlangen weckt, es zu vergrößern, was für ihn, glauben Sie mir, eine gute Sache wäre.«

Maître Logelin unterbrach seine Lektüre.

»Das weitere betrifft Sie nicht. Sie sehen, ich habe Ihnen nichts vorenthalten. Meine Sympathie für Sie hat mich sogar zu einer kleinen Taktlosigkeit gegenüber Monsieur Dechatellux verführt. Er wäre sicher nicht erfreut, wenn er erführe, daß ich Ihnen seinen Brief vorgelesen habe.«

Ich merkte, daß das Verhältnis zwischen dem Notar und Richard nicht mehr dasselbe war, und ich zog daraus einen unerwarteten Nutzen, denn das Verhältnis zwischen Maître Logelin und mir war auch nicht mehr dasselbe. Seine Wißbegierde, die nun ganz anders befriedigt wurde als damals, verachtete diese Bekanntschaft. Er hatte mir ausgezeichnete Ratschläge für die Verwaltung meines künftigen Vermögens erteilt, und heute kam er nicht einmal auf den Gedanken, sich darüber zu wundern, daß ich gezwungen war, Almosen anzunehmen. Keine Ironie in seiner Stimme. Kein falsches Mitleid. In diesem Jahr 1938 herrschte ganz entschieden ein Waffenstillstand unter den Menschen. Ein verpfuschtes Leben, das mir lange wie eine Art Schande vorgekommen war, hatte nicht mehr dasselbe Gewicht. Wegen der politischen Ereignisse, die uns alle angingen, erröteten wir nicht mehr darüber, nichts erreicht zu haben. In diesem Augenblick hatte ich wie noch niemals zuvor das tröstende Gefühl, das die Gleichheit aller vor einer drohenden Gefahr erzeugt.

Ohne Hochmut, ohne Provokation, ohne Herablassung, in einem Ton, den ein Nichts hätte ändern können, und vor allem sehr darauf bedacht, nicht den Verdacht zu wecken, daß ich mit dem Hintergedanken, mehr zu erhalten, ablehnte, antwortete ich, daß ich sehr gerührt sei von Richards Güte, daß ich aber gleichwohl jenes Geld nicht annehmen könne.

»Das habe ich mir gedacht«, bemerkte Maître Logelin.

Es war schon dunkel, als ich das Büro verließ. Die vereisten Bürgersteige spiegelten die erleuchteten Schaufensterauslagen wie eine bewegte Wasserfläche. Ich war in jener Hochstimmung, in die ich immer gerate, wenn mir jemand Respekt zollt. Mir schien, daß ich niemandem mehr etwas vorzuwerfen hatte. Ich bildete mir ein, daß wir alle um unsere Irrtümer wissen und daß uns das zu besseren Menschen macht.

Einige Tage später bemerkte ich zum zweiten Mal die Hotelrechnung in meinem Fach. Im selben Augenblick kam der Besitzer aus seinem Büro. Wie zur Entschuldigung sagte er zu mir:

»Ich dachte, daß Sie mich vergessen hätten.«

»Aber nein, ich habe Sie nicht vergessen.«

Ich stieg langsam die fünf Stockwerke nach oben. Ich stellte jetzt fest, daß ich die Realität doch etwas vernachlässigt hatte. Die Zeit vergeht. Man hat zu tun. Man lebt, ohne daran zu denken, daß jede unserer Handlungen in Rechnung gestellt wird. Und plötzlich merkt man, daß der vergangene Monat, der nur Ärger gebracht hat, einen genauso teuer zu stehen kommt, als hätte man in derselben Zeit nur Freude gehabt.

Es war fünf Uhr. Ich streckte mich quer über das Bett aus, so daß meine Füße dicht über dem Boden schwebten und verhinderten, daß ich in einen Zustand der Energielosigkeit geriet, in den ich gekommen wäre, wenn ich mich der Länge nach ausgestreckt hätte. Ich verschränkte die Hände im Nacken. Ich hatte Kopfweh, und diese Berührung beruhigte den Schmerz. Ich wagte nicht, an meiner Zigarette zu ziehen, aus Angst, die Asche könne herunterfallen.

»Wie? Du hast dich hingelegt!« schrie Berthe, die, ohne anzuklopfen, eingetreten war.

Um unsere Bekanntschaft intimer scheinen zu lassen, nutzte sie es aus, daß ich es liebte, keine Regung zu zeigen, wenn jemand plötzlich vor mir stand.

»Du solltest Licht machen, die Läden schließen und aufstehen. Was hast du heute bloß?«

Ohne die Zigarette aus dem Gleichgewicht zu bringen, legte ich sie auf der Marmorplatte des Nachttisches ab.

»Ich habe nichts.«

»Dann steh auf. Wir gehen aus.«

»Es regnet.«

»Was macht das schon aus. Du wirst mich begleiten.«

»Wenn ich dich begleite, dann komme ich nicht wieder. Nein, ich bleibe lieber hier.«

Wenn Berthe mich besuchte, verfolgte ich ihren Blick, denn sie suchte stets nach einer Veränderung, um daraus unerfreuliche Schlüsse zu ziehen. Diesmal schloß ich die Augen.

»Ich sehe nirgendwo Streichhölzer«, sagte sie.

»Wozu?«

»Da du hierbleiben willst, werde ich dir einen Tee machen.«

»Es ist kein Zucker da.«

»Na gut, dann hole ich welchen. Man muß in Bewegung bleiben. Schämst du dich nicht, dich so gehen zu lassen?«

Die Art, wie sie mit mir redete, verletzte mich nicht mehr. Ich fand sie einfach angestrengt munter. Als ich allein war, stand ich auf und schloß die Läden. Es gab Augenblicke, wo mir Fügsamkeit guttat. Mit dem feuchten Zipfel eines Handtuchs rieb ich mir das Gesicht ab, mein Haar fettete ich ein wenig mit Brillantine ein. Von der obersten Ablage des Glasschranks nahm ich die Spirituslampe, die Teekanne, die Tassen. Dann zündete ich mir eine neue Zigarette an.

»Sehr gut. Du bist rührig gewesen«, sagte Berthe, als sie zurückkam.

»Nicht wahr?«

»Was hast du?«

»Ich habe dir bereits gesagt, daß ich nichts habe.«

»Du machst einen verschlafenen Eindruck.«

»Ich bin vielleicht müde. Der Tee wird mich wieder wach machen.«

Ich sah Berthe zu, wie sie hin- und herging. Es bereitete ihr Freude, sich um den Haushalt anderer zu kümmern, zum Beispiel bei mir. Warum bei mir? Konnte ich eigentlich ihre hausfraulichen Fähigkeiten würdigen? Fast hätte ich sie gebeten, wieder zu gehen. Ich hob eine Hand über meinen Kopf, ließ sie dann wieder mit ihrem ganzen Gewicht fallen, als gehöre sie nicht mehr zu mir.

»Wo sind die kleinen Löffel?«

»Ich weiß nicht. Ich besitze keine kleinen Löffel.«

Berthe sah mich wortlos an.

»Ich habe genug davon«, sagte ich.

»Wovon hast du genug?«

»Ich habe genug davon, das ist alles.«

»Hör zu, Jean. Es gibt nichts Unangenehmeres als Hintergedanken.«

»Welcher Hintergedanke? Ich bin glücklich, wirklich glücklich.«

Wieder hob ich meine geschlossene Hand, diesmal bis zu meinem Gesicht, dann öffnete ich sie. Diese Geste sollte eine strahlende Heiterkeit symbolisieren.

»Wenn es so ist«, sagte Berthe, »kann ich dir nur eins sagen: alles ist in Ordnung.«

»Ich bin der glücklichste Mensch auf Erden.«

»Um so besser. Um so besser. Ich würde es dir wünschen. Wo ist der Tee?«

»Im Schrank.«

»Wenn du so weitermachst, Jean, dann gehe ich.«

»Nein, bleib. Ich sage dir noch einmal, daß ich glücklich bin. Vielleicht, weil du da bist.«

Berthe wandte mir den Rücken zu. Ich näherte mich ihr auf Zehenspitzen, spielte den Verliebten, der seine Verlobte überrascht. Einen Augenblick lang dachte ich daran, sie scheinbar zärtlich an den Schultern zu fassen. Doch ich hielt mich zurück. Es lag etwas in diesem Scherz, das mich erschreckte.

Wir tranken Tee. Ich war ruhiger geworden. Berthe nutzte die Gelegenheit, mir zu sagen, daß sie nicht verstünde, warum ich Richard nicht bäte, eine Stellung für mich zu finden, wie ich so ohne Beschäftigung leben könne. »Du warst immer ein guter Freund für mich. Nur deswegen erlaube ich mir, dir das zu sagen.«

Endlich ging sie.

Ich dachte nicht mehr an Richard. Es war, als hätte es ihn nie gegeben. Alle Vorkommnisse der letzten vier Jahre waren völlig aus meinem Gedächtnis verschwunden. Selbst abends, wenn ich alleine in meinem Zimmer war, hatte ich keine Erinnerung mehr daran. Ich ging aus. Ich redete mit dem einen oder dem anderen, ich plauderte im Restaurant, ohne daß mich irgend etwas an Richard erinnerte. Trotzdem spürte ich, daß dieses Vergessen nicht lange anhalten würde.

War es verursacht durch Überdruß oder dadurch, daß meine Aufmerksamkeit zu lange um dasselbe Thema gekreist hatte? Es ließ mich nicht in Ruhe. In ganz unerwarteten Augenblicken merkte ich, daß ich bedrückt war. Dann setzte sich das Gefühl einer Art Feigheit durch. Um nicht an Richard zu denken, mußte ich vermeiden, über die Zukunft nachzudenken, mußte ich mich davor hüten, das Geringste an meinen Gewohnheiten zu ändern.

Solange der Himmel grau war, verharrte ich in diesem düsteren Zustand. Doch eines Morgens Anfang Februar überflutete die Sonne mein Zimmer. Nicht eine Wolke. Es war mild. Ich öffnete das Fenster und atmete wie trunken die Luft ein. Ich war wie neugeboren, und zum ersten Mal seit drei Wochen dachte ich an Richard. Ich verstand langsam, was in mir passiert war. Ich verstand, daß ich ein Zeichen hätte setzen müssen, das ich mir erspart hatte, indem ich Richard aus meinen Gedanken verbannt hatte. Ich verstand, daß es mir an Kraft gefehlt hatte. Dieses Zeichen bestand darin, nicht einfach geheimnisvoll zu verschwinden, so daß man nicht wußte, ob ich verzweifelt oder wütend war, sondern im Gegenteil, meinen Entschluß klar und deutlich auszusprechen. Indem ich meine Beziehungen zu den Dechatellux' abbrach mit einer für mich so wenig vorteilhaften Szene wie der in der Rue de Rome, schien ich mich in eine demütigende Lage bringen zu wollen, um die Hartherzigkeit von Richard noch stärker wirken zu lassen. Auf diese Weise ließ ich ihn noch nicht los. Darin lag meine Feigheit. Aber würde ich den Mut haben - den ich ja durch mein Handeln bewiesen hatte - Richard zu sagen oder zu schreiben, daß von heute an unsere Verbindung *ein für allemal* beendet sei?

Als ich eines Abends heimkam, bat mich der Hotelbesitzer in sein Büro.

»Sie sehen mir nicht so aus«, sagte er, »als ob Sie sich Ihrer Lage bewußt wären.«

»Aber ja doch, ich bin mir meiner Lage vollkommen bewußt.«

»Das glaube ich nicht. Sie unternehmen nichts. Ich sehe Sie jeden Tag vorübergehen, ohne die geringste Verlegenheit. Ich finde Sie ziemlich unverfroren.«

»Was soll ich Ihrer Meinung nach tun?«

»Das kann ich Ihnen doch nicht sagen.«

»Sie wissen sehr gut, daß ich die Rechnung bezahlen werde.«

»Eben das bezweifele ich.«

»Es ist eine Frage von Tagen.«

Ich stieg hinauf in mein Zimmer. »Es ist eine Frage von Tagen. Warum habe ich das gesagt?« murmelte ich. Fast wäre ich wieder hinuntergegangen, um dem Besitzer einzugestehen, daß mir niemand mehr Geld geben würde. Doch ich beschloß, den nächsten Tag abzuwarten.

»Was gedenken Sie zu tun, wenn ich meine Rechnung nicht bezahle«, fragte ich den Hotelbesitzer, indem ich ihn beiseite nahm.

Erstaunt blickte er mich an. Er verstand meine Frage nicht.

»Was wollen Sie damit sagen?«

Als ich ihm meine Frage wiederholt hatte, war seine erste Regung, mir zu verstehen zu geben, daß er mich dann vor die Tür setzen würde. Aber er befürchtete eine Falle.

»Ich glaube«, meinte er, »es gibt da ein Mißverständnis.«

»Es gibt kein Mißverständnis.«

»Doch. Seit Sie hier wohnen, haben Sie stets pünktlich bezahlt. Hinter Ihrer Frage verbirgt sich etwas. Hören Sie, wenn Sie Geldsorgen haben, sagen Sie es mir. Ich möchte es lieber wissen.«

»Ich habe keine Sorgen. Ich werde bezahlen. Und falls ich nicht zahle, können Sie machen, was Sie wollen.«

Diese Art von Gesprächen wiederholte sich immer öfter. Bald machte ich eine befremdliche Feststellung. Mein Fatalismus flößte dem Besitzer Vertrauen ein und ließ ihn sogar auf irgendeinen Vorteil hoffen.

Eines Abends erhielt ich Post von Édith. Sie schlug mir eine Zusammenkunft bei ihrer Familie vor, am nächsten Nachmittag um vier Uhr. Der drohende Unterton zeigte deutlich, daß sie mir ihrer Ansicht nach damit eine Ehre erwies. Was hatte sie mir zu sagen? War das der Auftakt der unangenehmen Maßnahmen, denen ich von nun ausgesetzt sein würde? Gegen vier Uhr mußte ich weit draußen in Auteuil sein. Natürlich regnete es. Zuckende Reflexe, deren Wurzeln wie bei Misteln nach oben zeigten, schossen vom Himmel in den Asphalt. Bislang hatte sich mein Handeln auf Vernunft gestützt. Das Ergebnis war nicht gerade ermutigend. Ich war entschlossen, von nun an meiner Eingebung zu folgen.

Ohne zu wissen warum, fühlte ich mich wie eine Art Gläubiger. Die Strafe nahm ihren Lauf. Man wollte mich loswerden, indem man mich hin- und herschickte. Überall würde ich warten. Man würde mich wie einen Lieferanten behandeln, der seine Rechnungen zu hoch ansetzt. Hätte ich Richard nicht schreiben müssen, daß ich seine Haltung sehr gut verstünde, ihm dafür danken, daß er mir eine nicht unbeträchtliche Summe hatte zukommen lassen wollen, statt den Eindruck zu erwecken, daß ich mich in mir verkrieche, was stets ein Zeichen von Schwäche ist? Dazu war es zu spät. Ich war auf dem Weg nach Auteuil zu einem Gespräch über die Vergangenheit mit einer Frau, die sich einbildete, daß sie noch gegenwärtig war. Nun gut, ich brauchte nur zu schweigen, respektvoll zu schweigen.

Spiegel warfen mein Bild zurück, und als sich eine Tür öffnete, sah ich mich erst fortgerissen und dann wieder an meinen Platz zurückgestellt. Ich stieg ins Zwischengeschoß hinauf. Überflüssig, den Fahrstuhl in Gang zu setzen. Ich erklomm die flachen, mit einem Teppich ausgelegten Stufen, ohne den Schritt verkürzen zu müssen. Was hatte ich in dieser hochherrschaftlichen Umgebung zu suchen ? Ich lehnte mich an das massive, polierte Geländer, um Atem zu schöpfen, zumindest glaubte ich das.

Eine ältere Dame saß neben einem Kamin aus Marmor, in dem Holzscheite brannten. Édith stellte mich vor, bat mich, Platz zu nehmen.

»Ich habe Sie zu meiner Mutter gebeten«, wandte sie sich an mich, »da ich es für richtig hielt, mit Ihnen ein Gespräch ohne meinen Mann zu führen. Ich habe das Gefühl, daß es uns in seiner Abwesenheit leichter fällt, einander zu verstehen.«

Aber was wollte sie verstehen, mein Gott?

MEIN LEBEN

Was soll man von folgender Geschichte halten?

Nach zwei Stunden eines heftigen Kampfes gibt die Tochter eines armen Holzfällers sich hin. Das Geschehen spielt sich im Garten eines alten Hauses ab, das einer warmherzigen Dame in Compiègne gehört. Der Himmel ist dunkel. Der Frühling naht. Die noch kahlen Äste haben die Biegsamkeit einer Gerte. Ab und zu gönnt sich der Mann eine Pause, ohne sich zu schämen, so angespannt zu erscheinen bei einem Unterfangen, das einen langen Atem erfordert. Er ist kein gemeiner Soldat, kein Arbeiter, kein Hausangestellter, kein Lieferant. Er handelt sich um den Leutnant der Dragoner Le Claud.

Er ist ein braver, nicht sehr intelligenter Bursche, der bei den Ordensbrüdern eine anständige Erziehung erhalten hat. Er weiß, daß er soeben absichtlich gegen ein religiöses Gebot verstoßen hat. Er würde nicht in Sünde leben können. In der Offiziersmesse ist er weniger lustig als gewöhnlich. Er ist besorgt. Er merkt es, nicht ohne einen gewissen Stolz. Es ist nicht jedem ein moralisches Leben gegeben, nicht wahr? Am Abend sieht er sein Opfer wieder. Sie ist reizend in ihrer Verwirrung. Er begehrt sie noch glühender als beim ersten Mal. Aber er wird auf sie Rücksicht nehmen.

Neun Monate später kommt ein Kind in dem kleinen Landgut Cuts zur Welt, wohin Madame Mobecourt ihren Schützling geschickt hat. Die Hausmeisterfamilie gibt die Neuigkeit weiter. Die alte Dame eilt herbei, obwohl es bereits dunkel ist. Es friert. Sie betrachtet die Sterne, die mehr oder weniger tief in den Himmel eingelassen sind, den wäßrig weißen Mondenschein auf der erstarrten Natur. Als sie eintrifft, sieht sie im Hauptgebäude Licht. Sie denkt: »Die Hausmeisterfamilie hat von allein das Haus geöffnet. Das haben sie recht gemacht.« Das Kind? Es ist krebsrot. Es hat wahrlich nichts von dem kleinen wehrlosen Wesen, das Madame Mobecourt vorzufinden dachte. Es streckt die Fäuste vor. Es schreit. Wenn es aufhört, glaubt man, daß es sich beruhigt hat. Es holt aber nur Atem.

Dieses Kind, das bin ich.

Es gibt Leute, die überzeugt sind, daß allein der Anfang über den Verlauf des Lebens entscheidet. Ist der Anfang schlecht gewesen, kann uns das schlimmste Unglück passieren, sie werden darüber nicht traurig. Es war unvermeidlich. War er jedoch gut, und uns passiert trotzdem das schlimmste Unglück, dann sind sie ernstlich betrübt. Als der Moment gekommen ist, die Geburt des Neugeborenen zu melden, nutzt Madame Mobecourt ihr Ansehen, damit die Abfassung der Urkunde aufgeschoben wird, um dem Vater die Möglichkeit zu geben, in Erscheinung zu treten. Monsieur Nicaise, frisch aus einer drittklassigen Unterpräfektur versetzt, ist nicht wenig stolz, der Hauptstadt des Departements eine Vorstellung davon zu geben, wie taktvoll man in seinem Bezirk vorgeht. Und man antwortet Madame Mobecourt in der üblichen und wohlmeinenden bürokratischen Auslassung: »Um Ihnen entgegenzukommen, Madame, werden wir warten, aber wir bitten Sie hiermit, die Anmeldung nicht zu lange hinauszuzögern.« Mit dieser Kleinigkeit hat es insofern seine Bewandtnis, weil deswegen das Kind neunzehn Jahre später im Jahr 19 und nicht im Jahr 18 eingezogen wurde.

Einige Tage darauf bittet Madame Mobecourt, der es gelungen ist, die junge Mutter zum Reden zu bewegen, den Leutnant Le Claud um seine Aufwartung. Es kommt ein äußerst seltsames Gespräch zustande. Der Offizier akzeptiert nicht den geringsten Tadel. Er billigt niemandem das Recht zu, sich in seine moralischen Angelegenheiten einzumischen. Er erträgt es nicht, daß man ihn mit einem gewöhnlichen Verführer gleichsetzt und noch weniger mit einem Lüstling. »Man darf schließlich nicht übersehen, daß Mademoiselle Marguerite einwilligte.« Außerdem hat er ein ruhiges Gewissen. Er weiß, was er in der Folge gemacht hat. Madame Mobecourt stößt einen Schrei der Verblüffung aus. Er hat seine Pflicht getan. Wenn er nicht darüber reden will, dann aus Rücksichtnahme gegenüber seiner Gesprächspartnerin. Es geht um Dinge, die mit einer Dame zu erörtern er sich nicht erlauben kann. Was sollte sie über ihn denken, wenn er von männlicher Begierde spräche? »Nur ein Mann kann mich verstehen«, sagt er zum Abschluß.

Mein Großvater François Thély war also Holzfäller. Er übertrieb sein unglückliches Leben, das war ziemlich unnötig. Ein Witwer mit acht Kindern, trunksüchtig, nach einem Schlaganfall rechtsseitig gelähmt. Ich stelle ihn mir vor, wie er in einer schäbigen, grob gezimmerten Hütte mitten im Forst von Laigle hauste. Er war, so scheint es, ein aufsässiger Geist, ein Anarchist, der nicht einmal das Bedürfnis verspürte, sich die Stoffetzen abzureißen, die von seiner Kleidung hingen. Er lehnte jede Hilfe ab, bildete sich ein, damit irgendwelche Gewissensbisse hervorzurufen. Alle waren seiner überdrüssig. Die Angestellten und Arbeiter verschiedener Unternehmen der Gegend hatten sich schließlich bei Madame Mobecourt über ihn beklagt und wollten beobachten, wie sie sich wohl aus der Affäre zöge.

Wie fremd doch das Wort Großvater in den Ohren eines Mannes klingt, der seine Eltern nicht gekannt hat! Und der so ausgewogene Satz: »Ich bin der Sohn eines Offiziers, der ein armes Mädchen verführt hat, das eine warmherzige Dame aufgenommen hatte.« Klingt nicht auch er fremd in meinen Ohren? Ich bin der Sohn eines Offiziers, der ein armes Mädchen verführt hat... Offizier, verführt, armes Mädchen, das sind alles nur Worte, wie das Wort Großvater.

Nach ihrer Niederkunft blieb meine Mutter, so scheint es, zwei Jahre lang in Cuts. Sie mußte auf dem Landgut aushelfen. Mit einer Schäferei hatte es nicht viel gemein. Man muß sich vorstellen, siebzig Hektar Rüben. Meine Mutter liebte mich, hat man mir gesagt, so wie nur junge unglückliche Mütter lieben können. Eines Tages verschwand sie. Man wußte nicht, ob sie fortgegangen war, ob sie mitten im Wald gestorben war, oder ob sie sich in der Aisne ertränkt hatte. Madame Mobecourt hatte in Versailles eine Schwester, die glücklicherweise Kinder liebte. Dorthin brachte man mich. Was passierte danach? Ich weiß es nicht. Jedenfalls brachte man mich einige Jahre später wieder nach Cuts zurück. Auch wenn das Hausmeisterpaar noch immer das Häuschen am Eingang zum Gut bewohnte, so gehörte es doch nicht mehr Madame Mobecourt. Die alte Dame hatte lange gezögert, es zu verkaufen, da sie sich nicht an den Gedanken gewöhnen konnte, all die kleinen Leute im Stich zu lassen, die um sie kreisten. Aber sie mußte wohl dazu gezwungen gewesen sein.

Der Käufer, ein Pariser namens Rigal, übernahm den Besitz. Er hatte das gewöhnliche Aussehen eines Emporkömmlings. Er war bemüht, keine Fehler zu begehen. Aus Angst, etwas verkehrt zu machen, war er jedem gegenüber gleichermaßen höflich.

Ich stelle mir den Besuch auf der Besitzung vor. Monsieur Rigal betrachtet interessiert all das, was man ihm zeigt, doch mit den Gedanken ist er woanders. Was ihn interessiert, ist unsichtbar. Es ist die Position, die er auf dem Land einnehmen wird. Als sie am Haus der Concierges vorbeigehen, rät ihm Madame Mobecourt, diese ausgezeichneten Bediensteten zu behalten.

Beim zweiten Besuch kommt sie wieder auf die Frage des Hausmeisterpaares zurück, um dann zum ersten Mal über den kleinen verlassenen Jungen - über mich - zu sprechen, mit dem sie sich mit soviel Hingabe beschäftigten. Später wird sie meine Geschichte erzählen, wird den Käufer darum bitten, dem Hausmeisterpaar zu erlauben, mich bei sich zu behalten.

Monsieur Rigal freute sich gerade darüber, auf dem Land eine Rolle zu spielen. Er sah sich bei Streitfällen eingreifen, bestimmte Privilegien bewahren, indem er Mißbrauch abschaffte, zugleich neuen zuließ. Er unterrichtete sich sorgfältig über die örtlichen Gewohnheiten. Da er schon in Paris Eigentum besaß, versuchte er, die Figur eines erfahrenen Mannes abzugeben. Aber das war nicht dasselbe. Ständig entdeckte er neue Vorrechte, die ihn mit stiller Freude erfüllten. Er behielt sie bei.

Wenn die Verträge unterzeichnet sind, wird er nicht danach fragen, inwiefern er für meine unbedeutende Person aufzukommen hat.

Von der Sorge befreit, dieses Landgut führen zu müssen, wird Madame Mobecourt nichts weiter unternehmen.

Was das Hausmeisterpaar angeht, so ist es zunächst davon überzeugt, daß man ihm zu Dank verpflichtet ist, wenn es mich aufzieht.

Eines Tages erschien meine Mutter wieder. Sie trat wie eine Person auf, die dem Elend entkommen ist. Ihre Kleidung, ihr Hut, ihre Handschuhe, ihre Strümpfe, ihre Stiefeletten, ihre Handtasche ließen an einen ehrbaren Erfolg denken. Was hatte sie in den letzten Jahren gemacht? Ich werde es verschweigen. Ich sage nur, daß ein Schutzengel über sie gewacht haben muß, da sie diese dunklen Jahre gesund überstanden hat; eines Nachts hatte ein Inspektor der Sittenpolizei sie fortgehen lassen, nicht aus Mitleid, sondern aus einem plötzlichen Abscheu vor dem Beruf, den er ausübte.

Meine Mutter war also wieder zurück. Sie war erst siebenundzwanzig. Sie war überzeugt, daß die schlechten Tage ein für allemal vorüber seien. An ihr Verhältnis zu Madame Mobecourt schien sie sich nicht zu erinnern. Diese war darüber einigermaßen schockiert. Schien es nicht so, als wolle meine Mutter sich auf eine Stufe mit ihrer Wohltäterin stellen? Sie gab niemandem die Schuld an ihrem Unglück. Dafür verlangte sie, daß man sich auch ihr gegenüber großzügig verhielt.

Sie ist gekommen, sie hat mich umarmt und ist am selben Abend wieder abgereist. Weshalb dieser einmalige, kurze Besuch mitten in meiner Kindheit?

Ein Jahr danach war Monsieur Rigal gezwungen, Cuts zu verlassen, aus einem Grund, den ich nicht kenne. Niemand vermißte ihn, obwohl er sich mit der Zeit beliebt gemacht hatte und man anfing, ihn zu mögen.

Ein gewisser Monsieur Vialatte kaufte dann die Besitzung.

Meine Erinnerungen werden genauer. Ich bin elf Jahre alt. Ich wohnte noch immer bei den Concierges. Trotz der Wechsel hatten sie ihre Stellung behalten. Aber sie hatten den Großteil der Tugenden verloren, die sie zu verläßlichen und ergebenen Bediensteten gemacht hatten. Sie verhehlten nicht, daß ich ein Ballast sei (auf Cuts!), daß die von Madame Mobecourt gewährte Unterstützung nicht ausreiche, mich zu ernähren. Zudem hatten sie selbst Kinder. Gleichwohl beklagten sie sich nicht offen. Sie befürchteten, daß man mich zu Verwandten, zu Freunden brachte, und daß ich dort glücklicher wäre als ihre eigenen Kinder.

Die Tochter von Monsieur Vialatte, Jacqueline, brauchte sechs Monate, um mich von den anderen Kindern zu unterscheiden. Zum ersten Mal merkte ich, wie schwierig es im Leben ist, das Offensichtliche augenscheinlich zu machen. Endlich sah sie mich mit anderen Augen an. Es muß gesagt werden, daß ich mir alle erdenkliche Mühe gab, ihre Aufmerksamkeit zu erregen, damit sie verstand, daß ich nichts gemein hatte mit den Kindern der Concierges. Sie redete trotzdem nicht mit mir. Aus Angst, Partei ergreifen zu müssen, ließ sie alles beim alten. Ich erinnere mich, daß die Concierges mir in ihrer Gegenwart übers Haar strichen, doch sobald sie uns nicht mehr sehen konnte, verprügelten sie mich. Sie vermied es, an deren Haus vorbeizugehen. Vermutlich ahnte sie, was hinter ihrem Rücken geschah, da sie aber nichts dagegen machen konnte und sie vielleicht ein bißchen Sympathie für mich empfand, verließ sie das Anwesen niemals durch das große Tor.

Von diesem Augenblick an betrachtete ich die Concierges als meine Feinde. Auch wenn es mir einige Grausamkeiten einbrachte, weigerte ich mich, dem Schicksal der anderen Kinder zu folgen. Kaum sah ich Mademoiselle Vialatte von weitem, versuchte ich, sie auf mich aufmerksam zu machen. Ich beschwor damit Prügel herauf. Ich fühlte, daß nur eine besonders gemeine Behandlung mich aus meinem Elend herausreißen konnte. Aber sobald eine Person auftauchte, die hätte berichten können, was sie gesehen hatte, folgten Freundlichkeiten auf die Ohrfeigen. Zweifellos habe ich mir in jener Zeit den schändlichen Fehler zu eigen gemacht, mich herabgesetzt zu fühlen durch die Gegenwart jeder Person, die nicht meinem eigenen Niveau entspricht oder mir sogar gleichgestellt ist.

War es denn unmöglich, mich vor Zeugen mißhandeln zu lassen? Doch eines Tages hatte ich das Glück, einen Schlag mit dem Stock zu erhalten, gerade in dem Moment, als

Jacqueline in ihrem offenen Wagen aus Compiègne zurückkam. Ich ließ mich zu Boden fallen und schrie.

Abel Moreux übte den Beruf eines Immobilienmaklers aus. Er war kinderlos. Nichts was in Compiègne und Umgebung passierte, blieb ihm verborgen. Er wußte also von meiner Existenz. Sich ein Leben lang damit zu beschäftigen, als Vermittler in den Angelegenheiten anderer zu dienen, bedeutet nicht, daß man sich mit dieser untergeordneten Rolle zufrieden gibt. Man hat wie jedermann geheime Wünsche. Auch wenn man so tut, als würde man sich mit einer einfachen Courtage zufrieden geben, liegt man zumindest weiterhin auf der Lauer. Und wenn sich eine echte Gelegenheit bietet, ist es nur natürlich, daß man danach greift.

Hatte dieser Schlag mit dem Stock Aufsehen erregt? Ich erinnere mich nicht. Auf jeden Fall tauchte Abel genau in diesem Moment auf. Er stattete Madame Mobecourt einen Besuch ab. Schließlich kamen alle überein, mich diesem Mann anzuvertrauen. Es wurden ihm jedoch Bedingungen auferlegt. Er sollte, woran niemand bisher gedacht hatte, dafür sorgen, daß ich eine höhere Schule besuchen konnte, und versprechen, mich wie seinen eigenen Sohn zu behandeln.

Ich empfand eines der größten Glücksgefühle meines Lebens, als Jacqueline nach Abschluß der Verhandlungen nicht hinnehmen wollte, daß ich Cuts verließ. Madame Mobecourt widerrief die Abmachung ohne die geringste Verlegenheit. Sie liebte es, in Geschäftskreisen als wankelmütig zu gelten.

Ich war überzeugt, daß ich am nächsten Tag meine Peiniger verlassen würde. Zwei Monate ohne die geringste Veränderung in meinem Leben waren vergangen; ich fing wieder an, Schläge zu provozieren. Zu meiner großen Überraschung begaben sich die Concierges zu Monsieur Vialatte, um ihm zu verkünden, daß sie mich nicht länger behalten könnten. Für einen Augenblick ergriff mich Panik. Ich hatte soeben gelernt, daß es nicht einfach ist zu wissen, was wir eigentlich wollen.

In zwei Kilometern Entfernung liegt ein anderes Landgut, das nicht so verwahrlost ist wie das von Monsieur Vialatte. Es gehört Jules Dechatellux. Im Nachbardorf erinnert man sich noch an die beträchtlichen Summen, die er ausgab, um das Haus bewohnbar zu machen und das unentwirrbare Durcheinander rundum in einen bezaubernden Garten im französischen Stil zu verwandeln. Mit den Jahren war der durch diese Aufwendungen bewirkte Respekt der benachbarten Eigentümer verschwunden, denn sie bemerkten, daß es sich weniger um den Wunsch nach einem luxuriöse Leben als um eine Manie handelte.

Ich gerate vielleicht etwas zu sehr in Eifer, wenn ich von den Landgütern spreche. Das rührt daher, daß sie einen beträchtlichen Platz in meinem Leben eingenommen haben. Sie haben meine Kindheit stark beeinflußt. Wie diese verlorenen Zeiten, die manche an irgendeine vergangene Pracht erinnern, haben sie mir lange die Illusion einer Herkunft verliehen, auf die ich stolz sein konnte.

Monsieur Jules Dechatellux war der Mann, von dem man sagte (heute sagt man es nicht mehr): »Oh, wie bescheiden er ist!« Man verzieh ihm seine Kälte. Allein Monsieur Vialatte mochte ihn nicht. Jedesmal, wenn er ihm begegnete, gab ihm das Gefühl, weniger reich zu sein, etwas Kindliches. Er fühlte sich bedeutungslos, ohne jedes Gewicht. Ich empfand eine diffuse Freude über diese Abneigung. Ich stellte mir die beiden Männer gleichermaßen mächtig vor. Und wenn Monsieur Vialatte den reichen Zuckerfabrikanten aufsuchte, wartete ich seine Rückkehr ab, denn ich hatte festgestellt, daß er mich danach mit sehr viel Sanftmut behandelte.

An einem Nachmittag im Herbst nahm mich Jacqueline mit in den Wald. Jemanden zum Spaziergang mitnehmen, ist das nicht ein deutliches Zeichen von Sympathie? Die Strahlen der Sonne und die Farben des Waldes verschmolzen ineinander. Ich erinnere mich, wie ich angerannt kam, als sie nach mir rief, und wie ich ein paar Schritte vor ihr stehenblieb, folgsam und respektvoll.

Jacqueline wurde von Monsieur Dechatellux' Sohn begleitet: Étienne. Ich sehe ihn vor mir. Er schlenkerte bizarr mit den Beinen. Bei jeder Sportart muß man lange lernen, ehe man bestimmte Bewegungen beherrscht. Wenn man sie nicht erlernt hat, kann man sie auch nicht nachahmen. Nun, Étienne schien nicht die einfachsten Bewegungen gelernt zu haben.

Wir mußten wieder umkehren. Das Bedauern, ein Kind dahin zurückzubringen, woher man es geholt hat, während man weiterhin das tut, was ihm so viel Freude bereitete, ich fühlte es bei Jacqueline, und das tröstete mich. Sie war eine Frau, die das Leid eines Kindes quält. Ich verstehe inzwischen, warum sie so lange Zeit von meinem Schicksal gerührt war. Sie wußte, wenn ich in ihr ein Stück Hoffnung für mich sah, konnte sie mich nicht zurückweisen.

Einige Tage nach diesem Spaziergang brachte mich Monsieur Vialatte in Sceaux unter, bei einem seiner Freunde, einem Professor am Lakanal-Gymnasium. Jacqueline begleitete mich an den Zug. Sie öffnete eine Wagentür. Es hatte genügt, daß sie mir befahl, in das Abteil einzusteigen, damit ich gehorchte. Wenn sie ihre Meinung geändert hätte, wenn sie mir gesagt hätte, ich solle aussteigen, ich wäre ausgestiegen. Diese Allmacht rührt mich heute.

Kurz darauf heiratete Jacqueline. Sie war achtundzwanzig. Dieses Warten auf einen Mann, der es wert ist, geliebt zu werden, ist schön, vor allem, wenn dieses Warten nicht ein Leben lang dauert, sondern vernünftig ist.

Étienne war einer von diesen jungen Leuten, die regelmäßig von ziemlich schweren Krankheiten heimgesucht werden. Sein Studium hatte er nicht abgeschlossen. Als er seine Liebe zu Jacqueline eingestanden hatte, war sein Vater sehr überrascht. Im Umkreis von mehreren Kilometern gab es nur ein einziges junges Mädchen aus bürgerlichem Haus. Daß ausgerechnet sie alle Tugenden, alle Vorzüge hatte, die sie würdig machten, seine Schwiegertochter zu werden, wäre ein recht erstaunlicher Zufall gewesen. Man mußte kein besonders großer Psychologe sein, um zu begreifen, daß diese Liebe aus den Umständen entstanden war und weniger aus gemeinsamen Gefühlen und Interessen. Monsieur Dechatellux widersetzte sich dieser Heirat.

Sie wurde trotzdem gefeiert, Étiennes Gesundheitszustand hatte dem Vater nicht erlaubt, seine Ablehnung länger aufrechtzuerhalten. Bald danach verließen sie Cuts. Ich war damals dreizehn Jahre alt. Ich werde mich immer an die Verzweiflung erinnern, die mich bei meiner Rückkehr von Sceaux befiel, als ich feststellen mußte, daß Jacqueline nicht mehr da war. Ich begriff, daß Abwesenheit immer etwas Furchtbares ist.

Sie hat trotzdem nicht lange angedauert. Da er vor allem bestrebt war, mich loszuwerden, hatte Monsieur Vialatte, der kein Mann von Skrupeln war, meinem Freund, dem Professor, meine Situation nicht offen erklärt. Er hatte sich wohl gesagt, wenn ich erst einmal fort sei, fände er Mittel und Wege, um mich nicht wieder aufnehmen zu müssen. Ich hatte immerhin noch eine Mutter, die ihre Rechte geltend machen konnte. Madame Mobecourt hatte nie offiziell darauf verzichtet, für mich zu sorgen. Von dem Augenblick an, wo ich nicht mehr auf dem Landgut lebte, sah Monsieur Vialatte nicht mehr ein, warum seine Verpflichtungen mir gegenüber größer sein sollten als beispielsweise die von Monsieur Rigal. Der Professor hatte mir sehr viele Fragen gestellt. Anders als sein Freund Vialatte war er mit den Sorgen vertraut, in welche die ungewöhnliche Lage bestimmter Kinder jene stürzt, die die Verantwortung tragen. Sehr bald hatte er unter irgendeinem Vorwand darum gebeten, mich wieder abzuholen. Monsieur Vialatte antwortete beiläufig, gab vor, daß er nicht verstanden habe, worum er gebeten worden sei, bloß um Zeit zu gewinnen. Postwendend schickte ihm der Professor ein Einschreiben. Nachdem ich eigentlich für unbegrenzte Zeit dorthin gefahren war, kehrte ich drei Monate später wieder nach Cuts zurück.

Die Tochter verheiratet, die Concierges entlassen, Monsieur Vialatte hatte keine andere Wahl, als mich wieder unter seinem Dach aufzunehmen. Er tat es übrigens gern, denn zwischen dem Scheitern eines kleinen Manövers und der Vorbereitung des nächsten war er der beste Mensch. Dieser Empfang trug dazu bei, den Kummer eines dreizehnjährigen Jungen rasch wegzuwischen.

An die folgenden Wochen bewahre ich eine angenehme Erinnerung. Ich spazierte ungehindert in dem weitläufigen Haus umher, das ich bislang nur von außen kannte. Die trostlose Conciergerie war verschlossen. Schon nach wenigen Tagen hatte ich vergessen, daß ich dort dreizehn Jahre lang gelebt hatte. Kaum war ich in dem Haus aufgenommen worden, vergaß es auch die alte Haushälterin. Ich war der Sohn von Monsieur Vialatte.

Eines Morgens sah ich Madame Mobecourt. Sie rief mich zu sich. Ich merkte, daß sie sich an das unglückliche Kind wandte, das ich gewesen war. War sie die Ursache für diese Entscheidung? Jedenfalls brachte mich Monsieur Vialatte einige Tage darauf nach Compiègne zu einem Schneider, bei dem ich am Tag nach meiner Ankunft eine Lehre begann.

Sehr viel später fragte Jacqueline im Geschäft nach mir. Als ich vor ihr stand, hatte ich diesen besonderen Gesichtsausdruck von Leuten, die man bei der Arbeit aufsucht. Was war passiert? Ich wußte es nicht. Jacqueline war aufgebracht. Sie fand es abscheulich, was man mit mir gemacht hatte. Ich hörte, wie sie sagte: »Unter diesen Bedingungen wäre es besser gewesen, ihn bei Abel zu lassen.«

Ich sehe mich jetzt in Paris, in einer großen sonnigen Wohnung, von wo ich auf blühende Kastanienbäume hinunterschaue. In Erinnerung habe ich auch noch ein anderes Panorama, das einer riesigen Stadt. Ich bin begeistert. Manchmal frage ich mich, was mit mir geschehen wird. Man bittet mich, abzuwarten. Eines Abends bringt man mich in einer Pferdedroschke zur Gare de Lyon. Ganz allein mache ich eine endlos lange Reise. Ich komme in Menton an. Schon seit Nizza stand ich im Gang. Wie langsam dieses Rangieren vor der italienischen Grenze vor sich ging! Niemand erwartete mich am Bahnsteig. Ich wagte nicht, auszusteigen. Trotzdem las ich den Namen Menton an den Bahnhofswänden. Gibt es etwa mehrere Menton? War es genau das, wohin ich fahren mußte? Als ich mich vorbeugte, entdeckte ich endlich Jacqueline, die vor jedem Abteil stehenblieb. Ich sprang mit meinem kleinen Koffer auf den Bahnsteig. Sie hatte mich gesehen. Mit ausgestreckten Armen lief sie auf mich zu. Sie umarmte mich, stellte mir tausend Fragen, nahm meinen Koffer, führte mich zum Ausgang.

Ein Jahr lang konnten sich Jacqueline und Étienne glücklich wähnen. Sie waren es nicht. Es gibt etwas, das man von der Liebe nicht verlangen darf: unglückliche Charaktere zu ändern. Nach der Lektüre dieser Seiten wird man verstehen, daß ich diese Bemerkung nicht leichtfertig gemacht habe.

Jacqueline und Étienne waren schon vor ihrer Verbindung unglücklich gewesen. Sie waren es geblieben, ohne es zu bemerken. Nach einem Jahr merkten sie es. Von dem Augenblick an diente das Problem meiner Erziehung als Ablenkung.

Jacqueline, die bis dahin geglaubt hatte, ihre Aufgabe läge darin, mir die Zuwendung zu geben, die mir versagt geblieben war, stellte fest, daß sie aus mir einen Mann machen mußte, der für das Leben gewappnet war. Sie hatte bisher nur wenige Enttäuschungen hinnehmen müssen. Trotzdem schien sie die Lehren einer bitteren Erfahrung zu befolgen. Obwohl noch ein Kind, fühlte ich, daß etwas Theoretisches in dieser Erziehung lag, und ich sperrte mich so sehr dagegen, mich zu ändern, daß ich immer häufiger Auslöser schlechter Laune war. Bald fiel die Bemerkung: *es ist viel zu spät*. Vielleicht stimmte das. Die Angewohnheiten, die ich bei den Concierges angenommen hatte, entsprachen ganz offenkundig nicht denen, die man mir beibringen wollte. Jacqueline verlor nicht die Geduld. Selbst wenn es zu spät wäre, müßte man weiterhin versuchen, mich geradezubiegen. Sie ersetzte die Überredungskunst durch Strenge. Schließlich benutzte sie ihren Mann als Drohmittel. Welch psychologischer Irrtum! Er stimmte mir bei, ermutigte mich, sobald seine Frau uns alleine ließ, so sehr, daß ich ihn zu vergöttern begann. Allerdings zu Unrecht, denn als Jacqueline das bemerkte, mußte ich enttäuscht zusehen, wie Étienne mich im Stich ließ.

Ein weiteres Jahr verging. Ich fing an, in meiner eigenen Welt zu leben. Die Zeit, die eigentlich die Freundschaft verstärkt, tötete langsam das Gefühl, das ich für Jacqueline und Étienne empfand. Während ich heranwuchs, wurde mir immer klarer, daß sie nicht meine Eltern waren. Das war ungerecht. Jacqueline hatte mich keineswegs einer zärtlichen Mutter weggenommen. Vielmehr war ich zu ihr gekommen. Man hatte mich in einem Halbtagsinternat angemeldet. Ich legte das als einen Beweis von Gleichgültigkeit aus. Ich antwortete nicht mehr. Ich ärgerte mich über die kleinste Bemerkung. Jacqueline ließ erkennen, daß sie gegen sich selbst ankämpfte. Sie sagte einmal in meiner Gegenwart, es sei sinnlos, ein Kind glücklich machen zu wollen, das nicht das eigene ist. Sie hatte weder meinen Vater noch meine Mutter gekannt. Welche geheimnisvolle Schmach lastete auf mir? Sie wartete also darauf, daß ich alt genug war, mein Leben alleine zu bestreiten. Bis dahin würde sie ihre Pflicht erfüllen.

Der Krieg hinderte sie daran. Étienne, der schon am ersten Tag eingezogen wurde, fiel im September 1914. Sehr viel später habe ich sein Grab gesehen. Es liegt zwischen einem Dutzend anderer in einem Kornfeld in der Nähe von Château-Thierry. Nicht ein Baum, nicht ein Graben, nicht ein Loch, in das man sich verkriechen könnte, ein wahres Schlachtfeld.

Jacqueline kehrte überstürzt nach Paris zurück. Ich blieb allein mit der Haushälterin in dem kleinen Haus am Berghang. Ich war sechzehn Jahre alt. Im Oktober erhielt ich die Anweisung, mich als Internatsschüler im Gymnasium von Nizza einzuschreiben. Man bat mich, den Lohn der Haushälterin auszuzahlen, das Haus zu verschließen, den Schlüssel zu schicken.

Ich behielt den Lohn, das Geld für die Einschreibung und machte mich furchtlos auf den Weg quer durch Frankreich, meiner Freiheit außerordentlich bewußt.

Man sollte meinen, das Abenteuer hinterläßt bei einem Heranwachsenden nicht mehr Erinnerungen als schulischer Zwang. Zwei Jahre des Herumvagabundierens, der leichtfertigen Großzügigkeit, der unvorsichtigen Beziehungen, der verworrenen Sehnsüchte, der Nächte unter freiem Himmel scheinen mir heute kaum erfüllter gewesen zu sein als die beiden Jahre zuvor, die ich auf den Bänken der Oberschule in Menton verbracht hatte.

Nach Marseille Lyon und dann Paris. Ich war siebzehneinhalb. Wohin sollte ich gehen? In die Rue Saint-Jacques, in dieses Hotel mit den Stützbalken Ecke Rue des Feuillantines? Meine Mutter, so scheint es, hatte dort fünfzehn Jahre zuvor gewohnt. Das war für einen jungen Mann, der allein auf sich gestellt war, ein ausreichender Grund. Ich irrte durch die Straßen. Der Krieg schien überhaupt kein Ende nehmen zu wollen. Als ich eines Tags aus Versailles zurückkam (ich wurde von allen Orten angezogen, zu denen ich eine Verbindung zu haben glaubte), faßte ich den Beschluß, mich freiwillig bei den Fliegern zu melden. Während ich neben einer Frau - wer war diese Frau? - in der Nische einer Balkontür des Schlosses saß, hatte ich bewundernd zu den Flugzeugen aufgeblickt. Wie spät war es? Wie war das Wetter? Von welchem Geld lebte ich? Ich kehrte nach Paris zurück. Es wurde bereits dunkel. In diesem Augenblick verkündete ich meiner Begleiterin überschwenglich, daß ich ein Held werden würde. Am nächsten Tag holte das Leben mich wieder ein. Wie sehr hätte ich lieben und geliebt werden wollen von einer dieser zahllosen, alleinstehenden Frauen! Jene, die im Erdgeschoß wohnten, schienen mir die zuganglichsten. Es war so einfach, zu ihnen zu gelangen und sie wieder zu verlassen, ohne sie bloßzustellen! Und unter ihnen, ich frage mich warum, interessierten mich vor allem jene, die Klavierunterricht gaben. »Dame erteilt Klavierunterricht.« Diese Worte auf Handzetteln, die mit Hilfe von Siegellack befestigt waren, und deren Farben an das Band der Ehrenlegion erinnerten, kamen mir vor wie eine heimliche Einladung. Ich stellte sie mir vor, die Klavierlehrerinnen, schön und streng. Wie gern hätte ich, umgeben von

Leckereien, in einem Nebenzimmer auf das Ende der Unterrichtsstunde gewartet.

Genug mit diesen Kindereien.

Schlimme Ereignisse kündigten sich an. Ich hatte eine Hotelrechnung nicht bezahlt - von welchem Hotel? Man wollte mich hinauswerfen. Ich weigerte mich, auszuziehen. »Sie haben nicht das Recht dazu, mich mittelos auf die Straße zu setzen.« Ich glaubte, alle möglichen Rechte zu haben. Ich hatte eine Schwäche für moralische Einwände. Schon jetzt wußte ich, daß ich mich als Soldat nicht impfen lassen würde. »Wir werden die Polizei holen«, erhielt ich zur Antwort. Die Auseinandersetzung endete mit dieser Drohung. Das Wort Polizei war gefallen. Es würde sehr bald wiederholt werden. Aber ich hatte weder jemanden umgebracht, noch etwas gestohlen, noch einen Vertreter der staatlichen Ordnung beleidigt. Ich sah nicht, worin eigentlich das Fehlverhalten lag, das man mir vorwarf. Ich verstand nicht, warum es ein Vergehen war, Geld von einer Frau anzunehmen, die sich der Prostitution hingab.

Wie undankbar dieses Alter von achtzehn Jahren ist! Man weiß nichts, man sieht nichts, und doch ist man bereits ein Mann. Ständig wurde mir gesagt, daß man bloß an irgendeine Tür zu klopfen brauche, um Arbeit zu bekommen, aber ich fand keine; daß es genüge, eine Frau anzuschauen, damit sie einen als erste ansprach, aber alle gingen erhobenen Hauptes weiter.

Diese Dummheit, die mich vom Leben fernhielt, schützte mich vor Gefahren, die ich nicht hätte meistern können. Hatte ich nicht sogar versucht, Geld auf eine Art zu verdienen, die man lieber nicht eingesteht, indem ich den Boulevard de la Madeleine wie eine Frau entlangspazierte. Man sollte glauben, mein Erbe war nicht so schwer, wie Jacqueline behauptet hatte, denn ich war unfähig, meine Absicht in die Tat umzusetzen. Drei Abende hintereinander war ich vergeblich den Boulevard auf- und abgegangen, nicht eine einzige Gelegenheit bot sich mir dar. Wahrscheinlich hätten jene, für die das Erreichen einer Stellung oder der Gunst einer Frau lediglich ein Spiel ist, ihre Zeit nicht so vertan wie ich.

Dann dachte ich erneut daran, mich freiwillig zu melden, diesmal zur Infanterie (die Luftwaffe hatte ich vergessen). Unvorstellbar, aber es gelang mir nicht. Ich stocherte im Nebel. Ich irrte mich im Rekrutierungsbüro. Als ich mich schließlich an die richtige Stelle wandte, hatte ich nicht einmal eine Geburtsurkunde bei mir. Ich schrieb nach Cuts. Ich bekam nie eine Antwort, das weiß ich genau. Auch an Madame Mobecourt schrieb ich ohne Ergebnis. Zwei Monate später wartete ich noch immer auf eine Antwort. Ich wagte nicht, noch einmal zu schreiben. Warum? Welche Vorstellungen hatte ich von meinen Mitmenschen, von mir selbst? Es scheint, daß ich ängstlich, verschlossen, wortkarg gewesen bin. Aber nein. Ich redete, ich redete sogar zu viel. Ich war ein Draufgänger, ein eingebildeter Geck. Ich hatte einen Roman über mein Leben entworfen. Die Sympathie, die man mir entgegenbrachte, hing davon ab, wie man meine Äußerungen aufnahm. Dennoch sprach ich niemals über Jacqueline. Im Grunde fürchtete ich mich vor ihr. An einem Tag, als ich meiner besonders sicher war, kam mir der Bericht über unser Leben in Menton über die Lippen. Ein Italiener, der etliche Jahre älter war als ich, hörte mir zu: »Sie können dieses Haus nicht sich selbst überlassen.« Er überredete mich, daß wir es hüten müßten. Wir nahmen den Zug. Er brach das Schloß auf. Noch eine gefährliche Situation, durch die ich gegangen bin!

In einem Zug mit Fronturlaubern versteckt, kehrte ich nach Paris zurück. Die außergewöhnliche Kameradschaft der Soldaten verstärkte meinen Wunsch, mich freiwillig zu melden. Abermals schrieb ich Briefe. Es kann sein, daß ein Rest an Vorsicht mich zurückhielt. Zumindest in dem Sinne, daß ich mich nicht entschließen konnte, jetzt, wo das Leben gerade begann, allem zu entsagen. Auf jeden Fall konnte ich, wenn meine Einberufung käme, die Möglichkeit des Aufschubs nutzen, die mir mein Lebensalter gewährte, ohne meine Pflicht zu versäumen.

Die Frauen auf dem Boulevard Saint-Michel zogen mich an. Sie erschienen mir noch schöner als die anderen. Doch sie beachteten mich nicht, und ich litt darunter, denn ich wollte unbedingt durch mein Auftreten gefallen. Schließlich gewann eine von ihnen mich lieb, ich weiß nicht warum, vielleicht, weil sie eine der weniger schönen war, vielleicht, weil sie nicht mit ihren Kolleginnen verkehrte. Sie war groß und hager, ihr sehr tiefer Blusenausschnitt glich nur unvollkommen den fehlenden Busen aus. Sie stammte aus der Bretagne. Ich träumte davon, in den Zug zu steigen, dort oben mit ihr ein verliebtes Leben zu führen. Abends wartete ich auf sie in ihrem Zimmer . Ich schlief ein. Mitten in der Nacht kehrte sie zurück. Wie seltsam dann das Erwachen für einen Mann ist! Wie verändert der Körper ist, der sich uns darbietet, wenn wir aus einem Schlaf erwachen, in dem wir ihn vergessen hatten!

Der Krieg! Was dieses Geständnis mich kostet! Ich habe nicht daran teilgenommen. Ist es eine Strafe oder hat der Himmel seine schützende Hand über mich gehalten? Lange glaubte ich das. Ich komme beim Divisionsstützpunkt an, und es herrscht Waffenstillstand. Aber ist es vielleicht nicht eher ein Hinweis auf die Mittelmäßigkeit meiner Bestimmung? Ich hätte dem Tod ausgeliefert sein können, ohne daß die Vorsehung mich im Stich gelassen hätte. Ich hätte ruhmreich aus dem Krieg heimkehren können.

Ich werde also nicht von etwas sprechen, was ich nicht kenne. Ich beschränke mich auf ein paar Worte über meine Zeit beim Militär. Ich wollte die Lehrgänge eines Offiziersanwärters belegen. Wie sollte ich wissen, daß man im Alter von neunzehn Jahren bereits Gegenstand von Untersuchungen und einschlägigen Befragungen ist? Von allen Dienstgraden schien mir der des Offiziersanwärters mit seinen schmalen Litzen der beneidenswerteste. Ich schrieb ein Diktat. Ich löste eine Aufgabe. Ich war bereits in den Genuß bestimmter Privilegien gekommen, als ich wieder in den normalen Dienst zurückkehren mußte. Ich erinnere mich noch an Hauptmann Laîsné, wie er mir beim Exerzieren vom Rücken seines Pferdes herab die Neuigkeit verkündet, ich erinnere mich an meine Scham, an seine tröstenden Worte und schließlich an meine Tränen.

Wenig später erhielt ich einen Brief von meiner Mutter. Woher kannte sie meine Adresse? Die Gendarmerie hatte bei ihr vorgesprochen. Warum? Sie bat mich um eine Erklärung! Wie eigentümlich das ganze ist! Wie unzusammenhängend die Ereignisse erscheinen, wenn wir uns nicht mehr an das erinnern, was sie verband!

Von diesem Augenblick an dachte ich nur noch an meine Befreiung. Die mysteriöse Eintragung in meinen Militärpaß verfolgte mich überallhin. Sie machte mir die bescheidensten Beschäftigungen, um die ich mich bewarb, unmöglich. Manchmal hindert einen schon ein Türsteher am Weitergehen. Von fünf bis neun Uhr, in den vier Stunden der Freiheit, schlich ich mich unter die Zivilisten, wo ich schon die ersten Schritte für die Zukunft plante. Zweifellos glich ich jenen schlechten Soldaten, die erst stolz an der besiegten Bevölkerung vorbeidefilieren und sich dann ungezwungen unter sie mischen. Ich war überzeugt, daß allein eine ernsthafte Beziehung mir ermöglichte, die ersten Schritte im freien Leben zu machen. So gestützt würde ich wagen, Jacqueline oder Madame Mobecourt wieder unter die Augen zu treten. Ein normales Leben würde beginnen. Was verstand ich unter einem normalen Leben? Ich wußte es nicht. Von dem Augenblick an, wo ich von allen materiellen Sorgen frei wäre, bedeutete der Rest wenig.

Einige Monate bevor ich, wie man sagt, ins zivile Leben zurückkehrte, lernte ich in einer Stadt in Ostfrankreich Germaine kennen. Sie war Vorsteherin eines Postamtes und stammte von einem Bauernhof aus der Umgebung. Sie war vier Jahre älter als ich, und auch heute noch fällt mir dieser Altersunterschied ein, wenn ich an sie denke. Sie bekam Körbe voller Kirschen von ihrem Vater. Sie selbst glich einer dieser kleinen festen Kirschen, die bis zum Schluß hängen bleiben. Sie hatte eine Familie, Freunde, Beschäftigung. Wie sehr wünschte ich mir, zu ihrem so bescheidenen Leben dazuzugehören! Die Tragik liegt darin, daß ich immer denen gleichen wollte, zu denen ich mich hingezogen fühlte, und daß jedesmal das Gegenteil herauskam, daß letztlich sie mir ähnelten. Kurz bevor ich entlassen wurde, reichte Germaine ihre Kündigung ein, ließ sich ihr kleines Guthaben auszahlen und reiste nach Paris, wo sie mich erwartete. Ich wollte in ihr Leben treten. Sie zog es vor, in das meine zu treten.

Es war sieben Uhr morgens, als ich die Gare de l'Est verließ. Man hatte uns gestattet, die Haare wachsen zu lassen. Meine waren zu lang, wie die Blätter zu groß waren, die von den seit 1914 vernachlässigten Bäumen auf die Boulevards fielen. Ich hatte keinen Stehkragen und litt schrecklich darunter. Niemand beachtete mich. So ist es immer, wenn wir in einer Stadt ankommen. Germaine wartete auf mich in einem kleinen Zimmer, das sie in der Rue du Château d'Eau gemietet hatte. Ich wollte sie nur aufsuchen, wenn mir wirklich nichts anderes übrigblieb. Es war zu früh, um meine Mutter zu besuchen. Ich ging in ein Türkisches Bad. Ich wartete eine Stunde lang, bis das Wasser warm war. Ich hatte drei Stunden in Châlons gewartet, sieben Stunden am Tag vor meiner Abreise. Ich würde also meine Mutter wiedersehen.

Sie wohnte allein in einer kleinen Wohnung, die zum Hof ging, in einem prunkvollen Gebäude in der Rue Théodore de Banville, das der Nationalversicherung gehörte. Die Mietquittungen wurden ihr von der Post zugestellt. Sie fühlte sich sehr geschmeichelt. So etwas ist lediglich unter wohlsituierten Leuten üblich. Hin und wieder empfing sie einige ihr ergebene Freunde mit einem Aufwand, der dem der großen Restaurants nachempfunden war. Sie dachte oft an ihre Kindheit, an den Wald von Laigle, an die Hütte ihres Vaters, aber selten an Madame Mobecourt. Welches Elend! Ein so tiefverwurzeltes Elend, das unmöglich zu verjagen war. Es kam von weit her. Nicht einmal die Erinnerung an einen Verwandten, die es erleichtert hätte. Weder Güte noch Geld konnten ihr helfen. Man hätte sich gewünscht, daß meine Mutter sich an eine Person erinnerte, die davon nichts wußte!

Ich klingelte. Meine Mutter öffnete, sie sah noch immer gut aus. Die Erinnerung an ihre Fehltritte hatte ihr statt Reue ein Gefühl der Sicherheit gegeben. Inzwischen wußte sie sich zu wehren. Sie konnte unterscheiden, worin die anderen für ihr Unglück verantwortlich waren und wo ihre eigene Verantwortung lag. Ich dachte an all das, was man mich über meine Mutter hatte vermuten lassen, an diese Verleumdungen, an die sich niemand mehr erinnerte, die ich aber nie vergessen hatte. Damals durfte ich nicht versuchen, meine Mutter wiederzusehen. Sie zu besuchen, wäre ein Akt des Ungehorsams gewesen. Heute war es nicht mehr so.

Die Sympathie, die ich den Fruchauts entgegenbrachte, beruhte darauf, daß sie mich nicht nach Äußerlichkeiten beurteilten. Sie hatten in meiner Vergangenheit eine Welt entdeckt, in die ich möglicherweise später wieder zurückkehren könnte. Gelegentlich spotteten sie über mich. Jedoch in einer eher ungewöhnlichen Form, die aus Herzensgüte kommt. Spott hatte mich immer gekränkt, bevor ich diese Menschen kennenlernte. Sie hatten eine Art, über bestimmte Worte, bestimmte Ideen von mir, über meine Naivität zu lachen, daß die gute Meinung, die sie von mir hatten, davon nicht berührt wurde.

Nie hatte ich gewagt, mit ihnen über Germaine zu sprechen. Aber sie ahnten ihre Existenz. In meinem Alter war es unmöglich, etwas zu verbergen. Hin und wieder spielten sie ironisch auf meine Zurückhaltung an. Wie gerne hätte ich, als ich merkte, wie gut sie mich kannten, etwas verbergen wollen, aber etwas, worauf ich stolz sein konnte!

Sie baten mich, ihnen Germaine vorzustellen. Was für eine Demütigung! Welche Freude dann, als sie mir sagten, wie reizend sie sei, doch daß sie nicht zu einem jungen Mann wie mir passe, daß ich mir selbst gegenüber Pflichten hätte und nicht das Recht, mein Leben jemandem zu opfern. Nichts bestärkt einen mehr, als die Lehren derer, die wir bewundern, als das Wissen, daß sie an unserer Stelle weniger Skrupel an den Tag legen würden. Man behandelte mich wie ein Kind, als ich betonte, daß ich Germaine nie verlassen könnte. Allerdings hatte ich ihnen nicht alles gesagt. So wußten sie nicht, daß sie meinetwegen bei der Post gekündigt hatte. Allein der Gedanke, daß ich ihre Unterstützung verlieren könnte, wenn sie die Wahrheit wüßten, stürzte mich in tiefe Niedergeschlagenheit. »Ach, das hatten Sie uns nicht gesagt! Das ist natürlich eine andere Situation!« Wie ich diese Worte fürchtete!

Germaine warf mir immer häufiger vor, daß ich bloß wartete und keine Arbeit annähme. Meine Miene verdüsterte sich. Zu regelmäßiger Arbeit gezwungen zu sein, aus dem einfachen Grund, mein Leben materiell zu sichern, würde mich das nicht zugrunde richten? Hatte ich nichts Besseres zu tun? Der Wunsch, meine Studien wieder aufzunehmen, ließ mir keine Ruhe. Jura, Medizin zu studieren, nur das schien es mir wert, mich aus dem alltäglichen Trott zu lösen. Ich trieb mich im Quartier Latin herum. Ich besorgte mir Vorlesungsverzeichnisse. Aber das war es schon. Ich hatte weder den Mut noch vor allem den Willen, mehr zu tun.

Merkwürdigerweise verstanden die Fruchauts diese Kraftlosigkeit und kritisierten sie nicht. Ich hatte den Eindruck, daß sie mich in ihren Augen eher noch sympathischer machte. Man muß hinzufügen, daß sie ein wenig wie Bohémiens lebten, die Sehnsüchte, die im Widerstreit mit der Wirklichkeit liegen, waren für sie Gegenstand unterhaltsamer Überlegungen. Die Mutter, die bemüht war, möglichst bürgerlich zu bleiben, war sich ihrer Stellung inmitten des täglichen Getöses bewußt. Sie gab Unterricht, gebrauchte den Ausdruck *Famille française* wie einen Köder, um ausländische Pensionsschüler anzulocken. Der Vater, den seine Stellung als stellvertretender Staatsanwalt so gefürchtet machte, hatte literarische Ambitionen, die ihn ansonsten zum harmlosesten Mann werden ließen. Die Kinder gaben sich den vielfältigsten Beschäftigungen hin. Der Sohn stellte in den Bibliotheken Nachforschungen an für einen ausländischen Gelehrten. Die Tochter hatte sich der Malerei verschrieben und belegte Rhetorikkurse. Sprachen sie über die elenden Geldnöte und die Zornesausbrüche, die selbst die großen Geister schon immer deshalb gehabt hatten, so schien mir das vollkommen berechtigt. Aber ich, der ich ein Nichts war! Wie wünschte ich mir, ihnen zu gleichen! Arm zu sein, das war mir egal, aber wenn, dann schon in einer gewissen Art und Weise, arm wie ein Student oder wie ein junger Künstler. Und noch heute denke ich an diese Familie immer mit einem Gefühl der Dankbarkeit, weil sie auch diesen Wunsch verstanden hatten, weil sie mich mit ihrem Verständnis ermutigten und die seltene Güte hatten zu glauben, daß ich mich in der gleichen Situation befand wie sie. Weitere Gründe sie zu lieben, wurden mir nach und nach bewußt . Ihre für mich so neue scharfsichtige Erkenntnis von den geheimen Trieben, die die Menschen zum Handeln bewegen. Ich war ein Beispiel, darüber war ich mir im Klaren, für den, wie man sagt, gängigen Zustand der Dinge, und sie waren daher sehr glücklich, ein so passendes Abbild gefunden zu haben. Dann dieser Spott, dessen Ziel ich war, ein Spott, den ich mitunter nicht verstand, aber hinter dem ich einen grundsätzlicheren Spott erahnte, der sich gegen jene richtete, die mich erzogen hatten. Denn die Fruchauts hatten bestimmt genug Anlaß, sich über das zu beklagen, was man in den reichen und angesehenen Familien als Solidarität ausgab.

In Menton hatte ich oft gehört, wie über freie Berufe gesprochen wurde. Monsieur Fruchaut lächelte jedesmal, wenn ich unabsichtlich auf die Bedeutung hinwies, die ich ihnen beimaß. Er sah darin deutlich Beweise des Leichtsinns bestimmter bürgerlicher Kreise: einen jungen Mann mit Achtung vor diesen Berufen zu erziehen, dann eines schönen Tages sich nicht mehr um ihn zu kümmern.

Die Zeit verging. Mit dreiundzwanzig wollen wir überall zugleich sein. Wir geben treue Freunde auf für neue, unbekannte. Was wir besitzen, zählt nicht. Monsieur Fruchaut ahnte nicht, in welche Verlegenheit er mich stürzte, als er meinte, ich solle mein Leben keiner einzigen Person opfern, denn ich dachte dabei sofort an ihn. Plötzlich hatte ich das Gefühl, daß ohne eine unüberlegte Tat unsere Bekanntschaft niemals zu Ende ginge. »Wir sollten miteinander brechen, denn sonst bin ich in ein paar Jahren an genau demselben

Punkt angelangt.« Aber wie? Es gibt Freunde, die wir aufgeben, und die, wie es später scheint, uns aufgegeben haben. Würden die Fruchauts von dieser Art sein? Ich begann, über die Folgen meines Handelns nachzudenken.

Eines Tages erzählten sie mir von einem Herrn aus Compiègne.

»Sie sollten ihn kennenlernen, er kann Ihnen nützlich sein«, rieten sie mir. Ach, diese Compiègner Gesellschaft, wie gut wir sie kennen!

»Und was sage ich zu ihm?«

»Nichts. Sie reden mit ihm über Compiègne, über Jeanne d'Arc.«

Wie sollte ein so vager Gesprächsgegenstand zu einer Annäherung zwischen uns führen? Ich machte darüber eine Bemerkung.

»Denken Sie nicht weiter daran.«

Monsieur Fruchaut gab mir ein Empfehlungsschreiben. Es kam mir bedeutungslos vor. Ein einfaches Wort, von Abel beispielsweise, wäre mir angenehmer gewesen. Muß man nicht die Leute bereits lange kennen, damit uns ihre Vermittlung erfolgversprechend erscheint? Ich glaubte nicht, daß ein Mittagessen oder ein Besuch irgend etwas bewirken würden.

Trotzdem begab ich mich nach Compiègne.

»Madame Mobecourt ist sehr krank«, unterrichtete mich der Freund der Fruchauts. »Suchen Sie sie auf. Sie würden ihr zweifellos eine große Freude bereiten.«

Drei Jahre sind seitdem vergangen. Ich habe mich von Germaine getrennt. Auch die Fruchauts sehe ich nicht mehr. Ich treffe mich noch mit ihrem Freund Mauguière, zu dem sie mich hingeschickt haben, denn immer häufiger verbringe ich ein paar Tage in Compiègne.

Ich brauche die Abwechslung. Jedes Jahr, alle sechs Monate bin ich woanders. Es sind nicht mehr dieselben Leute, nicht mehr dieselben Häuser. Und trotzdem ist es stets dasselbe. Immer dasselbe Elend. In diesem Elend, das bleibt, auch wenn die Kulissen wechseln, entdecke ich nach und nach etwas Neues. Seit langem schon wachse ich körperlich nicht mehr, aber ich spüre, daß ich ununterbrochen hinzulerne. Mitten in meiner Trägheit und dem ständigen Wechseln meines Wohnsitzes werde ich langsam einer anderer Mensch. Ich werde nicht älter, mir wird bewußt, was mich umgibt.

Ach, dieser Besuch bei den Eltern von Étienne, nicht auf ihrem Besitz in Cuts, sondern in ihrem Haus in Compiègne. Blicke ruhen auf mir, alle gleichen sich, als wären sie von ein und derselben Person. Man erzählt mir von Madame Mobecourt. Ich verkörpere das Gute, das sie getan hat.

Ein Sonntagnachmittag mit einem bleigrauen Himmel und Tanzmusik in den Cafés am Rande des Waldes. Trostlos! Es ist schwül. Ein Gewitter grollt. Mücken stechen wie Nadeln. Wir sitzen gemeinsam im Park. Ich bin das verlassene Kind, aus dem ein Mann geworden ist. Die Dinge haben sich also gefügt... Man widmet meinen Worten ein wenig zuviel Aufmerksamkeit.

Ich miete ein kleines Zimmer im Gobelins Viertel, unweit des großen Kaufhauses Ville de Lutèce. »Es ist in Ordnung«, sage ich, als man es mir zeigt, mit dem Unterton, daß ich nicht wählerisch bin. Ein Zimmer, dessen Fenster nach Nordosten geht, ein Zimmer, in das die Sonne im Sommer eine halbe Stunde lang scheint, um sich erst am nächsten Morgen wieder sehen zu lassen, während man dann den ganzen Tag über in einen blauen leeren Himmel blickt.

Ich messe dem Unterschied von möbliert und nichtmöbliert keine Bedeutung bei. Dieses Zimmer ist möbliert. Würde ich eins mieten, das es nicht ist, käme mich das billiger. Es ist verrückt, bei meiner Armut hätte ich eigentlich Ausgaben meiden sollen. Ich will mich nicht so einschränken, daß ich möglichst wenig ausgebe. Der Preis der Dinge ist mir egal.

Und ich habe mir in den Kopf gesetzt, die kleinen Leute zu unterstützen! Ich erteile rundum Ratschläge. Was für Ratschläge, mein Gott! In den bescheidensten Haushalten entdeckt man eine Verbindung zum Glück. Man wendet sich an mich, weil ich es scheinbar gut kenne. Man wandte sich auch an Raymond Fruchaut in der Rue Descartes, wo ich eine Woche lang in der Kammer des Dienstmädchens auf einer durchgelegenen Matratze geschlafen habe. Er widersprach mir jedoch mit Hochmut. Als er nicht da ist, nehme ich Revanche. Er hatte einen Fehler, den ich nicht habe. Er ließ die Mächtigen nicht aus ihren Höhen herabsteigen, während ich sie umgänglich und menschlich zeige. »Das werden sie verstehen«, meinte ich. »Es gibt immer einen Weg, miteinander zurechtzukommen. Machen Sie es vor allem so, daß es nicht wie eine Pflicht aussieht.« Ein beeindruckendes Argument, das jeder sofort versteht.

Die Kirche in Compiègne war brechend voll. Der Sarg ruhte auf einem Podium, das mit schwarzen Tüchern verhüllt war. Man trug Madame Mobecourt zu Grabe. Einige Monate zuvor hatte ich sie noch besucht. Sie war eine sehr alte Dame. Sie war sehr bewegt gewesen, als sie mich wiedersah. Sie hatte mich bewundert. Ich war groß, stark und schön. Hatte sie nicht trotz allem recht gehabt? War der Blick einer alten Frau nicht klarsichtiger gewesen als meiner? War ich nicht unredlich, wenn ich mich pausenlos über mein Schicksal beklagte, obwohl ich die wertvollsten Güter auf Erden besaß: Jugend und Gesundheit? Warum aber verursachte ihre Zufriedenheit über Güter, die ich nicht ihr verdankte, bei mir ein Unbehagen? In Wirklichkeit bedeutete ich Madame Mobecourt nichts. Die Jahre, als ich in ihrer Nähe war und die die ersten meines Lebens waren, unterschieden sich für sie in nichts von den anderen. Sie hatte mir gesagt, sie sei glücklich, dazu beigetragen zu haben, daß aus mir ein Mann geworden sei. Warum dieses vage Wort Mann? Jugend und Gesundheit, reichten sie aus, um eine Theorie zu illustrieren, an der ihr so viel lag: wer will, der kann? Schien sie mir nicht dafür zu danken, daß ich verstanden hatte, daß nicht alles von denen abhängen mußte, die einem helfen?

Jetzt war sie gestorben und überließ anderen mildtätigen Damen die Fürsorge für verlassene Kinder. Ich wagte nicht, mich der Familie zu nähern. Ich setzte mich drei oder vier Reihen hinter sie. Ich gab meinen Zügen jenen bewußt ernsten Ausdruck, den man bei Beerdigungen sieht. Und wenn ich jemanden diskret begrüßte, achtete ich darauf, diese Ernsthaftigkeit ja nicht zu verlieren. Hin und wieder blickte ich zu Denise hinüber, der Nichte von Jules Dechatellux, die auf der anderen Seite des Hauptgangs am Ende derselben Reihe saß wie ich. Wie man sich an die Nacht gewöhnt, so schien mir das Dunkelblau meines Anzugs immer heller zu werden. Ich hatte das Gefühl, als ob alle Welt bemerkte, daß ich nicht in Schwarz gekleidet war, daß mein Hut, den ich verborgen hielt, grau war. Und immer öfter wandte ich den Kopf zu diesem jungen Mädchen. Sie hustete alle Augenblicke. Ich bewunderte sie. Sie sah so vorbildlich aus in ihrem schwarzen Kostüm, ihrem schwarzen Pelzmantel, mit ihren schwarzen Handschuhen und ihrer erkünstelten Miene, in der eine Art Unkenntnis weiblicher Listen zum Ausdruck kam.

Plötzlich hatte ich Herzklopfen, dieses Herzklopfen, das ich jedesmal verspüre, wenn ein Unbekannter auf mich zukommt. Eine tief verschleierte Frau, deren Gesicht ich nicht erkennen konnte, war soeben aus der Familienreihe aufgestanden. Doch ich war schnell erleichtert. Sie beugte sich zu meinem Ohr herab.

»Setzen Sie sich doch zu uns«, sagte sie laut.

Ich folgte ihr, ohne zu begreifen, was mir geschah. Ich sah meine Nachbarin an, und unsere Blicke begegneten sich. Ihr Blick besagte: »Ach, wie erstaunlich. Warum hat man ihn bloß gebeten, seinen Platz zu wechseln?«

Ich hatte die Schwester von Madame Mobecourt wiedererkannt, bei der ich als kleines Kind einige Jahre verbracht hatte. Ihr Sohn war vor drei Jahren gestorben. Ihr Mann vor kurzem. Seither lebte sie in Compiègne. Und nun war auch ihre Schwester gestorben. Sie machte diesen seltsamen Lebensabschnitt durch, wo der Tod uns mehrmals in Folge gegenübertritt, ohne daß wir uns deshalb von den lieben Wesen entfernen möchten, die uns noch verbleiben.

Sie hatte nicht immer ein gutes Einvernehmen mit Madame Mobecourt gehabt. Man sollte annehmen, daß vor dem Tod die kleinen Eifersüchteleien von einst vergessen waren. Das war nicht so. Fast so alt wie ihre Schwester, fühlte sie sich nicht verpflichtet übermäßig zu leiden. Ihr reichte es, ihrer Pflicht Genüge zu tun. Aus diesem Grund hatte sie mich geholt, damit ich all jene vertrat, die der Verstorbenen für Wohltaten zu danken hatten.

Meine Überraschung war so groß, daß ich nicht auf die Idee kam, sie könne sich nur erhoben haben, um mich hinter sich sitzen zu lassen. Ich wich nicht von ihrer Seite. Mit einer Handbewegung bedeutete sie mir, umzukehren und mich auf einen freien Platz in der zweiten Reihe zu setzen. Verlegen blieb ich einen Moment stehen. Mußte ich all diese Herren, die uns ansahen, ohne den Kopf zu wenden, bitten, mich vorbeizulassen? Hilfesuchend wandte ich meinen Blick Denise zu, nicht um sie zu einem Lächeln zu bewegen, sondern um ihr meine Verblüffung zu zeigen, als ob unter diesen Umständen allein sie mir helfen könne. In diesem

Augenblick erschien auf Denises Gesicht ein unmerkliches Lächeln, unmerklich für alle außer für mich.

Ich hatte meinen wesentlichen Halt in Compiègne verloren. Welchen Grund würde ich jetzt vorschieben, um in diese Stadt zurückzukehren? Unter solchen Umständen haben wir auf einmal ein klares Bild von dem, was unsere schwachen Fähigkeiten uns von den Absichten der Vorsehung erkennen lassen, so kommt es uns jedenfalls vor. Ich habe festgestellt, daß sie nicht so undurchdringlich ist für einen wachen Verstand. Ich ahnte meine Bestimmung voraus. Sie würde weder glanzvoll noch glücklich sein, aber doch von einer gewissen Sanftheit geprägt sein. In dem Moment, wo ich Madame Mobecourt verlor, spürte ich, daß ein anderes starkes Gefühl jenes ersetzen würde, das ich zuvor für sie empfunden hatte. Zweifellos hatte es an Madame Mobecourt gelegen, daß ich mich noch nicht hatte entscheiden können, mich ins Leben zu stürzen. Oft zieht sich eine Situation hin, obwohl die Umstände, die sie bewirkt haben, nicht mehr vorhanden sind. Ein Mann wie ich erträgt die Folgen bis zuletzt.

Nach der Trauerfeier fühlte ich mich einsamer als je zuvor. Ich hatte nur noch den Zug zu nehmen. Doch ein Lichtschein leuchtete von weitem: Denise. Ich dachte nicht an das, was ich im Leben ertragen hatte, sondern an das, was ich vermieden hatte. Ein einfaches Spiel mit einer Unterschrift hatte mir den Krieg erspart. Sie waren zahlreich gewesen, diese heimlichen Eingriffe der Vorsehung. War Denises Anwesenheit wenige Schritte von mir nicht vorbestimmt? Wenn ich Fieber habe, lege ich mich ins Bett und rufe die geheimnisvolle Macht an, die in uns das Böse bekämpft. Wenn ich eine moralische Krise durchmache, wende ich mich an eine vergleichbare Macht, die mich ebenfalls verteidigt. »Wird es möglich sein, daß wir, Denise und ich, uns lieben?«

Ich kehrte nach Compiègne zurück. Das Osterfest war der Vorwand. Immer wieder hatte ich an den Blick von Denise gedacht. Ihr Vater Albert Dechatellux, den ich seit drei Jahren nicht gesehen hatte, stellte Fragen nach meinen Zukunftsplänen. Ich errötete. Er war sehr liebenswürdig. Ich war zu einem Zeitpunkt gekommen, wo er sich langweilte. »Nun«, sagte er sich, »ich will sehen, was das für ein junger Mann ist.«

»Setzen Sie sich, Monsieur.«

Die Unterhaltung verlief, als würden wir uns bestens kennen. Wenn die Situation es erlaubte, sah er mich verstohlen an. Ich wartete etwas, bis ich wieder aufblickte. Nicht meine Pläne interessierten ihn, sondern die charakteristischen Merkmale meiner Herkunft, meiner Erziehung. Sehr schnell begriff ich, daß er nicht meine Gedanken herausgefunden hatte, sondern all die fehlerhaften Vorstellungen, die eine soziale Lage wie die meine hatte entstehen lassen. Obwohl er von mir seit meiner Geburt gehört hatte, obwohl er mir mehrmals begegnet war, lernte er mich erst jetzt richtig kennen.

»Lassen Sie uns ein Treffen mit meinem Sohn und meiner Tochter vereinbaren.«

Mit jedem Schlag verkrampfte sich mein Herz immer mehr. Ich würde Denise wiedersehen. Sie war da, inmitten anderer junger Leute, anderer junger Mädchen.

An diesem Tag sprach sie kaum mit mir. Sie glich einer Person, die einem ein Versprechen gegeben hat. »Aber warten Sie doch. Der Augenblick ist noch nicht gekommen. Sie haben also kein Vertrauen zu mir?« Ich fuhr wieder ab. Unter welchem Vorwand sollte ich zurückkehren? Jeder hatte mir kräftig die Hand geschüttelt. Sähe man es als normal an, mir wieder zu begegnen? Sollte ich die stumpfsinnige Person sein, die nicht versteht, daß es zuviel ist? Ich hatte über Denise nachgedacht. Ich hatte auch über ihren Vater nachgedacht. Er hatte mir nicht gefallen. Lag der Grund darin, daß er in seiner Jugend gekämpft hatte, daß er das Leben kannte, daß ihm, dem Reichen und Mächtigen, nichts von dem entging, was sich in der Seele der kleinen Leute abspielte? Ich mochte Madame Mobecourt lieber oder selbst Jacqueline.

Einige Tage darauf traf ich Denise im Stadtpark. Sollte ich sie ansprechen? Sollte ich warten, bis sie mich ansprach? Hatte sie mich gesehen? Vielleicht war sie aufgeregt. Alle diese Fragen waren überflüssig. Sie ging sehr schnell. Sie zeigte nicht die geringste Erregung, als sie mich sah.

»Sie gehen spazieren?« fragte sie mich, als sie in Hörweite war.

Ich war nicht in der Lage, aus dieser Entfernung zu antworten. Ich tat, als hätte ich nichts vernommen. Dann setzte ich eine heitere Miene auf. Ich hatte eine schlechte Angewohnheit. Ich setzte stets eine heitere Miene bei Leuten auf, die über meine Situation Bescheid wußten, aber darauf keinen Wert legten.

Ich mußte zurück nach Paris. Ich mußte wieder die Rue Claude Bernard hinaufgehen. Ich mußte mich wieder blikken lassen bei den Hebammen, den Fachärzten, den Gold- und Schmuckhändlern, Rückbuchungen vornehmen, damit sie einwilligten, ihre Anzeigen mit meiner Vermittlung abzuwickeln, denn ich war zu dieser Zeit Anzeigenvertreter, Publizist, wie ich sagte.

Ich hatte mich soeben dank Denise innnerhalb einer Sekunde von der platten und lächerlichen Manie befreit, die

Frauen, denen ich gefallen wollte, anzuschauen, wie man beim Spiel den Partner anschaut, der eine bestimmte Karte spielen soll.

Es gab Straßen und Avenuen im Himmel über Paris, dort zwischen den weißen Wolken. Denise liebte mich.

Zwei Jahre zuvor machte ich den Eindruck eines versehrten Arbeiters, wenn ich in Pantoffeln meine Besorgungen machen ging. Oh, diese aufeinander gestapelten Narzissen auf den Märkten! Ich wollte nur fliehen! Das Haus in der Rue Château-d'Eau war alt und verfallen trotz seines maurischen Eingangs, den es einem türkischen Bad auf einer Etage hinten zum Hof verdankte. Ein Zimmer mit Küche im sechsten Stock am Ende des Flurs. Eine Bettcouch, eine verschlissene Tagesdecke. Gegen das Kopfkissen gelehnt, verbrachte ich Stunden damit, auf die Fenster der Nachbarn zu starren.

Germaine hatte angefangen, mich nachzuahmen. Gegen das Kopfkissen gelehnt, betrachtete auch sie die Fenster der Nachbarn. Wir waren beide nicht für dieses Leben gemacht. Ahmt sie mich noch immer nach? Ich glaube schon. Ich habe nie mehr gelitten als bei dieser Frau. Und all die intimen Erinnerungen, die bleiben, an die ich nicht denken will! Dieses Wort, das sie nur zu mir sagte!

Sobald ich konnte, stieg ich hinten in den Wagen zweiter Klasse der Linie Montrouge-Gare de l'Est. Und für den Preis eines Streckenabschnitts fuhr ich bis zur Place Saint-Michel. Jedesmal stellte ich fest, daß dies eine der lohnendsten Strecken in Paris ist. Man verbringt angenehme Stunden, auch in den schlimmsten Zeiten. Wie ich die jungen Leute meines Alters liebte, die auf der anderen Seite des Flusses studierten und lachten! Ich bewunderte, daß sie mich nicht als unterlegen betrachteten, daß sie mich in ihrer Gruppe akzeptierten, als sei ich einer von ihnen, ich, der ich für eine

Frau, die ich verabscheute, das Essen kochte. Ich schlenderte den Boulevard Saint-Michel hinunter, blieb vor den Schaufenstern der Buchhandlungen stehen. Vor allem während der Herbstabende, im Trubel nach der Sommerpause, in der Trostlosigkeit der Regenschauer überkam mich Verzweiflung. Ich betrachtete die schönen und sorglosen jungen Mädchen. Ich träumte von einem Zimmer in der Rue du Sommerard, in der Rue Monsieur-le-Prince, in der Rue Casimir Delavigne. Sollte ich nicht besser dort leben? Dann mußte ich wieder auf die andere Seite der Seine zurück. Und beim Châtelet, das durch den Justizpalast, die Präfektur, Notre-Dame und das Hôtel-Dieu von diesem Stadtviertel abgetrennt war, fühlte ich mich verloren. Ich ging wieder den Boulevard Sébastopol hinauf. Das erste Geschäft war eine Fahrradhandlung. Danach kamen die Läden von Damoy, Félix Potin. »Wenn Sie eine Blondine treffen«, trällerte ich, »unterwegs am Abend...«

Ich kehrte nach Hause zurück. Endlich fand ich meinen Frieden wieder. Das Essen, der lange Abend, der Schlaf rückten den nächsten Tag in weite Ferne. Ich hatte eine Atempause. Ich konnte den Boden unter den Füßen nicht mehr verlieren. Ist der Tag vorüber, ist die Welt wieder schön. Der Kampf ist unterbrochen. Die nicht daran teilhaben, leiden nicht mehr unter ihrer Untätigkeit.

Wie tief kann doch der Eindruck einer kurzen Zeitspanne sein!

Dieses Leben hatte nur sieben Monate gedauert... Warum hatte ich so unter meinem Elend gelitten, unter den Abendessen, die wir bei einem Pensionär hinter der Place de la République zubereiteten, unter diesem endlosen Tag, den ich mit Germaines Mutter verbrachte, unter den Krankenbesuchen bei einem tuberkulösen kleinen Mädchen, unter meiner Furunkulose, immerhin meiner eigenen, unter tausend ähnlichen Dingen?

Denise besuchte mich nur einmal im Gobelins Viertel. Es herrschte drückende Hitze. Ich hatte meine Jacke ausgezogen, und ich fühlte mich nicht ganz so arm. Ich errötete nicht wegen meines Zimmers. Jedes Elend hat seinen eigenen Charakter. Meines hatte den des Provisorischen. So wirkte es weniger häßlich als die anderen. Ich war noch immer ein Mann, der kämpfen, der sich auflehnen konnte. Dennoch redeten wir, in stiller Absprache, nicht wieder über diesen ersten Besuch, auch sehr viel später nicht.

Eine steinerne Balustrade, ähnlich der im Jardin du Luxembourg, hinten in einem Garten.

Durch die Büsche drangen die Lichter des Hauses.

Gedämpfte Musik.

Ich lebte einen Traum. Meine Ängste waren verflogen. Im fahlen Rund des Mondes leuchtete eine schmale Sichel. Denise und ich, wir waren allein. Ich begehrte sie nicht. Ich konnte nicht enttäuscht werden. Es war der schönste Tag in meinem Leben. Würde dieses Glück von Dauer sein? Denise war lebendig. Sie bewunderte tatsächlich den Himmel. Sie roch tatsächlich den Duft der Blumen. Sie fröstelte tatsächlich, und die ganze Zeit über war ich stolz, daß ich sie nicht begehrte.

Sie wollte wieder ins Haus. Ich hatte nicht gewagt, sie zu umarmen, doch ich wagte, sie zu bitten, noch zu bleiben. Ich verlor jedes Maß. Zügellos offenbarte ich meine Gefühle.

»Wir müssen wieder ins Haus«, sagte sie noch einmal.

Niemand hatte unsere Abwesenheit bemerkt. Wir hätten Schlimmes tun können, weil es niemanden interessiert, wenn man es tut.

Einige Tage darauf erhielt ich von Madame Albert Dechatellux eine Einladung zum Mittagessen. Ich wußte nicht, wie ich antworten sollte. Ich sträubte mich. Ich war trunken vor Freude. Ich nahm an.

Alles verlief ganz einfach. Denises Mutter behandelte mich mit großer Höflichkeit. Als ich nach Hause kam, brach in ich Schluchzen aus. Ich war allen mit meiner Zuschauerhaltung auf die Nerven gegangen. Bei Tisch hatte ich mich zurückhalten wollen. Ich hatte mich über diese Zuschauerhaltung lustig gemacht. Dann hatte ich mich über mich selbst lustig gemacht.

Paris war verlassen. Die Obst- und Milchläden hatten keine Kunden. Es war dort unangenehm kühl, und die Kachelwände waren feucht.

Ich wohnte hinter dem Bon Marché. Unten in meinem Haus gab es ein Geschäft, von dem ich nicht hätte sagen können, ob der Besitzer - ein eigenartiger Mensch, der sich dem kommunalen Gesetz nicht beugen wollte, der in einem einzigen Laden all seine Neigungen vereinigte, selbst Unpünktlichkeit, denn dieses Geschäft öffnete und schloß zu den umöglichsten Zeiten - ob dieser Mensch nun Antiquitätenhändler, Kunsttischler oder Möbelhändler war.

Mein Haus machte einen guten Eindruck. Der tiefe dunkle Eingangsbogen, die rostroten und blauen Scheiben der hinteren Ausgangstür, die tigergestreiften Stechpalmen im Hof verliehen diesem weder öffentlichen noch privaten Ort ein eigenartiges Aussehen.

Ich stieg die Stufen hinauf. Mit jeder Etage veränderte sich der Einfall der Sonne. Alles glänzte, und es roch angenehm nach Bohnerwachs. Neben jeder Tür hing ein schwerer Klingelzug mit Quaste. So sollten die Dinge sein, die wir um uns haben. Sie sollten unabhängig von dem sein, was in uns geschieht, sie sollten immer so bleiben, gleich was passiert, sie sollten den Vorschriften einer Zeremonie entsprechen und uns damit sagen: es ist vernünftig, sich mit der menschlichen Natur in Einklang zu befinden, denn wo würden wir sonst enden?

Ich dachte nicht mehr an Denise. Ich war träge. Kämpfen, um sich durchzusetzen, ständig fürchten, enttäuscht zu haben, sich selbst beobachten, sich rechtfertigen, sich verteidigen, Antwort geben, wie ermüdend das alles ist! Ein Gefühl des Wohlbefindens, der Sicherheit, des Vertrauens überkommt mich in dem Augenblick, wo ich auf diese Anstrengung verzichte.

Die Vorhänge waren zurückgezogen, das Bett war gemacht. Die beiden Fensterflügel glichen den Armen einer Puppe. Meine Sachen hatte man in den Schrank gehängt. Der Toilettentisch, eine Etagere aus Marmor, war aufgeräumt. Das Zimmer eines ordentlichen jungen Mannes. Nichts Liebevolles, oder doch, die liebevolle Umsicht eines Stubenmädchens, das weiß, daß der Mieter ein alleinstehender Herr ist. Sie hatte meine Krawatten aufgehängt, aber der geleerte Aschenbecher war nicht sauber gewischt.

Ich legte meinen Koffer aufs Bett, und ohne noch etwas anderes zu tun, ging ich wieder hinaus. Dieses Zimmer war nichts für mich, und trotzdem hatte ich dorthin zurück gemußt. Ich halte an dem fest, was mit mir zu tun hat. Auf einem sinkenden Schiff würde ich mich nicht ohne weiteres von meiner Jacke, meinen Schuhen trennen, ich würde einen Augenblick daran denken, deshalb in meine Kabine zurückzulaufen... weshalb, frage ich mich?

Ich war wieder auf der Straße. Ich hatte weder Ruhe noch Zeit zur Anpassung nötig. Es sah nicht so aus, als sei ich gerade erst nach Hause zurückgekehrt.

Denise muß angenehm überrascht gewesen sein, als sie mich am nächsten Tag besuchte. Ständig beklagte ich mich. Jetzt würde sie mir nicht mehr glauben. Dieses Haus war sehr angemessen. Weshalb entdeckte ich überall dort Häßlichkeit, wo es keine gab? Denise hatte vielleicht recht. Es war möglich, daß ich diesen schrecklichen Fehler habe, alles, was mich betrifft, verstecken zu müssen.

Denise fürchtete sich vor irgend etwas. Sie war erleichtert. Schon beim Betreten des Hauses hatte der Concierge, der in großen Häusern gedient hatte, einen guten Eindruck auf sie gemacht.

Denise ließ hinter sich die Tür offenstehen.

»Ich bin sehr zufrieden, daß Sie hier wohnen. Ich möchte vor Ihnen nicht verbergen, daß ich ein wenig Angst hatte, nach dem, was Sie mir erzählt haben.«

Ich betrachtete das Zimmer, so, wie Frauen sich selbst betrachten, stellte mir vor, ich sähe es zum ersten Mal. Plötzlich wußte ich, was Denise gefiel. Es war kein Hotelzimmer.

Ich war Compiègner. Denise vergaß das nicht. Was immer ich tat, es verband mich etwas mit meiner Stadt. Denise bestand darauf, daß es dabei blieb. Sie war wirklich zu bewundern. Ich erinnerte mich an all meine Fehler, an all das, was sie meinetwegen hatte ertragen müssen, an meine Wutausbrüche, meinen Stolz, die vorgefertigten Worte über meine Würde und die Barriere, die uns trennte, an mein Schweigen. Sie war da, bescheiden, mittellos. Nur ihre Eltern waren reich. Sie besaß überhaupt nichts. Sie war mir ähnlich. Später, wenn sie über einen gewissen Reichtum verfügte, hätten wir ihn dann nicht gemeinsam erworben, da wir uns zuvor geliebt hatten? So stellte sie sich in ihrem Kopf das Paar vor, das wir bilden würden. Und wenn sie sich irrte? Wenn ich trotz dieser Gemeinsamkeit unter meiner sozialen Herkunft litt!

»Warum sind Sie heute vorbeigekommen?« fragte ich.

Denise liebte mich vielleicht gar nicht. Sie besuchte mich nur wie einen beliebigen Freund. Wir kannten uns noch nicht sehr lange. Mein Gott, hatte ich mir etwa einen Floh ins Ohr gesetzt? Durch ständiges Begehren konnte ich nicht mehr begehren. Ich war mit mir allein in diesem Zimmer, im Beisein von Denise, um drei Uhr nachmittags, im Monat Juli. Ich blieb gelassen. Mehrmals fragte mich Denise, ob ich wirklich wünschte, daß sie ginge. Ich antwortete mit ja. Sie ging. Aus zeitlichem Abstand betrachtet, quälen mich diese Augenblicke. Wie habe ich nur so launisch sein können? In der Erinnerung kommen mir meine plötzlichen Stimmungswechsel noch peinlicher vor als meine Dummheit. Nun war ich aus freien Stücken allein. Das war tatsächlich ein Höhepunkt. In Wirklichkeit bin ich ehrlich, übertrieben vorsichtig. Die Vorstellung, daß ich interessiert scheinen könnte, war der Grund dieser Eigenheit. Ich bin es trotzdem. Ich kann nicht umhin, es zu sein. Es gibt keinen Menschen, der es nicht ist. Freunde mochten Denise vorwerfen, daß sie mich liebte, sie wußten nicht alles.

Versunken in diese allbekannte Boshaftigkeit, die gutwilligen Gefühlen entspringt, begab ich mich zum Bahnhof. Ich wollte mich entschuldigen. Denise war so glücklich und ich so unglücklich. Sie würde verstehen. Wie hoffnungslos das Ganze war! Nichts war von Dauer, weder die Wut noch die Gewissensbisse. Denise unter solchen Umständen mich lieben zu lassen, bedeutete, ihr Schaden zuzufügen. Auf einmal wurde mir das klar, und ich dachte daran, wieder umzukehren. Nichts ist beständig, wenn man leidet. Wie soll man lieben oder sich lieben lassen? Wie soll man nicht unglücklich sein, um zu gefallen? Wie soll man keine Angst erzeugen? Wie soll man die notwendigen Bedingungen schaffen? Wenn Denises Familie im letzten Augenblick ihre Einwilligung verweigerte! Was würden wir tun? Wenn sie der Überläuferin nicht helfen wollten? Eines Tages hatte Denise zu mir gesagt: »So etwas können sie nicht tun.« Und wenn sie es taten? »Oh, ich möchte nie in eine Situation geraten, wo ich überreden, beharren, betteln muß!«, sagte ich leise. Auch wenn ich mich verteidigte, ich fühlte, daß die Demütigung unvermeidlich war. »Wir werden vom Wohlwollen anderer abhängig sein. Wir werden uns so verhalten müssen, daß wir bei ihnen kein Mißfallen erregen.«

Da ist schon der Bahnhof. Ich werde nicht um Verzeihung bitten. Ich werde die Wahrheit sagen. Aber war ich wirklich so bemitleidenswert? Diese Geschichte vom verlassenen Kind, der unglücklichen Jugend, ich konnte sie nicht mehr hören. Wie sehr hätte ich gewünscht, daß es nicht meine Geschichte war! Wie stolz wäre ich auf eine andere Vergangenheit gewesen, selbst wenn sie noch schlimmer war!

Ich lief vor der Gare du Nord auf und ab. Man sah noch zahlreiche Kriegsversehrte in der Menge. Ich hatte keine Verabredung mit ihr. Ich mußte Denise im Vorbeigehen überraschen, sie festhalten, wie ich schon viele Leute festgehalten hatte. Es war fünf vor sechs. Ich dachte daran, daß ich früher oft gesagt hatte, es sei fünf vor, wenn ich Genauigkeit vermeiden wollte. Schließlich tauchte Denise auf. Sie war in Begleitung einer Freundin, Solange Vibot. Ich sah mich außerstande, mich zu rechtfertigen. Ich war nervös, ich lachte zu heftig, ich sprach zu laut. Denise sah mich lächelnd an. Keine Spur von Groll in ihrem Gesicht. Sie hatte mich im Lauf des Nachmittags vergessen. Es war eine Art Selbstbetrug, damit die Zeit länger schien, wenn sie wieder an mich denken würde, und die Entschuldigung einfacher, wenn sie mich wiedersähe.

»Vergessen wir einfach alles«, sagte sie und machte damit meine Erklärungen überflüssig.

Sie hielt meine Launenhaftigkeit wohl für durchaus entschuldbar. Sie zweifelte nicht daran, daß ich mich später, wenn ich ein normales Leben führte, ändern würde.

Die Minuten verstrichen. Plötzlich bat sie mich, sie nach Compiègne zu begleiten. Denise hatte diese Anfälle von

Großherzigkeit. Wenn es dabei um mich ging, war ich hocherfreut. Doch manchmal kam sie auch einem Kind, das auf der Straße spielte, oder einer armen alten Frau zugute. Dann bemühte ich mich, diese Anfälle zu bremsen. Nicht etwa aus Eifersucht, sondern weil ich mich schämte wegen ihrer Unangemessenheit. Flehende Blicke ruhten dann auf mir. Sie wußten, daß diese Anfälle übertrieben waren, hofften aber, daß ich nichts dagegen unternehmen würde. Ich wandte mich ab. Wenn wir dann allein waren, sagte ich Denise meine Meinung. Ich fühlte mich gemein.

Was hatte Solange Vibot wohl gedacht? Es war offensichtlich: ich wurde geliebt, obwohl meine Gedanken und mein Verhalten häßlich waren. Der Mann, der ich zu sein wünschte, war tatsächlich der letzte, von dem Denise träumte. Sie liebte den, der keiner Liebe wert war: mich. Etwas gab mir neue Kraft. Dieser Mann war also doch nicht so unbedeutend! Ich willigte ein, mit ihr nach Compiègne zu fahren. Lassen wir diesen unbedeutenden Mann leben, lassen wir ihn glücklich sein. Selbst wenn er unbedeutend ist, ist er vielleicht bedeutender als viele andere.

Ich besann mich wieder auf meine Einwilligung. Diese Angewohnheit, immer auf die erste Regung zurückzukommen. Auch wenn man nichts besitzt, weder Freunde noch ein Heim, muß man vor einer Abreise erst einmal nachdenken. Aber Denise bemerkte meine Unentschlossenheit nicht, und ich hielt nicht länger daran fest.

Denise und Solange setzten sich nebeneinander. Ich hatte ein Gespräch unterbrochen. Es wurde fortgesetzt. Das Feuer, das mich umfangen hatte, als ich den Zug bestieg, war erloschen. Ich schwieg. Ich fühlte, daß es wieder auflodern würde, wenn Solange sich von uns verabschiedete. Während die beiden sich unterhielten, wurde ich in meiner Ecke erneut von düsteren Gedanken befallen. Ich war ohne Geld aus Paris weggefahren. Nicht einen Augenblick hatte ich mich gefragt, wo ich die Nacht verbringen sollte, wie ich wieder zurückkommen würde. Ich glaubte immer, daß die Dinge sich von selbst ordneten, selbst wenn es aussichtslos schien.

Solanges Bruder erwartete uns in Compiègne am Bahnhof. Er war ein hübscher und stattlicher Bursche. Er wußte nicht, daß ich die ganze Fahrt über geschwiegen hatte. Ich wollte nicht, daß er es erfuhr. Plötzlich fing ich an zu reden. Man hörte mir zu, aber es mußte wenig überzeugend klingen, denn mir kam es bald so vor, als sei man ungeduldig.

Endlich waren Denise und ich allein. Unser Streit war vergessen. Es lag nicht an Solange, daß Denise mir keinen Vorwurf gemacht hatte.

Gestutzte Spindelbäume umgeben den Landbesitz von Albert Dechatellux und verbergen den Blick auf die unterste Fensterreihe. Vier Blitzableiter. Kein Obstbaum wirft seinen Schatten. Alleen, Rasenflächen, hohe Eichen. Ein Gitterzaun trennt das Gebäude nicht nur von der Straße, sondern auch von den angrenzenden Gärten.

Ich ließ mich lange bitten. Ich wollte nicht stören. Schließlich hatte ich wie gewöhnlich nachgegeben. Ich fand mich also im Schoß von Denises Familie wieder. Es ging jetzt darum, niemanden zu enttäuschen. Man würde mir Fragen stellen. Denise beruhigte mich. »Alle sind sehr freundlich«, sagte sie zu mir. Sie glaubte, daß meine Anwesenheit unbemerkt bliebe. Sie war sich nicht darüber im klaren, daß es diese Ungezwungenheit nur unter Mitgliedern derselben Familie, notfalls unter Freunden gibt. Monsieur Dechatellux verhielt sich bereits so, als habe er, indirekt, viel Gutes für mich getan.

»Sie sind schon längere Zeit hier?« fragte mich Madame Dechatellux, ohne mit dem Stricken aufzuhören, als breite sich eine innere Unruhe in ihr aus.

»Wir sind eben erst angekommen, Madame«, antwortete ich und verbeugte mich höflich.

Hatte Denise recht gehabt? Ich störte niemanden; das familiäre Leben ging weiter. Man verschloß sogar die Augen davor, daß es später Nachmittag war, denn man war durchaus nicht unzufrieden darüber, daß ich dem Fortgang der friedfertigen Beschäftigungen beiwohnte. Wie man sah, war mir diese gelassene Ruhe vertraut, in die ich eingedrang. Ach, man wollte nicht seinen Stolz befriedigen! Die Bescheidenheit aller war aufrichtig. »Wir sind, wie wir sind«, schien jeder Mund leise zu flüstern.

Dann schlug zum ersten Mal die Glocke. Es gab eine Glocke, wie es auch auf dem Besitz von Monsieur Vialatte eine gab. Aber diese Glocke rief eine Familie zusammen, während man die andere wie eine Kuriosität zeigte.

Alle standen auf. Jeder hatte vor dem Abendessen irgend etwas zu tun. Da kam ein ganz eigenartiges kollektives Vergessen zum Vorschein. Jeder schien es dem anderen zu überlassen, mir weiterhin Gesellschaft zu leisten, gleichwohl wissend, daß der andere nichts machen würde. Denise hatte tatsächlich geglaubt, daß irgend jemand bei mir bliebe. Als sie mich alleine sah, kam sie zurück, spürte dabei Unbehagen. Sie hatte gehofft, daß man mir mehr Sympathie zeigen würde.

»Sie sind eben erst angekommen! Und ich dachte, daß Sie bereits seit Monatsbeginn hier sind. Ich weiß nicht mehr, wer mir das gesagt hat.«

»Ich mußte unbedingt nach Paris zurück.«

»Natürlich. Wenn man geschäftlich zu tun hat, kann man nicht machen, was man will.«

»Ich habe Ihre Tochter am Bahnhof getroffen. Sie hatte die Liebenswürdigkeit, mich einzuladen. Ich hoffe, daß ich nicht störe, Madame.«

»Sie stören nicht im geringsten, Monsieur. Im Gegenteil, ich bin sehr glücklich darüber, daß Sie hier sind.«

Danach war es an Monsieur Dechatellux, mich zu unterhalten. Lächelnd hatte er darauf gewartet, daß seine Frau ihm den Platz überließ. Eine ganze Welt trennte uns. Ich hatte noch nichts zustande gebracht; er hatte den Großteil seines Lebens über kämpfen müssen und sich bereits vor zehn Jahren von seinen Geschäften zurückgezogen. Die Gegenwart eines aufmerksamen jungen Mannes bot Gelegenheit, nochmals seinen Werdegang in Erinnerung zu rufen. Er vergaß, wer ich war. Er ließ sich zu Vertraulichkeiten hinreißen. Schon lange hörte ihm niemand mehr zu.

Ich nickte zustimmend. In diesem Moment erschien Denise. Ich errötete leicht. Ich schämte mich, jemandem vor den Augen einer Person gefallen zu wollen, der ich ebenfalls gefallen wollte.

Wir gingen gemeinsam ins Eßzimmer. Trotz des Silbers, der Kristallgläser, des goldglänzenden Kupferaufsatzes wirkte die Tafel irgendwie alltäglich. Lag es an der halbvollen Weinkaraffe, an den Serviettenringen?

Madame Dechatellux setzte sich ihrem Mann gegenüber. Am Tage ein wenig im Hintergrund, gewann sie bei den Mahlzeiten ihren Einfluß wieder zurück.

»Bedienen Sie sich, bedienen Sie sich, ich bitte Sie.«

Ich gab nie nach, wenn man mir etwas anbot, worauf ich Lust hatte, was ich aber schon abgelehnt hatte.

Nach dem Abendessen stand Madame Dechatellux auf, sie taumelte leicht. Eine zuvorkommende Geste kann bei mir schnell übertrieben höflich wirken. Meinen Umgangsformen fehlte jede Natürlichkeit. Ich wußte das. Trotzdem sprang ich auf, um den Arm der alten Dame zu stützen. Sie gab mir ihre Hand. Ihr Mann warf mir einen erstaunten Blick zu. Nie hätte er gedacht, daß ich mir so rasch das Vertrauen zunutze machen würde, das er mir gegenüber bewiesen hatte. Sein Miene verdüsterte sich. Ich begann mich zu fragen, ob seine Frau nicht absichtlich ins Taumeln geraten war, ob ich nicht in eine dieser harmlosen Fallen alter Ehepaare geraten war. Auf einmal breitete sich eine beunruhigende Kälte aus. Wenn man sie alle ansah, schien es, daß sie plötzlich einen Grund gefunden hatten, mir böse zu sein.

Ich fühlte mich unbehaglich und fing an zu reden. Aber es nutzte nichts. Selbst Madame Dechatellux wurde von der Kälte ihres Mannes erfaßt. »Es ist immer das gleiche mit den Leuten«, schien er zu sagen. »Dabei hat dieser junge Mann einen so charmanten Eindruck gemacht.« Ich schwieg. Ich erhaschte einen Blick von Monsieur Dechatellux, der besagte: »Dieser Mann täuscht uns.« Mußte man also im Leben immer getäuscht werden? Einer seiner Söhne war mit vierzehn gestorben. Man war gereist, man hatte alle ärztlichen Kapazitäten konsultiert, man hatte ihm alle möglichen Behandlungen zukommen lassen, und er war gestorben. Sein Vater hatte geglaubt, richtig zu handeln. Vielleicht wäre dieser Junge noch am Leben, wenn man nicht auf so viele Leute gehört, nicht so viele sich widersprechende Ratschläge befolgt hätte.

Gegen neun Uhr verkündete Denise, daß sie noch spazieren gehen wolle. Ich war verlegen. Wie sollte ich ihr ungezwungen folgen, ohne den Eindruck zu erwecken, daß ich mich verloren fühlte, sobald sie nicht mehr da war? Wenn ich mich ebenfalls zurückzog, hätte es dann nicht den Anschein, als hielte ich mich übertrieben an Denise? Verriete ich nicht eine recht unerwartete Zuneigung am Ende einer friedlichen Unterhaltung?

Zum Glück kam sie mir zu Hilfe.

»Sie begleiten mich doch, Jean?«

Draußen war ich erleichtert. Es war noch nicht ganz dunkel, doch die großen, vom Laub halb verborgenen Laternen brannten bereits. Das Blau des Himmels verblaßte. Die Gittertore des Parks waren geschlossen. Ich konnte lange menschenleere Alleen erkennen, Rasenflächen, die Schloßterrasse, auf der ungeordnet die Stühle herumstanden.

Nie hatte ich versucht, von Denise gewisse Gunstbezeigungen zu erhalten. Unsere Bekanntschaft hatte von Anbeginn einen ernsten Ton. Stillschweigend waren wir übereingekommen, abzuwarten. Zu viele schwerwiegende Fragen waren ungelöst, so daß es uns wie unbegreiflicher Leichtsinn erschienen wäre, wenn wir uns wie gewöhnliche Verliebte verhielten.

Ich nahm Denise beim Arm. Wir gingen an einer efeubedeckten Mauer entlang. Alle zehn Schritte berührte ein Baum fast diese Mauer. Zwischen diesem Baum und der Mauer gab es einen Zwischenraum, durch den gerade zwei Personen eng nebeneinander hindurchgehen konnten. Ich dachte daran, daß ich in Städten oft vergeblich nach solchen Ecken gesucht hatte. In Compiègne gab es sie überall. Die ungelösten schwerwiegenden Fragen waren aus meinem Kopf verschwunden. Ein neues Hindernis tauchte auf, jedoch von ganz anderer Art. Es kam aus mir selbst. Es stand in keinerlei Beziehung zu unserer Situation. Ich mochte Denise zum Beispiel nicht darum bitten, die Straße zu verlassen und in die Nähe der Mauer zu gehen. Ich überlegte nicht länger. Ich blieb stehen. Ich zog Denise an mich und küßte sie. Welch außergewöhnlicher Kuß! Unsere halb geöffneten Lippen hatten sich wie selbstverständlich gefunden.

Dann machte ich mich lächerlich. Ich flüsterte Denise Dinge ins Ohr wie ein launisches Kind, das nur allzu gerne eine Erlaubnis bekäme. Eine Erlaubnis! Als ginge es um eine Erlaubnis.

Denise drängte mich, mich schlafen zu legen, zurück ins Hotel zu gehen. Ich antwortete ihr, daß das für mich unmöglich sei, ohne näher darauf einzugehen. »Seien Sie nicht kindisch! Sie nehmen einfach den letzten Zug.« Aber diesmal war es tatsächlich unmöglich, ich hütete mich zu sagen, warum.

Wir befanden uns vor der Rennbahn. Ich war erstaunt, daß meine Worte eine solche Wirkung hatten. Ich sagte zu Denise, daß ich sie liebe. Sie fragte mich: »Ist das wahr?« Ich hätte sie auch nicht lieben können. Sie glaubte mir. In dem Moment, wo mir meine Worte soviel nutzen konnten, glaubte man mir! Wir gingen weiter. Ich achtete weder auf die Mauer noch auf die Bäume. Denise stolperte. Es gibt immer kleine Zwischenfälle dieser Art. Man ist so vertieft, daß man gegen jemanden stößt oder sich fast überfahren läßt. Wir waren so miteinander beschäftigt, daß nur ein unerwartetes Ereignis uns von uns selbst hätte ablenken können. Ich verstärkte meine Aufmerksamkeit. Ich befürchtete einen weiteren Zwischenfall. Wir gingen den Weg wieder zurück, immer an der Mauer entlang. Bislang hatte ich mich bemüht, meine Gefühle mit meinem Verlangen in Einklang zu bringen. »Meine Liebe ist zu stark«, sagte ich auf einmal. »Wir sind unvorsichtig gewesen. Es kommt ein Augenblick, wo die Leidenschaft eines Mannes nicht mehr zu beherrschen ist.« Ich wußte, daß das nicht stimmte. Ich wunderte mich, daß Denise das nicht wußte. Sie glaubte, daß es diesen Augenblick wirklich gibt.

»Und morgen früh?« flüsterte sie.

Ein neues Hindernis tauchte auf. Sie dachte nicht an die Schwierigkeit, uns im Morgengrauen voneinander zu trennen, ohne Lärm zu machen, sondern an meine Situation. Der Gedanke an mein Fortgehen ließ sie erstarren. Was sollte ich um vier Uhr morgens draußen tun? Wo sollte ich hin? Sollten wir nicht lieber den Tag abwarten, wo wir uns nicht würden trennen müssen?

Ich antwortete, daß im Sommer die Morgendämmerung im Wald wunderbar sei, daß ich mir oft den Sonnenaufgang ansähe. Sie faßte sich wieder. Diese Andeutung einer persönlichen Vorliebe war ungeschickt. Es wäre besser gewesen, nicht zu antworten, oder einfach zu sagen: ich liebe dich. Ich sah mich an ihrer Seite. Dann sann ich über den Platz nach, den ich im Leben einnahm. Durch mein Verlangen hatte ich ihn aus den Augen verloren. Ich fühlte, daß ich wieder in derart trostlose Überlegungen verfallen würde, daß ich mich jäh meiner physischen Kraft besann. Ich preßte Denise an mich. Der Leutnant Le Claud dürfte sich nicht anders verhalten haben. Ich wollte, und Denise wollte nicht. Es blieb nichts von unserer Freundschaft. Ich war ein Fremder, ein Unbekannter. In unserem Verhältnis ging es nur noch um Macht. Denise senkte den Kopf, damit ich sie nicht mehr küssen konnte. Sie hatte die Arme vor ihrer Brust verschränkt. Aber sie wich nicht von mir zurück. Der Instinkt bestimmte den Wechsel von Ungestüm und Zärtlichkeit. Ich flüsterte ein paar Worte, um sie daran zu erinnern, wer ich war. Sie hörte sie nicht. Wir hatten Monate gebraucht, um uns kennenzulernen. Sie kannte mich nicht mehr. Nun preßte sie mich an sich.

Ich strahlte vor Freude. Ich ging immer geradeaus. Der Tag fing an zu dämmern. Die Vögel sangen. Zu Tausenden warteten sie in den Bäumen auf die Sonne. Als ich Denise vor einer halben Stunde verließ, ging gerade ein riesiger Mond unter. Noch nie hatte ich solch ein Schauspiel erlebt. Doch ich spürte, daß sich später, wenn die Schatten des Waldes nicht mehr kürzer werden, ein großes Unbehagen in mir ausbreiten würde. Der Akt der Liebe, die Zärtlichkeiten, die Eroberung, die Küsse, das Fortgehen in der Nacht, waren das nicht alles Taten eines Mannes, der in sich ruhte? Wie war das überhaupt möglich geworden, wo ich innerlich so zerfressen war? Ich hatte alles vergessen. Jetzt, wo ich unterwegs war, fragte ich mich, wohin ich ging. Ich wurde geliebt. Aber wenn ich nicht die Kraft hatte, dieses Spiel zu spielen, was sollte ich dann tun? Eine aufrichtige Liebe? Ich hörte Richard höhnen: »Natürlich wäre jeder unter diesen Umständen aufrichtig!« Sollte ich mich in Hochmut flüchten? In Denises Vorstellung war ich ein armer junger Mann. Nein, sie täuschte sich. Wenn das wahr wäre, wäre es wunderbar. Aber was war ich dann?

Am Vorabend, als ich mich vom Abendessen zurückzog, war nicht die Rede davon gewesen, daß ich am nächsten Tag wiederkäme. Heute morgen, als ich über den Balkon hinabkletterte, hatte Denise darauf bestanden, daß ich vorbeikäme, um ihr auf Wiedersehen zu sagen. Ich hatte zugestimmt. Doch jetzt zögerte ich. »Ich muß mich von meiner Selbstverliebheit befreien, denn es besteht ein Unterschied zwischen dem Mann von heute und dem Mann von gestern«, sagte ich leise zu mir. »Ich muß mich entspannen. Ich bin glücklich. Ich werde die Veränderung offen zeigen, die in mir vorgegangen ist.«

Ich zog an der Klingel. Denise kam mir entgegen. In der Nacht: Ringen, Küsse, Tränen. Am Morgen: Glück. Das Haus war schon für Besuch hergerichtet. Das Durcheinander des familiären Lebens vom Vorabend war in Ordnung gebracht. Meine Verlegenheit war verschwunden. Ich sah Denise an. Sie verbarg ihre Verwirrung auf bezaubernde Art. Sie errötete, erzählte mir von Solange Vibot. Sie wagte nicht, mich zu fragen, was ich gemacht hatte, nachdem ich fortgegangen war. Was für ein köstlicher Augenblick! Und ich hatte nicht kommen wollen! Ich war es wirklich nicht wert, der Liebe zu begegnen.

Durch die Abteiltür sah ich die lange Autoschlange vor dem Bahnübergang. Ich war in Compiègne angekommen. Ich hatte lange überlegt, die widersprüchlichsten Entscheidungen erwogen. Plötzlich schlug ich mit der flachen Hand an mein Jackett. Denise wartete auf mich. Ich wollte fröhlich sein, munter, gesellig, gutgelaunt. Sie trug ein graues Flanellkostum, weiße Lederschuhe und eine Art Baskenmütze. Sie machte den Eindruck, als kleide sie sich ganz ungezwungen, trotz einer altmodischen Brosche, einem Erbstück, die sie wie ein Sportabzeichen im Knopfloch trug. Und wie war ich angezogen? Ich hatte die Angewohnheit, mich mit anderen zu vergleichen, und ich war stets enttäuscht. Heute bestand ein peinliches Mißverhältnis zwischen meinem Jakkett, das zwei Jahre alt war, und meiner Flanellhose, die ich neu gekauft hatte.

Als ich Denise beim Arm nahm und unter dem Stoff die weichen Muskeln fühlte, stockte mir für einige Sekunden der Atem. Wir hatten schon eine Nacht miteinander verbracht. Nun konnten wir ohne Bitten, ohne Kampf wieder zusammenkommen. Weiße Wolken stauten sich am Himmel. Als bäumten sie sich auf. Die von einem nächtlichen Regenguß noch feuchten Straßen mit ihren leise im Wind schlagenden Markisen erinnerten mich an die Pariser Alleen.

Wir gingen über die Brücke. Und hier geschah das Unvorhergesehene. Plötzlich sagte Denise zu mir. »Kommen Sie.« Sie überquerte die Straße, blieb vor der *Gazette de l'Oise* stehen. »Finden Sie das nicht grausam?« In einer Vitrine hing die Photographie eines jungen Mannes mit einem Trauerflor . »Ohnehin schon schwer geprüft in seiner jungen Generation, hat der S.S.D.C. einen harten Verlust in der Person von André de Sommeterre zu beklagen, der in der Blüte seiner Jahre aus der Mitte seiner Familie und seiner Freunde gerissen wurde. Er, der den Sport nicht nur liebte, sonder etwas davon verstand, was nicht immer dasselbe ist, ehemaliger

Vereinsspieler, Pferdeliebhaber, kam zum Golf weniger auf der Suche nach persönlichem Erfolg, sondern eher, um die Fortschritte seiner Kameraden zu verfolgen. Wir liebten nicht nur die Großzügigkeit seines Herzens und seines Geistes, sondern auch seine Fähigkeit zur Ironie, mit der er die Eingebildeten und die Dummköpfe durchschaute.«

Ich hatte kaum diesen Nachruf zu Ende gelesen, als Denise mich fortzog, als bedauere sie, daß sie meine Aufmerksamkeit von uns selbst abgelenkt hatte. Vor acht Tagen erst war ich aus Compiègne weggefahren. Sie hatte mich rasch wiederkommen lassen, damit ihr Vater das Gefühl, das wir teilten, erriet, denn ein Zusammenhang zwischen meinem vorherigen Besuch und meiner Rückkehr war nicht zu übersehen.

Monsieur Dechatellux machte mir keine Vowürfe. Er wollte mich nicht kennenlernen. Was er von mir wußte, war nur über Hörensagen an seine Ohren gedrungen. Ein Haufen Leute hatte immer zwischen uns gestanden. Und auf einmal hatte er sich in Luft aufgelöst! Und auf einmal erzählte seine eigene Tochter etwas von mir! Trotzdem beachtete er mich nicht. Doch an den verstohlenen Blicken, die er mir bisweilen zuwarf, merkte ich, daß ich für ihn nicht länger die fernstehende, bedeutungslose Person von einst war.

Denise stellte die Rechtmäßigkeit ihrer Wünsche der erstickenden Atmosphäre, die sie umgab, entgegen. Sie führte endlose Gespräche mit ihren Freundinnen. Alle gaben ihr recht. Der gute Wille ist überall anzutreffen, wenn es gilt, die Liebe gegen Vorurteile zu verteidigen. Denise beklagte sich nicht über ihre Familie. Sie sprach im Ton der Leute, die überzeugt sind, die Wahrheit auf ihrer Seite zu haben - normale Leute, die sich nichts anderes wünschen, als wie alle anderen zu leben.

Trotzdem fühlte sie sich nicht freigesprochen durch die Zustimmung, die sie erhielt. Ihr fehlte etwas. Man teilte zu rasch ihre Auffassung. Man verstand nicht richtig, weshalb sie diese Situation akzeptierte, obwohl sie völlig im Recht war. Man verstand nicht, daß sie vor allem niemandem Kummer bereiten wollte, daß sie ihre Familie liebte.

Wäre diese feindselige Stimmung auch entstanden, wenn Denise einen Mann geliebt hätte, der ihrem Vater besser gefiel? Ich fragte sie danach. Sie antwortete nicht, doch am nächsten Tag machte sie folgende Bemerkung: »Meine Eltern hätten schnell genug von den Ansprüchen eines Traumschwiegersohns.«

Einige Tage später stellte man mir eine Falle. Die Türen waren geöffnet. Es gab keine Geheimnisse mehr für mich. Man behandelte mich wie ein Familienmitglied. Ich sollte mich entspannen, mich geborgen fühlen. Dort warteten die Fallstricke. Denn sich entspannen, sich im vertrauten Kreis anderer geborgen fühlen, das ist ein Fehler. Ich beging diesen Fehler.

Als ich ankam, war ich angespannt, eingeschüchert. Man bedauerte anscheinend, daß man lange Zeit so kühl zu mir gewesen war. Eine ungewohnte Herzlichkeit umfing mich. Ich war so unvorsichtig, von mir zu sprechen. In einem Gefühlsüberschwang sagte ich, daß ich mich sehr darüber freue, ein wenig Zuneigung hervorzurufen. Monsieur Dechatellux sah seine Tochter an. Es gibt Ehepaare, Familien, wo man sich darum bemüht, sich vor dritten nicht anzusehen. Hier warf man sich ständig Blicke zu. Denise verstand, daß dieser Blick besagte, daß ich keinerlei Erziehung besaß. Sie rührte sich nicht. Ich verfing mich immer mehr in meinen eigenen Worten. Sie wußte nicht, wie sie mich bremsen sollte. Ich ereiferte mich. Ich verkündete, daß ich alle Vorstellungen von Monsieur Dechatellux teilte. Aber er triumphierte nicht. Sein Gesicht blieb verschlossen. Er verkörperte die Familie, die sich vor der Liebe zurückzieht. »Denise, wirst du die Dummheit haben, uns so etwas anzutun?« Sie zeigte ihre Verwirrung. Für sie war es natürlich, mich zu lieben und gleichzeitig ihre Familie.

Was mich betrifft, so hatte man über mich geurteilt. Ich war ein Dummkopf. Wie hatte ich mir nur einbilden können, man würde mich wie einen Sohn aufnehmen?

Niemand zweifelte mehr daran, daß Denise entschlossen war zu heiraten. Nun trat die Diplomatie in den Vordergrund. Ignorieren oder verachten half nicht mehr. Die Dechatellux' hatten eine so hohe Meinung von der Gemeinschaft, die sie bildeten, daß sie auch sonst jeden beiseite drängten, um die Einheit zu erhalten. Sie gaben Denise ihre Zustimmung. Ich ergriff die Gelegenheit und tat so, als glaubte ich an ihre Aufrichtigkeit. Ich hatte mich von meiner berüchtigten Selbstverliebtheit gelöst. Allmählich begann ich mich frei zu fühlen. Ich hatte entdeckt, daß die größte Fähigkeit darin besteht, die Leute so zu nehmen wie sie sind, statt sich den Kopf darüber zu zerbrechen, was sie tatsächlich denken. Da man mich wie einen Freund der Familie behandelte, brauchte ich mich nur entsprechend zu verhalten. Warum hatte ich das nicht schon früher getan? Jetzt, da ich nichts mehr fürchtete, ließ man mich in Ruhe. Hatte ich nicht recht damit gehabt, meine Empfindlichkeiten, meine Ängste, meine Befürchtungen abzulegen, da ich dafür nun mit einer tiefen inneren Befriedigung belohnt wurde? Ich ging soweit, mich zu fragen, ob man mir tatsächlich je feindselig gesonnen war. Es macht keinen guten Eindruck, wenn man sein Verhalten immer zu rechtfertigen sucht. Es genügt, wenn man jeden Tag anders ist. Ich werde heute das Gegenteil von dem tun, was ich gestern getan habe. Urteile bleiben nur, wie sie sind, wenn auch wir uns nicht ändern.

Die Rivalität zwischen den beiden Brüdern mußte, so scheint es, äußerst heftig gewesen sein. Dem älteren, Albert, dem Vater von Denise, standen einige Vorrechte zu. Der jüngere Bruder, Jules, der Vater von Étienne, hatte sie sich angemaßt. Er hielt sich für den Fähigeren. Schließlich glaubte man ihm. Trotz ihrer Rivalität kamen sie überein, daß etwas getan werden müsse, um mich beiseite zu schieben. Ich diente als Vorwand zur Versöhnung.

Jules Dechatellux ließ mich eines Tages wissen, daß er mich gerne sprechen würde. Was für eine List! Er streckte mir die Arme entgegen, schien so glücklich, mich wiederzusehen! Er nahm mich bei der Schulter, führte mich zu seinem Arbeitszimmer. Es war Teestunde. Gäste spielten Bridge. Wir gingen, ohne stehenzubleiben, zwischen den Tischen hindurch. Jules Dechatellux war so gewandt und ließ das Gespräch sich von selbst entwickeln. Schließlich vertraute er mir an, daß sein Bruder vielleicht hin und wieder ungeschickt sei, daß er aber große Güte hinter seinem kühlen Äußeren verbarg. Er hatte sich an seinen Schreibtisch gesetzt. Er war klug genug, seine Überlegenheit nicht aus seinem Vermögen zu schöpfen, sondern aus der Fähigkeit, die es ihm erlaubt hatte, es zu erlangen und zu bewahren. Er musterte mich. Er kannte meinen Lebenslauf, aber er war nicht der Mann, der dies in einem so herzlichen Gespräch spüren ließ. Der Gedanke, mich bei meinen aufrichtigen Gefühlen zu fassen, war ihm nicht gekommen. Das hätte alles durcheinanderbringen können. Er ging direkt aufs Ziel zu.

»Wissen Sie, wer Sie sind?« fragte er mich.

Obwohl sie so einfach erschien, konnte ich auf diese Frage keine Antwort geben. Ging es um meinen Charakter oder um meine soziale Lage?

»Wissen Sie, wer Ihre Eltern waren? Ihr Vater war Leutnant bei den Dragonern, das weiß ich, aber er hat Sie nicht anerkannt, und Ihre Mutter, ich gebe es zu, war ein anständiges Mädchen, das Madame Mobecourt, glaube ich, aufgenommen hatte.«

Ich wandte ein, daß das nichts zu bedeuten habe. Warum wurde immer Wert auf die soziale Herkunft gelegt? Konnte man sich denn nicht ganz einfach vorstellen, daß ich der Sohn zweier Menschen war, die sich geliebt hatten. Warum immer dasselbe: wer war dein Vater, wer war deine Mutter?

Manche Personen geben einem zu verstehen, was sie von uns denken, ohne ein Wort zu sagen. Jules Dechatellux hatte vollkommen richtig festgestellt, daß ich ein uneheliches Kind war, weder Familie, soziale Stellung noch Vermögen hatte. Er hatte nicht verstanden, daß ich unter solchen Umständen wagte, an eine Heirat zu denken, mit Denise oder mit einem anderen jungen Mädchen.

Während er mir diesen Vortrag hielt, hatte ich an jene Männer gedacht, die nicht die geringste Beleidigung hinnehmen. Sie stehen auf, bringen Einwände vor. Ich dagegen hatte mich nicht gerührt. In Wirklichkeit hatte er recht. Was ich gehört hatte, war richtig, hoffnungslos richtig. Er hatte nichts gegen mich persönlich. Was er zu mir gesagt hatte, hätte er auch seinem besten Freund gesagt, vorausgesetzt, er befände sich in der gleichen Lage wie ich. Trotzdem hatte ich Lust, mich aufzuregen. Die Gelegenheit war ausgesprochen günstig. Aber ich hatte Angst. Ich glich einer Frau, die man an einem verlassenen Ort schändet. Wenn sie um Hilfe ruft, bringt der Mann seinen Anzug in Ordnung.

Einige Tage darauf machte ich eine Entdeckung. Ohne einen bestimmten Grund hatte ich Albert Dechatellux einen Besuch abgestattet. Wenn man jemanden loswerden will, versucht man zunächst, daß er von alleine geht. Ich war mißtrauisch. Ich achtete nicht auf unangenehme Anspielungen. Ich dachte an etwas anderes. Und plötzlich merkte ich, daß ich mich aufdrängte. Wie! Ich drängte mich auf! Ein Schleier zerriß, wie man sagt. Ich begriff, daß ich immer ein Stein des Anstoßes gewesen war, daß ich die Realität aus den Augen verloren hatte, daß ich nicht den geringsten Grund hatte, mich so regelmäßig zu den Dechatellux' zu begeben, daß Denise offiziell für mich nichts war, weder meine Verlobte noch meine Frau.

Der Gedanke, auf der Stelle nach Paris zurückzukehren, schoß mir in den Kopf. Aber ein paar Stunden lassen den Stolz genauso sich abstumpfen wie die schönsten Entschlüsse. Ich blieb. Ich gab mich damit zufrieden, mich zu bessern, in der naiven Hoffnung, daß niemand etwas bemerkt hatte.

Die Häuser von Jules und Albert Dechatellux lagen in derselben Avenue, zwei- oder dreihundert Meter voneinander entfernt. Auch wenn wir uns genau dazwischen befanden, fühlte ich mich verloren. Der Himmel war tief blau. Die vertrauten Plätze, dank derer Compiègne für mich keine unbekannte Stadt war, hatten ihre Konturen verloren. Man erwartete mich. Man hatte mir gesagt: »Sie kommen doch morgen, nicht wahr?« Als hätte ich nicht wiederkommen wollen. Wir waren alle gleich. Niemand war unterlegen oder überlegen. Ein Scherz! Man unterhielt sich kaum mit mir. »Sie kommen doch morgen, nicht wahr?« Vielleicht liebten Denise und ich uns nicht mehr, zumindest hoffte man das. Es gab noch sehr viel, was man mir zu sagen hatte. Man schwieg. Vielleicht täuschte ich mich. Vielleicht hatten die

Dechatellux' wie ich das Gefühl, daß das Leben nicht ewig währt, daß jeder verflossene Monat die Bedrohungen mindert, die über uns schweben. Wenn wir nur noch einige Jahre zu leben haben, werden sie zumindest nicht alle auf uns einstürzen können.

Wir gingen im Wald spazieren. Ich war erstaunt, daß die Bäume noch belaubt waren, für mich begann der Herbst im September. Die Luft war so ruhig, daß das Taumeln der Schmetterlinge etwas Rätselhaftes hatte. Es war noch immer sehr warm.

Der Dampf der Lokomotive verlor sich in der Nacht. Es nieselte. Die Scheiben waren beschlagen. Ein eigentümlicher Geruch nach saurer Milch, Kölnisch Wasser und Orange hing im Abteil. Unsere Trennung von heute abend wühlte mich auf. Ein Bahnhof, der Regen, man umarmt sich, man trennt sich. Würde sich alles ändern? In Paris öffnete der Automobilsalon seine Pforten. Ich beugte mich aus der Abteiltür. Wir liebten uns. Eines Tages würden wir heiraten. Wie glücklich mußten die sein, die eine Familie hatten, die sich im Mittelpunkt eines kleinen Universums sahen, von dem sie sich nur sehr vorsichtig fortbewegten! Sie gewannen ihren leer gebliebenen Platz immer wieder zurück. Keine Zweifel, keine Furcht. Wenn sie von einer Krankheit befallen wurden, wenn sie litten, veränderte sich nichts an ihrem Leben. Sie hielten sich an das allgemeine Gesetz. Und wenn sie starben und ihre Frau, ihre Kinder, ihre Freunde, ihre Habe zurückließen, hielten sie sich noch immer an das allgemeine Gesetz. Heute abend verließ ich Denise. Ich würde allein sein. Die Versuchungen lockten mich von neuem. Wenn ich in einer Stunde ankam, würde ich mit aller Kraft gegen sie ankämpfen müssen. Wie privilegiert jene sind, die sich immer gleichen, ob sie allein oder in Gesellschaft sind!

Ich hatte keine Lust, nach Hause zu gehen, um noch einsamer zu sein.

Was ich so befürchtete, trat nicht ein. Das Kommen und Gehen, die Lichter reichten aus, um mich abzulenken. Ich bemühte mich nicht, mit irgend jemandem zu reden. Glücklich über diesen scheinbaren Sieg über mich selbst, kehrte ich heim.

Am nächsten Tag erhielt ich folgendes Telegramm: Monsieur Dechatellux verschieden. Ein Hausangestellter hatte es auf Drängen von Denise abgeschickt. Kein einziges Verb. Man hätte glauben können, das Unglück habe sich nicht in der vergangenen Nacht ereignet. Monsieur Dechatellux verschieden. Am Abend zuvor hatte ich noch ein paar Worte mit ihm gewechselt. Das Wort verschieden verfolgte mich, als müßte ich einen Unterschied zu dem Wort tot herausfinden, als wäre, wenn der Unterschied gefunden wäre, nicht alles unwiderruflich zu Ende. Aber nein. Verschieden bedeutete tot. Albert Dechatellux war tot.

An einem Nachmittag im November besuchte mich Denise. Ihre Familie war in die Rue Verniquet umgezogen. Ich hatte sie seit zwei Monaten nicht mehr gesehen. Ich blieb im Hintergrund. Diese Situation behagte mir außerordentlich. Ich überließ Denise sich selbst. Der Schmerz, den alle empfanden, hatte mich vergessen lassen. Es war ganz entschieden so, daß ich in meinem Verhältnis zu den Dechatellux' niemals ich selbst sein konnte. Meine Zurückhaltung sollten sie als Respekt vor ihrem Schmerz auslegen.

Denise lud mich zum Tee ein. Ich hielt sie bei mir fest. Danach kam ich mir niederträchtig vor. Ich hatte das Gefühl, aus ihrer jetzigen Freiheit Nutzen gezogen zu haben, da niemand sie mehr daran hindern konnte, mich zu heiraten. In dem Taxi, das uns fortbrachte, sagte ich: »Was ich getan habe, ist nicht gut.« Sie sah mich überrascht an.

Wann wird das natürlichste Verhalten endlich keine Gewissensbisse mehr in mir hervorrufen?

Jetzt, wo unsere Heirat unvermeidbar schien, versuchte Richard, uns zu schmeicheln. Er wollte uns weiter im Auge behalten. Er war noch ein ganz junger Mann, ein Richard, der noch nichts gemein hatte mit dem selbstlosen Arzt aus der Rue de Rome. Eines Tages sagte ich zu ihm, daß ich nicht den geringsten Grund hätte, ihm Dankbarkeit zu zeigen. Er wurde wütend. Wir standen uns wie wilde Tiere gegenüber. Denise trat dazwischen. Man errötet vor Scham, wenn man sich an solche Szenen erinnert.

Und diese Art, über Geldangelegenheiten zu reden! Man tat, als wende man sich an seinesgleichen. »Sie müssen bei Denise darauf bestehen, daß sie sich entscheidet, die Übereignungen zu unterzeichnen, denn wir nähern uns dem letztmöglichen Termin«, sagte Richard, den eine Verwirkung gleichgültig lassen würde. Wie echt seine Offenheit wirkte! »Nein, Jean (mein Vorname aus seinem Mund!), Sie haben nicht das Recht, so etwas über uns zu denken«, rief er eines Tages aus, als ich ihm dummerweise eingestand, daß ich mir wie ein Eindringling vorkam. Er stellte Pläne für unsere Zukunft auf. »Sie gehen wieder nach Compiègne zurück. Ich habe Angst, daß Sie in Paris in Schwierigkeiten geraten, mit dem Geld auszukommen. Sie werden ein Büro in der Stadt haben, mit einer schönen Departementskarte an der Wand.« Er sprach davon, bei der Direktion einer Versicherungsgesellschaft erwirken zu wollen, daß sie den Generalagenten des Departements Oise versetzte. Ich würde nur so lange ein einfacher Versicherungsagent bleiben, bis diese Versetzung gelungen sei. Ich nahm an in der stillen Hoffnung, daß diese Idee in Vergessenheit geriete. Denise war auch nicht ehrgeiziger als ich. Ihre Gleichgültigkeit verursachte mir Unbehagen. Denn ich hatte unrecht. Es wäre umsichtiger gewesen, so zu leben, wie Richard es wünschte. Er hatte seiner Schwester und mir gegenüber recht.

Später verkündete er, daß er vorhabe, sich in Compiègne ein Haus zu kaufen. Er würde es uns vermieten. Unseretwegen, beteuerte er, habe er sich dazu entschieden, Geld in ein Immobiliengeschäft zu stecken, denn er war keineswegs für solche Unternehmen. Ich wußte noch nicht, daß ein Kauf Sorgen bedeuten kann. Ich sagte mir: »Man kauft oder man kauft nicht.« Denise und Richard fanden das Haus zu teuer, während ich mit einer Leichtigkeit, die alle Welt schockieren mußte, die geforderte Summe im Geiste abgehoben und dann nicht weiter an diese Geschichte gedacht hatte.

Im Vergleich zu irgend jemand ist man immer arm. Richard war sich dessen nicht bewußt. Für die wirklich Reichen dürfte es, so schien mir, keinen großen Unterschied zwischen ihm und mir geben. Ich täuschte mich. Richard war einer von ihnen. Er zögerte, wartete, wählte. Wie sie fürchtete er nicht, seine Zeit zu vergeuden. Er wußte, daß man an solchen Merkmalen den gefestigten Reichtum erkennt. Was mich am meisten erstaunte, war der Tatbestand, daß für Summen, die meiner Auffassung nach bescheiden waren, so viele Leute in Bewegung versetzt wurden. Ich stellte mir vor, daß man ein Haus kauft wie man einen Anzug kauft und dabei dem Verkäufer ein wenig entgegenkommt. Obwohl es ein bescheidenes Haus war, war Richard bereits zehnmal nach Compiègne gefahren. Und Denise unterstützte ihn darin. Im Grunde wollte er lieber Geschäfte machen als Ratschläge erteilen.

Ich litt unter meiner Minderwertigkeit. Richard war überzeugt, daß er die Ursache für dieses Leiden war, daß ich mich ihm unterlegen fühlte. Lange Zeit beherrschte er sich. Er tat so, als bemerke er nicht, daß ich ihn beobachtete. Er zeigte sich kleinlich beim Zahlen irgendwelcher Rechnungen und trug Gleichgültigkeit zur Schau, wenn er eine beträchtliche

Summe verlor. In dem Moment, wo eine gewisse Nähe zwischen uns entstanden war, spielte er eine erstaunliche Komödie: daß er nichts vor mir zu verbergen habe. Er wollte mir zu verstehen geben, daß allein der Gelderwerb die Menschen lenkt. Er geriet vor mir in Wut wegen eines unberechtigt abgehobenen Betrages. Es war unausgesprochen, daß ich nicht besser war als er und daß meine Gefühle für Denise, auch wenn er an meiner Liebe zu ihr nicht zweifelte, trotz allem von ihrem Vermögen beeinflußt waren. Wie konnte er nur so wenig Selbstachtung haben? Ich fragte mich das bis zu dem Tag, wo er die erstaunliche Bemerkung machte: »Sie müssen wissen, Jean, daß wir in unseren Kreisen niemandes Einverständnis nötig haben, um zu handeln.« Dieses Einverständnis war in der Tat überflüssig. Ich stellte es spätestens fest, als ich regelmäßig zu Freunden von Denise mitgenommen wurde. Sie bewiesen größte Diskretion, sobald die Angelegenheit, über die man sich beklagte, einen familiären Hintergrund zu haben schien!

Im Frühjahr kehrte die Familie Dechatellux wieder nach Compiègne zurück. In dem Maß wie unsere Hochzeit näher rückte, wuchs meine Furcht. Ich hielt es nicht für möglich, daß eine reine Formalität die Veränderungen brächte, die ich mir erhoffte. Denises Mutter hatte sich sehr verändert. Sie tat, als lebe ihr Mann noch. Manchmal sprach sie über ihn, als sei er gerade hinausgegangen. Sie redete zwar nicht so, daß man an ihrem Verstand zweifeln konnte, doch warf sie ihrem Gesprächspartner den Blick derer zu, die lügen, sich aber nicht sicher sind, ob man ihnen wirklich glaubt. Diese kleine Komödie der Verwirrung erleichterte sie vielleicht. Doch Richard benutzte seine Mutter für sein eigenes Spiel. Er hatte ihr eine Gesellschafterin verschafft, die nicht mehr von ihrer Seite wich.

Madame Dechatellux bezeugte plötzlich mir gegenüber eine offene Zuneigung. Wie war es zu diesem Wandel gekommen? Welch geheimnisvolle Entwicklung hatte ihr Mißtrauen durchlaufen, um zu Sympathie zu werden? War es das Alter? Schwankungen dieser Art sind bei älteren Menschen häufig anzutreffen. Sie verleihen ihnen die Illusion einer Unabhängigkeit, die sie verloren haben. Es sei denn, daß, schmeichelhaft gesagt, wirklich eine ernsthafte Zuneigung entstanden ist.

Als ich eines Morgens Abel auf der Place du Marché-aux-Herbes traf, hatte er nicht einmal die Neugier, um mich aufmerksam zu betrachten, genauer herauszufinden, was aus mir geworden war. Dabei wäre es interessant gewesen, es mit dem zu vergleichen, was er aus mir gemacht hätte. Ich war überrascht, mich bei irgendeiner Gelegenheit sagen zu hören: »Mein Vater, der Oberstleutnant Le Claud...« Es gibt Ereignisse, die wir für gesichert halten, ohne genau sagen zu können, woher wir das wissen. So war ich überzeugt, daß mein Vater inzwischen im Rang eines Oberstleutnants stand. Genauso war ich überzeugt, daß eine meiner Tanten ins Kloster eingetreten war. Nichts war weniger sicher. Aber in meiner Lage fehlte letztlich allem die Solidität, so daß ich nie zögerte, aus vagen Andeutungen, die zu mir gelangten, eine Tatsache zu machen.

Seit dem Tod seines älteren Bruders war aus Jules Dechatellux ein anderer Mensch geworden. Die Zeit der Rivalität, der Eifersucht war vorbei. Seit Monaten hatte er seine Schwägerin, Richard und Denise nicht mehr gesehen. Ich erfuhr, daß er in eine Freundin seiner Frau verliebt war, die den Beinamen Bébé trug und eine längere Reise antreten wollte.

Richard erhoffte sich jetzt von seinem Onkel, daß er mit seiner Autorität Denise die Heirat mit mir ausreden könne. War das nicht das unbewußte Verhalten eines Sohnes, der ununterbrochen vorgibt, den geheimen Wünschen seines Vaters zu gehorchen? Konnte man ungenierter zeigen, daß die ganzen Sympathiebekundungen nicht im geringsten aufrichtig waren? Ich fragte mich das, weil ich die Schwäche hatte, die Gefühle derer durchschauen zu wollen, die mich haßten. Der eine hatte dieses getan, der andere jenes. Wenn ich das eine zurückwies, konnte ich das andere erlangen. Wenn ich das eine hinnahm...

Richard war in der Tat von bemerkenswerter Naivität. Die Gefühle, die Denise mir entgegenbrachte, waren seiner Vorstellung nach oberflächlich. Wenn es ihm nicht gelang, sie wieder zur Vernunft zu bringen, so lag es daran, daß er ihr Bruder war, aber Jules Dechatellux, dem würde sie zuhören.

Denise ließ sich nicht verwirren. Sie gab dem Wunsch ihres Bruders nach, versicherte mir aber, daß sie diese Einmischung lächerlich fand. Doch das Leben ging weiter. Man sollte sich nicht auf sein gutes Recht versteifen, sich unnütz Feinde verschaffen. Eine solche Unterredung würde Mißverständnisse zerstreuen helfen. »Es wird danach keinen Zweifel mehr geben an den Gefühlen, die ich für Sie habe.« Was geschah? Es sah so aus, als hätte Jules Dechatellux nur über sich geredet. Er lehnte jede Anstrengung ab, und für ihn war es eine Anstrengung, zwei Sichtweisen miteinander in Einklang zu bringen. Er hatte nur an seine Geliebte gedacht. Richard hatte vergeblich versucht, ihn aufzustacheln. Dagegen dürfte Denise das Liebesglück ihres Onkels genutzt haben, denn sie brachte jäh das Gespräch aufs Geld. Sie hatte es satt, daß sie nicht über das verfügen konnte, was ihr zustand. Richard war vor Wut in die Luft gegangen. Seine Schwester war entschieden gerissener als er.

Sie kam zu mir in die Allee zurück, wo ich auf einer Parkbank auf sie wartete. Seit Wochen hatte ich mich nicht mehr so niedergeschlagen gefühlt. Diese Unterredung schien mir von enormer Bedeutung. War nicht ich der Gegenstand? Spaziergänger kamen vorüber. Sie hatten die Haltung hübscher junger Mädchen, die niemanden ansehen, sondern ihren Blick ins Leere gerichtet haben. Einige dieser Spaziergänger hatten mich wiedererkannt. Sie waren neugierig zu erfahren, was aus mir geworden war, wollten sich aber nicht umdrehen.

Das Leben ist voll von diesen Zufällen. In dem Moment, wo sich Denise bei Jules Dechatellux, dem Vater von Étienne, befand, sah ich Monsieur Vialatte, den Vater von Jacqueline. Er kam langsam auf mich zu. Er führte ein Schoßhündchen an der Leine. Wie alt mir dieser Mann erschien! Ach, er dachte nicht mehr daran, sich vor seiner Verantwortung zu drücken. Er hatte dummerweise alles verloren, was er besaß. Er lebte in dürftigen Verhältnissen, ohne Angestellte in einem bescheidenen Haus, das ihm die Forstverwaltung für eine unbedeutende Summe vermietet hatte. Er hatte nichts mehr für mich tun wollen. Und heute behandelte ihn die Stadt Compiègne genauso, wie er mich behandelt hatte. Sie hatte ihn nicht aufgenommen, aber sie hatte ihn auch nicht im Stich gelassen. Ich sah, wie er vorüberging; es war ihm absolut unmöglich, mich wiederzuerkennen, wenn ich mich nicht direkt vor ihn hinstellen würde. Ich hätte vielleicht aufstehen sollen. Aber zwischen uns gab es nichts mehr. Es wäre ihm sicher sehr schwer gefallen, mir einen Haufen Fragen zu stellen. Warum also diesen Alten nötigen, so zu tun, als sei er glücklich, mich wiederzusehen?

Endlich kam Denise zurück. Über mich hatte man offensichtlich nicht gesprochen. Man fand mich nicht mehr oder weniger sympathisch als irgendwen sonst. Und trotzdem blieb ich dort auf dieser Bank sitzen, wartete zitternd auf eine Antwort von Denise, versuchte an ihrem Verhalten zu erkennen, ob sie günstig oder ungünstig ausfallen würde.

Als sie mir wie eine frohe Botschaft verkündete, ihr Onkel hätte nicht das Geringste gegen mich, blieb ich teilnahmslos. Denise sagte das aus Höflichkeit, denn mein Name war ja nicht einmal gefallen. Ich fühlte, daß nicht mehr ich es war, der sie beschäftigte. Sie zeigte soviel Lebhaftigkeit, weil sie gerade von einer Familienunterredung kam. Seit dem Tod ihres Vaters verhielt sie sich, als ob die Vorfreude auf das, wonach wir uns sehnten, uns keine Fehler machen lassen durfte. Sie hatte recht, wenn sie sich ausschließlich um ihre Angehörigen sorgte, denn bei allem anderen war sie sich sehr sicher.

Als wir verheiratet waren, zeigte sich uns niemand mehr gegenüber feindselig. Denise war jetzt eine Fremde. Man würde korrekt, höflich, liebenswert sein, denn nun war alles zu Ende. Bei offiziellen Feierlichkeiten tritt der wahre Charakter eines jeden deutlicher zu Tage. Ich wußte das und hatte davor Angst. Ohne anders zu sein, würde mein Leben, so kam es mir vor, vor meinen Augen zusammengefaßt werden. Unsere Heirat war weit von dem entfernt, was sich Denise in ihrer Jugend einmal erträumt hatte. Ich dachte, ich sei der Grund für diese Enttäuschung. In dem Augenblick, wo man vollkommen vereint zu sein scheint, werden die Hintergedanken sichtbar! Wie die Welt um mich herum mir lästig war! Solange nur Freunde, die ich noch nicht lange kannte, auf mich zugingen, konnte ich mich wehren. Aber es kam so vieles aus der Vergangenheit zum Vorschein. Zum Glück taten Richard und einige Freundinnen von Denise so, als nutzten sie diese Feierlichkeit, um sich zu amüsieren.

Gemeinsam gingen Denise und ich die Champs-Élysées hinunter. Nach dem Mittagessen hatte man sich sehr schnell voneinander verabschiedet. Auf dem Bürgersteig hatte man noch ein paar Worte gewechselt. Plötzlich war Richard in einen Bus gesprungen. »Jetzt, wo ihr dort angekommen seid, wo ihr hin wolltet, auf Wiedersehen«, schien er zu sagen. Lange winkte er uns von der hinteren Plattform zu.

Leichter Nebel schwebte über der Avenue. Wir setzten uns auf eine Caféterrasse. Unbehagen erfaßte uns. Unser Abenteuer hatte etwas schrecklich Persönliches. Wir hatten so lange gekämpft, nur um das hier zu erringen! Nun konnten wir uns nicht mehr beklagen, wir mußten zufrieden sein. »Was erwarten wir sonst noch?« Wir stellten uns diese Frage, um unser Unbehagen zu verbergen. Denise, die nun seit einer Stunde verheiratet war und die das Bedürfnis verspürt hatte, sich hinzugeben und sich beschützt zu fühlen, faßte sich zum Glück wieder.

Das Pariser Leben schien sich vor uns wie zum ersten Mal abzuspielen. Alles war heiter, fröhlich. Man spürte hier die Lebhaftigkeit, mit der man das Unverdorbene, die gute Laune verteidigte. Das Böse zeigte sich hier nur in der Form eines Unfalls. Und wir waren dabei, Seite an Seite.

Wir sahen uns beim Leben zu. Wie der Jüngling, der sich nach seiner ersten Sinnenlust fragt, ob er später eine noch stärkere kennenlernen wird, fragten wir uns jeden Tag, ob der nächste Morgen nicht etwas Unerwartetes bringen würde. Wir kosteten unsere Intimität aus. Dann kam der Augenblick, wo wir uns nichts mehr zu sagen hatten.

Als wir *unsere* Familie wiedersahen, hätte man meinen können, wir hätten sie nie verlassen. Madame Dechatellux zeigte sich sogar sehr erfreut. Ihre Mißbilligung ließ sie sich überhaupt nicht anmerken. Man hatte eine grausame Freude daran, uns glauben zu machen, nichts habe sich verändert. Denise bemerkte nichts. Sie war gerührt. Sie wurde sogar von Gewissensbissen geplagt. Sie fand, daß sie ihrer Familie unrecht getan hatte. Als Richard achtzehn Monate später heiratete (er sollte ein anderer Mensch werden unter dem Einfluß seiner seltsamen Frau, einer geborenen Fondelaire), konnte sie die Gleichgültigkeit ihrer Familie nicht mehr übersehen. Niemand hatte sie um Rat gefragt. Sie war nicht zu den vertraulichen Zusammenkünften, die einer Hochzeit vorausgehen, gebeten worden. Da es für andere so sein sollte wie für sie selbst, hatte sie lautstark zugestimmt. Aber man hatte ihr zu verstehen gegeben, daß diese und ihre Heirat nichts miteinander zu tun hatten, daß ihre Zustimmung überflüssig war, da alle dafür waren.

Trotz dieser Kälte fuhren wir oft nach Compiègne. Man hielt uns jedoch mehr und mehr auf Distanz. Leute, denen es schlecht ergeht, hoffen immer auf den großen Erfolg, außer den Dechatellux'. Eine drückende Atmosphäre lastete auf dem Haus. Es schien, als gäbe man Denise die Schuld daran, daß die Mutter auf ihre alten Tage so traurig gestimmt war. Der Groll des im Stich gelassenen Familienmitgliedes schwebte in den trostlos leeren Räumen, obwohl man nicht darauf verzichtete, so zu tun, als habe man viel gelebt. Man erzählte Denise von imaginären Reisen, neuen Bekanntschaften, Plänen. Man machte sich jetzt nicht einmal mehr die Mühe, ihr die Wahrheit zu sagen.

Die Jahre gingen dahin. Das tröstliche Gefühl, sein Leben nochmals von vorne zu beginnen, hält nicht an. Der Mensch ist nicht dazu geeignet, seine Vergangenheit zu unterdrükken und wieder bei Null anzufangen. Statt ein neues Leben zu führen, beobachtete ich mich nach und nach dabei, wie ich das alte fortsetzte. Ich machte diese Feststellung zu dem

Zeitpunkt, als wir beide, Denise und ich, untrennbar vereint waren. Weder die Liebe noch die Heirat verbanden uns so, noch der Kampf, den wir gemeinsam ertragen hatten, sondern die unsägliche Verlassenheit, die wir empfänden, wenn wir uns trennten. Denise, die ich im Kreis ihrer Freunde hatte lachen sehen, die ich in ihrer Familie erlebt hatte, würde sie solch eine Verlassenheit ertragen? War es nicht die Geschichte mit Germaine, die hier wieder begann? Die eine hatte meinetwegen die Postverwaltung verlassen, die andere ihre Familie.

Wir wußten, daß wir eines Tages kein Geld mehr haben würden. Und plötzlich war er da, dieser Tag. Obwohl wir ihn vorhergesehen hatten, hatte er uns überrascht. Was war passiert? Nichts. So spielt das Leben. Wir konnten nur noch bereuen. Wir besaßen nur noch, wie man sagt, unsere Augen, um zu weinen. Wir hätten dieses oder jenes nicht tun sollen. Gut, nun war es zu spät. Wir hatten keine Geldquelle mehr. Die Streitereien über die verbliebenen Werte im gemeinsamen Eigentum nahmen zu, wurden aber nicht beigelegt. Hinter Denise versteckt, befand ich mich in einer demütigenden Lage. Ich muß zugeben, daß nichts gegen mich geäußert wurde, zumindest meiner Kenntnis nach. Man mußte annehmen, ich sei dafür nicht verantwortlich, was mich auf den Gedanken bringt, daß die Böswilligen nicht alle Waffen anwenden, über die sie verfügen.

Weil sie unfähig war, sich gewisse Effekten zu verschaffen, die ihr zustanden, erzählte Denise aller Welt von der Unredlichkeit ihres Bruders. Man gab ihr recht, wie damals in Compiègne, als sie heiraten wollte. Sie mußte sich anhören, wie korrekt die Dinge in anderen Familien vor sich gehen. Jeder führte ein Beispiel an. Unser Vater hatte das genau festgelegt. Als unsere Mutter gestorben ist, haben wir jenes getan. Als älterer Bruder habe ich gesagt: »Wollt ihr, daß ich die Erbteilung vornehme? Ich werde jedem von euch eine Abschrift zukommen lassen. Ihr könnt sie dann prüfen. Bittet euren Notar, einen Vertrauensmann um Rat, wenn ihr möchtet. Wenn ihr einen Einwand habt, bringt ihn vor. Um Dinge, die nicht aufzuteilen sind, denen wir alle einen Erinnerungswert beimessen, werden wir losen .«

Ich hörte dem Bericht zu, wie bei anderen untadelig entschieden wurde. Mir wurde das in wachsendem Maße unangenehm. Ich neigte zum Abwarten, zu Konzessionen, zur Geheimhaltung. Ich erhebe nicht den Anspruch, ein empfindsamer Mensch zu sein, doch daß dieser Umgang in den Familien so verbreitet war, schockierte mich zutiefst. Denise beschwichtigte meine Skrupel. Ich verstand nichts (sie hatte recht). Geldangelegenheiten waren Geldangelegenheiten. Nicht nur, daß sie genau zu sein hatten, sie mußten auch rasch erledigt werden. Das war eine Grundregel. Ganz offenkundig kannte ich überhaupt keine Regeln. Die demütigende Geschichte mit dem geborgten Mantel, den ich am nächsten Morgen zurückzugeben vergaß, der Wutanfall des Freundes von Denise, bei dem ich trotzdem einen angenehmen Abend verbracht hatte, war ein Beweis dafür.

Ich hielt mich zurück. Ich mußte, das ist wahr, in keiner Weise eingreifen. Trotzdem wagte ich, als wir beide allein waren, vorsichtig anzumerken, daß es nicht unbedingt überall dasselbe sein mußte. Bei den Fruchauts hatte ich nie so eine Gier bemerkt. Mit wenigen Worten gab Denise mir zu verstehen, daß ich über etwas redete, wovon ich nichts verstand. Es sei überall das gleiche. Ich gab nach. »Nur bei den kleinen Leuten«, schlußfolgerte sie, » streitet man nicht ums Geld.« Ich sagte mir, daß sie wahrscheinlich recht habe, und die Fruchauts, die ich so hoch eingeschätzt hatte, sanken in meiner Achtung. Dabei verstanden sie sich sehr gut. Von nun an hütete ich mich, sie als Beispiel anzuführen. Trotzdem war ich nicht überzeugt. Sind die strittigen Geldsummen hoch, dann ist es statthaft, daß sich in einer Familie einer gegen den anderen erhebt. Aber bei Denise war das nicht der Fall. Der Mißklang kam wegen einiger zehntausend Francs auf.

Ich war peinlich berührt, wenn ich mitten in unseren Schwierigkeiten Denise von ihrem Safe, ihrem Geschäftspartner, ihren Bankiers sprechen hörte! Ich gestand ihr das ein. Sie war sehr verwundert, und ich begriff, daß die Gewohnheiten, die mit einem Vermögen verbunden sind, nicht mit diesem verschwinden, daß unsere gegenwärtige Not, die im Ergebnis dieselbe war wie die, unter der ich zuvor gelitten hatte, gleichwohl nichts mit dieser gemein hatte.

Zu Zeiten von Mademoiselle Vialatte war ich Denises Meinung nach weder ein Kind bürgerlicher Herkunft, noch ein Arbeiterkind, nicht einmal ein angenommenes Kind gewesen. Ich fing an zu glauben, daß diese Feststellung ziemlich treffend war. Sah ich mir zum Beispiel an, wie die Vettern von Denise lebten, dann wurde mir klar, daß die Erziehung, die Jacqueline mir gegeben hatte (die ich für so glänzend hielt, was normal ist, wenn man die ersten zwölf Jahre seines Lebens in einer Conciergebehausung verbracht hat) dem Vergleich mit ihrer nicht standhielt. Diese Jungen waren frei wie Erwachsene. Die Lehrer, vor denen ich so viele Jahre gezittert hatte, flößten ihnen keinerlei Schrecken ein. Sie redeten über sie wie über Untergebene ihrer Eltern. So ließ allmählich Jacquelines Ansehen in meinen Augen nach. Sie hatte mir alles beigebracht, was sie wußte, aber sie wußte nicht sehr viel. Sie hatte mir große Ideen mit auf den Weg gegeben, wie etwa die von der eigenen Verantwortung. Doch zusammengenommen bildeten sie ein widersprüchliches Ganzes. Ich verstand, was Denise damit meinte, ich sei weder ein Sohn aus bürgerlichem Hause noch ein Arbeiterkind. Ich war ein junger unwissender Mann, dessen Erziehung vernachlässigt worden war und der sich durch das, was ihm heute zu sehen erlaubt war, Schritt für Schritt läuterte.

Ich hatte mich endlich entschlossen, zu der Werbeagentur zurückzukehren, bei der ich vor sieben Jahren gearbeitet hatte. Denise hatte mehrfach diesen Wunsch geäußert. Ich war immer von allem weggegangen, als dürfe ich niemals wieder zurückkommen. Und Denise bat mich um diesen Schritt zurück! Und sie fand es ganz normal, daß ich ihn tat. Sie ahnte nicht, daß mir das sehr viel unangenehmer war, als mich zum Beispiel als Hilfsarbeiter in einer Fabrik einstellen zu lassen. Als Person ohne Lebenserfahrung meinte sie, daß ich bloß meinen Stolz überwinden müsse. »Es ist niemals unehrenhaft«, sagte sie zu mir, »um Arbeit nachzufragen, selbst bei Leuten, die wir kennen.«

René Gallu, mein ehemaliger Chef, war nicht in seinem Büro. Ich fragte beim Concierge nach. Er erklärte mir, daß Gallu in einem benachbarten Restaurant zu Mittag aß. Bei der Erinnerung an seine Gewohnheiten fiel mir etwas ein, das mich an mein früheres Elend erinnerte. Plötzlich sah ich von meinem Platz aus durch die Scheibe hindurch René Gallu vor dem Restaurant stehen. Er zögerte einzutreten. Er redete mit einem seiner Werbeagenten, wie er es auch früher getan hatte, und jedesmal, wenn das Gespräch beendet war, erinnerte er sich daran, daß er etwas vergessen hatte. Als ich merkte, wie sehr diese Unfähigkeit, sich zu entscheiden, mich ärgerte, wurde mir klar, daß guter Wille allein nicht ausreicht, um Arbeit zu bekommen. Man braucht zudem Geduld. Schließlich trat er ein. Er war stets elegant gekleidet. Er trug den klassischen dunkelblauen Zweireiher mit weißen Streifen, dazu ein lavendelfarbenes Hemd mit Stehkragen, eine Krawatte, die nicht allzu auffällig wirken durfte, und am Handgelenk eine viereckige Uhr mit großen Ziffern. Das schmale Band der Tapferkeitsmedaille bedeutete nicht eine Mißachtung von Ehrungen, sondern entsprach der Bescheidenheit seines Äußeren. Er hielt seinen Hut in der Hand. Seine Haare glänzten wie immer. Sein glattrasiertes Gesicht hatte diesen bläulichen Schimmer, der früher einmal bei Schauspielern beliebt war. Als ich René Gallu genau so wiedersah, wie er gewesen war, hatte ich ein ungutes Gefühl. Die Jahre, die ich inzwischen gelebt hatte, hatte auch er gelebt. Er hatte daraus keine Lehre gezogen. Er hatte sich nur darum bemüht, derselbe zu bleiben. Bald darauf dachte ich, daß dieser Eindruck von Unveränderlichkeit bei bestimmten Menschen täuschen kann. Wir glauben, daß sie kümmerlich dahingelebt haben, wie wir glauben, daß die Bauern, die man vom Zugfenster aus sieht, sich langweilen, aber vielleicht sind sie lediglich bescheidener als wir.

Ich hatte geglaubt, Denise habe wirklich den Wunsch, daß ich wieder eine Beschäftigung aufnahm. Ich war außerordentlich überrascht, als ich bei meiner Rückkehr feststellte, daß ich mich geirrt hatte. Hatte sie plötzlich den tieferen Grund meiner Abneigung verstanden? Nein, die Wahrheit war eine ganz andere. Man hatte mich so verleumdet, daß sie plötzlich schrie: »Nun gut, wenn das so ist, dann wird Jean eben nur das tun, was ihm gefällt.« Wenn die Aufteilung ihres väterlichen Erbes korrekt verlaufen wäre, dann hätte ich, so schien es, nicht zu Gallu zurückkehren müssen. »Jean hat nicht den geringsten Grund, die Bösartigkeit und Dummheit meiner Familie länger zu ertragen. Er ist mein Mann. Als ich ihn geheiratet habe, hatte er keine gesicherte Position. Ich wußte das sehr wohl.«

Einige Monate später überlegte Denise, ob sie ihrer Tante und einer Schwägerin ihrer Mutter einen Besuch abstatten solle. Soweit sie zurückdenken konnte, hatte sie stets nur Abschätziges über die beiden Frauen gehört, so daß sie nicht einmal auf die Idee kam, sie von unserer Hochzeit zu unterrichten.

Nun nahm sie sich vor, die beiden zu besuchen. Als ich ihr davon abriet, war sie erstaunt. Man konnte die Welt kaum schlechter kennen als sie (vielleicht hatte sie mich aus diesem Grunde geheiratet). Die Idee, daß man glauben könne, sie habe ihren Stolz verloren, weil sie in Nöten war, kam ihr nicht in den Sinn.

So seltsam es war, weder die Tante noch die Schwägerin machten eine Anspielung auf den Zusammenhang zwischen Denises unerwartetem Besuch und ihrer finanziellen Lage. Sie sahen ihn trotzdem. Aber es war so offenkundig, daß Denise nicht merkte, was dieser Zusammenhang nahelegen konnte, daß es schäbig erschienen wäre, auch nur daran zu denken. Man war mit ganzem Herzen bei ihr. Man gab ihr zu verstehen, daß man stets einen Unterschied zwischen ihr und ihrer Familie gemacht hatte. Richards Verhalten fand man abscheulich. Aus Vorsicht bemühte man sich jedoch, den Eindruck zu erwecken, daß man über den Dingen stand. Diese Frauen waren auf Albert Dechatellux nicht gut zu sprechen. Doch sie hielten sich zurück. Er war gestorben. Friede seiner Asche. Dann redeten sie über den Reichtum des Herzens, der allein im Leben zählt. Sie wollten beweisen, daß eine vollkommene Ehe nicht das Privileg der Familie Dechatellux war. Und als sie dann sogar auf mich zu sprechen kamen, meinten sie, daß ich gewiß ein charmanter Mann sei, daß ich all diesen Ärger, mit dem man mich überhäuft hatte, nicht verdiente.

Aber auch wenn sie uns zustimmten und die Ansicht vertraten, daß wir es nicht nötig hatten, uns um andere zu kümmern, wenn wir uns liebten - sie ließen Denise spüren, daß sie die Einstellung ihrer Familie verstanden.

Oh, sie waren nicht blind vor Rachsucht. Sie hatten wohl niemals geahnt, daß man sie gemieden hatte. Und als man sie nach ihrer Meinung fragte, wägten sie nach allen Seiten ab.

So machten sie es immer. Ich hütete mich, Denise das zu sagen. Ebenso wie sie die Inkonsequenz ihres Verhaltens nicht gemerkt hatte, so hatte sie die Folgen, die daraus entstehen würden, nicht vorausgesehen. Schon bald beriet sich die Verwandtschaft von Denise, erkundigte sich hier und dort, gab weiter, was passiert war. Niemand sprach Denise gute Eigenschaften ab. Um zu zeigen, daß man mit den elenden Klatschgeschichten, die jetzt herumgingen, nichts zu tun hatte, übertrieb man sie sogar. Denise hatte ein Herz aus Gold. Ihr Mann glich keineswegs einem böswilligen Menschen. Er hatte ganz offenkundig kein Glück. Er überließ es seiner Frau, sich herauszuwinden. Er war, so schien es, der Sohn eines Feldwebels und eines Zimmermädchens. Die Gelegenheit war günstig, es dieser stolzen Familie Dechatellux heimzuzahlen. Aber es galt, umsichtig zu sein. Wenn man Denise unterstützte, riskierte man, mit ihr in einen Topf geworfen zu werden. Man riskierte, die Vernachlässigung, unter der man gelitten hatte, zu rechtfertigen und wollte nun durch eine streng bewahrte Neutralität zeigen, wie ungerecht sie gewesen war.

»Wie sollen wir ihnen helfen?« fragten sich alle. Man hatte ganz unvermittelt von unserer unglücklichen Lage gehört. Deshalb war es schwierig, sie mit kleinen Hilfeleistungen zu vertuschen, wie man es gewöhnlich tut, wenn die Situation seit langem bekannt war. Auch wenn sich Denise von ihrer Familie abgewandt hatte (sie selbst hatte es gesagt), so war sie doch weiterhin, wie man sich erinnerte, ein reizendes Wesen. Es galt also einzugreifen. Man schickte ihr einen Eilbrief von rätselhafter Kürze, um ihr ein Treffen vorzuschlagen, denn diese Leute, gaben sich, sobald sie die alltäglichen Bahnen verließen, auf unerklärliche Art geheimnisvoll.

Denise besuchte ihre Tante, noch immer gegen meinen Willen. Nach langer Vorrede bat man sie, darüber nachzudenken, was ihr nützen könnte.

»Du hattest recht«, sagte sie mir bei ihrer Rückkehr. Aber es kam ihr nicht den Sinn, sich über soviel Zögerlichkeit zu wundern. Sie wahrte vielmehr eine gewisse Dankbarkeit gegenüber ihrer Tante, weil sie von ihr so herzlich empfangen worden war. Sie wollte nicht eingestehen, daß sie von ihrer Verwandten Hilfe erhoffte. Und damit es in diesem Punkt keinen Zweifel gab, verpflichtete sie sich, sie von nun an regelmäßig aufzusuchen.

Später, als die Krankheit sie zwang, in Compiègne Unterschlupf zu suchen und es so schien, daß Denise sich wieder mit ihrer Mutter versöhnt hatte, vergaßen diese Tante und diese Schwägerin, was passiert war. Sie nutzten den Vorteil nicht aus, den sie hatten, seit Denise sich konfus von ihnen eine Unterstützung erhofft hatte. Um die Beziehung aufrechtzuerhalten, die allein aufgrund dieser Situation entstanden war, hielten sie es für richtig, so zu tun, als erinnerten sie sich an nichts.

Dann geschah etwas Entsetzliches. Unsere Zukunft war an den Tod von Madame Dechatellux gebunden. Daß das für Denise galt, war noch einzusehen. Aber nun auch für mich! Am Anfang war mir nicht bewußt gewesen, was sich da entwickelte. Die Hast, mit der ich Denise bat, mir von den Besuchen bei ihrer Mutter zu erzählen, lastete ich meiner Ungeduld an. Ein weiterer Grund fiel mir nicht ein. Ich war der letzte, der an seinen eigenen Vorteil dachte. Denise wußte das sehr genau. Ich fand Madame Dechatellux sehr sympathisch. Wenn sie mir lange Zeit die Herablassung einer gönnerhaften Dame gegenüber einem verdienstvollen jungen Mann bewiesen hatte, so hatte ich schnell herausgefunden, wie kindisch und anmaßend das war.

Nun konnte ich mich der Wahrheit nicht mehr verschließen.

Ich hatte geglaubt, daß ich mich nie wieder in einer so erniedrigenden Situation befinden würde, wie ich sie eines Abends erlebt hatte, als ich bis frühmorgens um eins den Boulevard de la Madeleine auf- und abging. Seitdem hatte ich nie mehr Scham empfunden, und dann plötzlich dieses Gefühl, das schrecklicher war als alles andere zuvor. Ich hatte an meinen Triumph geglaubt! Welch ein Irrtum! Die schlechten Gewohnheiten verschwinden von alleine, und wenn man nicht scharfsinnig ist, kann man sich das sogar als eigenen Verdienst anrechnen. Aber sie tauchen in anderer Form wieder auf, wie Krankheiten. Ich wurde dort angegriffen, wo ich nicht mehr an eine Verteidigung dachte. Wie konnte ich bloß dahin gelangen, daß ich jemandes Tod wünschte? Wünschen ist nicht das richtige Wort. Ich wünschte nicht den Tod von Madame Dechatellux. Es war schlimmer. Ich hatte die Dinge sich so entwickeln lassen, daß dieser Tod alles in Ordnung brächte. Jetzt saß ich in der Falle. Ich hatte geglaubt, um ein Mann zu sein, reiche es aus, mit seinem Gewissen im reinen zu sein. Und plötzlich hatte ich die Erkenntnis, daß das nicht genügt. Und diese Erkenntnis kam wie die vorherigen zu spät. Das Leben gab mir immer neue Lehren! Ich hatte das Gefühl, meine Jugend sei etwas Abscheuliches, das ich vor allen zu verheimlichen hätte. Dann war ich naiverweise überzeugt, daß jedes Jahr mich weiter von ihr entfernte, und zwar so sehr, daß ich glaubte, unbeschwert hin und wieder eine Anspielung machte, von der man nicht wußte, ob sie ernst oder ironisch gemeint war. Ich war überzeugt, nie wieder solche Leiden durchleben zu müssen, nicht die, die uns die Not auferlegt, denn die ist ohne Bedeutung, sondern die Scham, die von unseren Gedanken, unserem Verhalten, von uns selbst herrührt, und auf einmal durchlebte ich sie noch heftiger als je zuvor. Ich konnte mir zumindestens vorstellen, daß die Welt damals ihren Anteil daran gehabt hatte. Aber jetzt!

Ich wagte nicht mehr, Madame Dechatellux gegenüberzutreten. Sowie ihr Name ausgesprochen wurde, senkte ich den Blick. Zu dieser Zeit sahen wir uns gezwungen, nach Compiègne zurückzukehren!

Denise hatte Fieber. War das meine Strafe? Mir drehte sich der Kopf. Richard, dem ich jeden Händedruck versagte, wurde mein Retter. Mein Gott, warum hatte nicht ich dieses Fieber. Wir konnten nichts mehr bezahlen. Die Rechnungen für Miete, Gas, Strom, Lebensmittel, die Drohungen auf Pfändung regneten ins Haus. Man stürzt nur langsam ab, wir hätten Zeit genug gehabt , alles in Bewegung zu setzen. Uns verblieb nun kein einziger Weg mehr, um aus dieser Hölle zu entkommen. Wir räumten die Wohnung in der Rue Pergolèse, nahmen den Schlüssel mit, gaben niemandem unsere Adresse und hinterließen alles in einem abstoßenden Zustand. »Wenn sie doch bloß sterben würde«, seufzte ich, »damit das endlich ein Ende hat und die Qual nie wieder von vorne anfängt!« Aber wie ich schon gesagt habe, meinte es das Schicksal gut mit mir. Als Madame Dechatellux starb, wünschte ich nicht mehr ihren Tod. Ich hatte einige Monate lang in ihrer Nähe gelebt. Ich hatte friedliche Abende bei ihr verbracht. Ich hatte begriffen, daß sie ein lebendiger Mensch war.

Ich lief unbehelligt in dem großen Haus in Compiègne herum. Ich öffnete Türen, die mir früher verschlossen gewesen waren. Ich war ein Fremder, doch die Jahre hatten vieles ausgelöscht. Wir hatten uns wieder zusammengefunden, trotz der Schwierigkeiten des Anfangs, den man, wie Madame Mobecourt sagte, nicht verfehlen darf. Ich stieg bis zum obersten Stockwerk hinauf, und wenn Richard mich antraf, zeigte er nicht das geringste Erstaunen. Man interessierte sich vielleicht etwas übertrieben für meine Ansichten. Das wunderte mich, denn bislang hatte ich ihnen wenig Bedeutung beigemessen. Richard mochte mich nach wie vor nicht, aber er verachtete nicht mehr wie in den Jahren zuvor die kleinen Befriedigungen seiner Selbstgefälligkeit, die meine Gegenwart ihm verschaffen konnte. Etwa wenn er mir eine günstige Meinung vom alltäglichen Leben in Compiègne suggerierte. Wenn ich zum Beispiel einen Gegenstand benötigte, den seine Frau benutzte, bestand er darauf, daß sie ihn mir überließ. Es schien, als käme ich zu Wohlstand.

Jeden Monat wurde Madame Dechatellux krank. Wegen ihres Asthmas mußte sie nicht das Bett hüten. Sie wurde immer gleich wieder gesund. Mit kleinen Schritten ging sie im Haus auf und ab. Hin und wieder überraschte ich sie, und ihr angespannter Gesichtsausdruck bei so einer schlichten Übung verblüffte mich.

Denise war ständig fiebrig, aber ich hatte weniger Angst, daß ihr etwas passieren könne. Sie befand sich unter den Ihren. Jahrelang hatte sie immer wieder betont, lieber sterben zu wollen, als irgend etwas von ihrer Familie zu erbitten. Und sie gewöhnte sich sehr gut an diese Gastlichkeit. Sie schien glücklich zu sein. Niemand triumphierte, und niemand fühlte sich gedemütigt.

Am Tag nach ihrem letzten Anfall hatte Madame Dechatellux ihre Genesung so weit wie möglich hinausgeschoben. Fühlt sich ein Kranker nicht am sichersten in der Genesungsphase? Und lange nachdem die diesmal doppelt so heftig auftretende Krankheit gezeigt hatte, daß die Atempause vorbei war, glaubte Marie-Antoinette Dechatellux daran, daß ihr eine Behandlungsmethode ermöglichen würde, nochmals die Rosenstöcke auf der Terrasse erblühen zu sehen. Doch der Tod kam überraschend, brachte sie um diesen bescheidenen Wunsch. Sie war achtundsechzig Jahre alt. Sie hatte gehofft, einzuschlafen und nicht wieder aufzuwachen. Alle Welt hatte das geglaubt, so schwach und schmächtig wie sie geworden war. Doch ihr Todeskampf dauerte achtundvierzig Stunden und war entsetzlich. Adieu ihr Jahreszeiten, Spazierfahrten, Fünfuhrtees, adieu ihr Genesungen, ihr bezaubernden Kinder!

Denise hatte vierzehn Tage lang an ihren Bett ausgeharrt. Zum ersten Mal hatte ich den Eindruck, daß sie sich nicht mehr erheben würde. Wir hätten jetzt so glücklich sein können.

Wir sahen einander in der Kirche, und wir erkannten uns nicht wieder. Auf dem Rückweg vom Friedhof wurde ich vorgestellt. Ich verneigte mich leicht, die Hacken zusammengenommen, in einer halb zivilen, halb militärischen Haltung. Der Oberst machte dasselbe mit ein klein wenig mehr Respekt, den allein die Tatsache rechtfertigte, daß ich der Schwiegersohn der Verstorbenen war. Als ich ein Stück weitergegangen war, wandte ich mich um. Er wandte sich ebenfalls um. Später trafen wir bei Tisch wieder zusammen.

Eine Art Beklemmung hinderte mich nicht am Atmen, aber am Essen. Der Frieden, der vom blauen und kalten Himmel ausging, den ich durch die Fenster sehen konnte, bereitete mir Unbehagen. Alle zeigten sich gegenüber dem schönen Wetter gleichgültig. Es war zwei Uhr nachmittags. Ich war durcheinander. Es fiel mir immer schwerer, mich von meinen Gewohnheiten zu lösen. Wir konnten uns nicht mehr an den anderen erinnern. Ein menschliches Antlitz bleibt nicht fünfzehn Jahre im Gedächtnis eingeprägt. Die Haarfarbe, die Gesichtsform verschwimmen in der Erinnerung. Trotzdem trafen sich unsere Blicke immer öfter. Hätten wir nicht einander gegenüber gesessen, wir hätten unseren Nachbarn gefragt. Und plötzlich erkannten wir uns wieder.

Ich zitterte jetzt, hielt den Kopf gesenkt. Meine Schultern kamen mir schmaler vor. Würde der Oberst Laîsné reden? Ein Tag ging dahin, er redete nicht. Warum? Lag es daran, daß wir dem Bösen, das wir in der Ausübung unseres Berufes kennenlernen mußten, wenig Bedeutung beimessen?

Wie wünschte ich, daß Denise wieder gesund werden würde, daß wir fliehen konnten! Gibt es eine schlimmere Strafe, als an seine Fehler gefesselt zu bleiben durch die Krankheit eines geliebten Wesens? Es war durchaus möglich, daß der Oberst geredet hatte, daß man es mir verheimlichte, weil der Augenblick allzu ernst war.

Denise war tot. Richard wachte neben dem Bett an ihrer Seite. Er hielt den Kopf zwischen den Händen. Er schien zu schlafen. Beide machten den Eindruck, als unternähmen sie eine Reise. Ich stand regungslos in dem überheizten Zimmer. Ich hatte ignoriert, daß Denise krank war. Ich hatte jahrelang mit ihr gelebt, ohne etwas zu ahnen. Wenn sie hustete, wenn sie Fieber hatte, wenn sie das Zimmer nicht verlassen durfte, pflegte ich sie, leistete ihr Gesellschaft, spielte Karten mit ihr, aber ich ignorierte, daß sie krank war. Die Anzeichen der Krankheit hatten mich nicht den Tod voraussehen lassen, ich hatte nie an ihn gedacht.

Denise war mit dreiunddreißig gestorben. Sie glich nicht einem Opfer. Es fehlte kein wesentliches Ereignis des Lebens in ihrem Schicksal, zumindest jene nicht, deren Daten von Biographen festgehalten werden. Sie wurde geboren, sie hatte eine glückliche Kindheit und Jugend, sie verliebte sich, sie heiratete, sie starb. Trotzdem lag sie dort vor mir, als habe sie niemals gelebt. Alle Zeremonien der menschlichen Existenz hatte sie begangen, und sie wollte noch weiter leben.

Ich weinte. Die Krankenschwester betrachtete mich. Wie sie hatte ich bis zu diesem Tag das Unglück anderer betrachtet. Heute betrachtete ich es zum ersten Mal nicht mehr. Nun wurde ich betrachtet.

Ich konnte mich nicht mehr aufrecht halten. Ich fiel in einen Sessel. In diesem Augenblick war ich allein im Zimmer. Ich schaute auf Denise. Das Gefühl der Erlösung lag auf ihrem Gesicht. Der Stoff aller Sorgen war noch da, zwecklos. Ich ließ Denises Gesicht nicht aus den Augen. Es gab keinen Platz mehr für mich in diesem inneren Frieden. Ich verspürte darüber große Erleichterung. Der Himmel hatte mir den allerschlimmsten Schmerz erspart, mitanzusehen, wie ein geliebtes Wesen gegen den Tod ankämpft, nicht um weiterzuleben, sondern um bei uns zu bleiben. Seit sich ihr Zustand verschlechtert hatte, hatte Denise mich nicht mehr erkannt.

Ich stand auf. Ich ging aus dem Zimmer. Ich hatte die ganze Nacht bei Denise gewacht. Ich konnte nicht mehr länger bei ihr bleiben, zumindest konnte ich es nicht für andere Menschen. Seit langem schon hatte ich bemerkt, daß sie uns sehr rasch am Ende unserer Kräfte glauben. Ich wäre in der Lage gewesen, bei Denise zu bleiben, ich wäre in der Lage gewesen, sie erst zu verlassen, wenn sie in den Sarg gelegt wurde, ich wäre in der Lage gewesen, erst dann den Zipfel des Lakens, den ich seit Stunden in der Hand hielt, loszulassen. Aber wozu? Ich verbarg die beiden Worte tief in meinem Inneren. Wenn man sie von meinem Gesicht abgelesen hätte, was hätte man dann gedacht? Daß ich ein Ungeheuer war. Daß ich Denise niemals geliebt hatte. Und mit unendlicher Nachsicht hätte man mich in ein Nebenzimmer geführt.

Jetzt erinnere ich mich, daß ich vor Schmerz geheult hatte wie nur drei- oder viermal zuvor in meinem Leben. Hatte ich dabei an Denise gedacht? Hatte ich mir gewünscht, daß man mich in Ruhe läßt, hatte ich mir im Gegenteil gewünscht, daß man mir Gesellschaft leistet? Ich befand mich in einem Zimmer, das ich noch nie betreten hatte. Jede Tat in meinem Leben schien mir ihrer unwürdig. Ich ging hinaus, ohne daß es irgend jemand bemerkte. War es nicht ungewöhnlich, daß ich das tun konnte, wo ich kurze Zeit zuvor Gegenstand von so viel Aufmerksamkeit gewesen war? Ich ging in den Wald wie vor zehn Jahren, nachdem ich die Nacht mit Denise verbracht hatte. Ich war erstaunt darüber, zu laufen, Kleidung anzuhaben. Mein Leben hatte von nun an keinen Sinn mehr. Soviel Bedeutendes war geschehen, hatte mich beschäftigt, und keine Spur war geblieben. Aber ein Tag ist lang. Ich löste mich von meinem Schmerz, indem ich nachdachte. Ich fragte mich, ob Denise gewußt hatte, daß Oberst Laîsné mich kannte. Ich stellte mir vor, daß Richard aus Großmut nichts sagen würde. Geheimnis unter Männern. Nein, Denise hatte es nicht gewußt. Sie würde es nie mehr erfahren, es sei denn, als Toter wüßte man alles über die Lebenden. In diesem Fall wüßte sie noch sehr viel mehr.

Die Nacht brach herein, die Dunkelheit machte mir Angst. Ich konnte nicht länger alleine bleiben. Ich kehrte um. Ich ging vor dem Eingangstor auf und ab. Lichtschein drang durch die Ritzen der eisernen Fensterläden. Autos parkten in der Auffahrt im Garten. Ich wagte nicht, ins Haus zu gehen. Ich fühlte mich wieder wie ein Fremder. Ich dachte an Denise. Wenn sie mich sähe, wie sehr verstünde sie meine Ängstlichkeit! Ich hörte, wie sie zu mir sagte (sie hatte das so oft zu mir gesagt): »Aber komm doch rein, Jean.« Und ich begann wieder zu weinen.

Die ersten Stunden der Starre waren vorüber. Denise ruhte aus. Ihre Familie schlich um sie herum, und ich, ich hatte sie verlassen, ich hatte die Feigheit besessen, zu wünschen, daß alles so rasch wie möglich zuende sei, damit mir weitere Leiden, die Formalitäten, der Abtransport des Leichnams erspart blieben.

Einen ganzen Tag lang war ich umhergeirrt, das hatte in meinem Gesicht solche Spuren hinterlassen, daß ich sie fühlen konnte. Ich spürte meine hohlen Wangen, meine vorspringende Nase, die Ringe unter meinen Augen, die Kerben meiner Falten. Richard, aber auch seine Familie waren sich meiner Verzweiflung bewußt. Trotzdem tauschten sie wissende Blicke aus. Sie warfen meinem Schmerz nicht vor, daß er so heftig war, sondern daß es ihn gab und daß er so echt war. Das konnten sie nicht ertragen. Leiden hieß für sie etwas vorspiegeln. Unter diesen Umständen war ich nicht ein Schauspieler, das wäre zu billig, aber ein Mann, der intensiv lebte, und dem es daher immer gelungen war, seine traurige Lage in den Hintergrund zu drängen.

Gegen zehn Uhr hatte ich nicht mehr die Kraft, länger in diesem Haus zu bleiben. Ich hätte nicht schweigen, sondern wie alle mit leiser Stimme sprechen müssen. Ich hätte Trost bei denen suchen müssen, die scheinbar genauso litten wie ich. Dazu fehlte mir der Mut. Ich hatte gedacht, ich würde nie wieder in mein Zimmer hinaufsteigen. Ich konnte nicht fortgehen. Wenn wir bestimmte Dinge seit Jahren benutzen, scheinen sie uns zu gehören. Ich wollte nichts davon mitnehmen, weder meine Brieftasche noch den Aschenbecher aus böhmischem Kristall, den Denise mir geschenkt hatte, weder meine Kämme und Haarbürsten aus Schildplatt noch meine Schreibtischutensilien, noch meine Manschettenknöpfe. Ich wollte nichts. Hätte ich nur eine einzige Sache genommen, ich wäre versucht gewesen, noch weitere mitzunehmen. Ich wollte nichts, absolut nichts, nicht einmal ein Taschentuch, nicht einmal eine Krawatte. Nichts, absolut nichts. Trotzdem war ich nicht in der Lage, fortzugehen. Schließlich stieg ich in den zweiten Stock hinauf. Ich stand vor der Tür zu meinem Zimmer. Machte ich, wenn ich sie öffnete, das Gegenteil von dem, wozu ich mich entschlossen hatte? Früher hätte ich nicht gezögert. Ich hätte mir gesagt, eine Entscheidung umzustoßen, sei ohne Bedeutung. Ich hätte ohne Rücksicht auf meinen ursprünglichen Vorsatz gehandelt. Diesmal war es anders. Ohne den Türknopf zu berühren, ging ich wieder hinunter. Da spürte ich den Lichtschein, den das Gefühl einer richtigen Handlungsweise in uns verbreitet. Ich würde nach Paris zurückkehren, ohne etwas mitzunehmen, ja ohne mich umzuziehen.

Ich ging zum Bahnhof. Noch nie hatte ich mich so stark gefühlt. Ein feiner Regen bestäubte meine Kleidung. Ich machte einige Umwege, um niemandem zu begegnen. Denise hatte noch nicht das verschlossene Zimmer verlassen, in dem sie ruhte. Trotzdem mußte sie dort heraus. Es gab keinen Vorwand, der sie dort festhalten konnte, und ich wartete nicht ab, bis sie fort war. Die Autos standen neben dem Bürgersteig, die Scheinwerfer abgeschaltet, so, als fühlten sie sich wie zu Hause. Licht drang durch die Fensterritzen. Und ich floh. Ich stellte mir die Verblüffung und dann den Triumph der Familie vor, wenn sie es bemerken würden. Ich spürte, daß es elementare Regeln gab, die ich nicht einhielt. Aber heute war es für mich zu spät, um ein Mensch wie andere auch zu werden. Gott allein kennt meine Angst, im Abseits zu stehen, meine Anstrengungen, die Beachtung meiner Mitmenschen zu gewinnen. Ich hatte im Verlauf der letzten Wochen sehr viel darüber nachgedacht. Ich hatte zu begreifen versucht, durch welche Fehler ich so unglücklich geworden war. Die Welt hatte wohl mir gegenüber recht. Ich begann, einen Platz in der Gesellschaft einzunehmen. Er war weit entfernt von dem, den ich mir erträumt hatte! Trotzdem war ich, so scheint es, ein Mensch mit bestimmten Merkmalen geworden. Ich hatte das Pech, unter einem ungünstigen Stern geboren worden zu sein. Ich war nicht gut erzogen worden. Aber ich hatte mich verheiratet, und unter dem günstigen Einfluß meiner Frau hatte ich schließlich verstanden, daß ich, wenn ich nicht auf Rang und Namen aus war und ich mich in mein Los fügte, durchaus einen ehrenwerten Platz in der Welt erreichen konnte. Aber Denise war tot. Ich sah immer wieder ihr Gesicht, auf dem das Leben, als es sich zurückzog, ein stummes und tiefes Verständnis für alles menschliche Tun hinterlassen hatte. Würde sie mir es jetzt zum Vorwurf machen, daß ich so leichtfertig darauf verzichtete, diesen ehrenwerten Platz zu erringen? Als stünde ständig jemand hinter mir, der mir zu verstehen gab, daß ich ein Schauspieler sei, daß ich nie einen Menschen geliebt habe, daß Eigennutz all mein Handeln bestimmt habe, sagte ich leise: »Ach, Denise!«

Ich lag angekleidet auf dem Bett. Meine Augenwinkel waren feucht, als hätte ich gerade gelesen. Ich stand auf, weil ich auf- und abgehen mußte. Ich war nahe daran, loszuschluchzen. Um mein Gesicht zu verbergen, warf ich mich auf das Bett, von dem ich mich gerade erhoben hatte. Ich ging spazieren, ich lebte, und Denise war tot. Plötzlich drehte ich mich um. Dieses Zimmer kannte ich überhaupt nicht. Wie konnte ich so viel unterwegs sein, so viele Leute kennen, und heute so allein sein! Ich hatte das Licht angelassen, als ich mich hinlegte. Ich schlief wieder ein. Dann weckte mich die Morgendämmerung, als wäre es heller Tag. Die Nacht war vorüber, ohne mich verändert zu haben. Kurz darauf ging ich hinaus. Ich hatte mich nicht gewaschen. Ich trug noch immer dasselbe Hemd. Es war sieben Uhr morgens. Würde ich der Beerdigung beiwohnen können, wenn mich der Wunsch plötzlich dazu trieb? Wenn ein Ereignis droht, an dem wir nicht teilhaben wollen, müssen wir uns dann so verhalten, als fände es statt, ohne daß wir davon etwas wahrnehmen, oder müssen wir unsere Einstellung überprüfen? Ich dachte an Richard. Wenn er soeben seine

Frau verloren hätte, er würde sich solch eine Frage nicht stellen! Er liebte seine Frau. Seine Ehe war ein Beispiel. Autorität, Arbeit auf seiten des Mannes; Zärtlichkeit, Ergebenheit auf seiten der Frau. Aber warum wäre bei ihm der Schmerz echt, menschlich, angemessen, während der meine zur Panik anwuchs.

Ich ging jetzt nicht mehr so schnell. Ich war bis zur Étoile gelaufen. Ich ging die Champs-Élyées hinunter. »Schnell, zur Gare de Lyon«, sagte ich dem Taxichauffeur, wenn Denise und ich allein sein wollten. »Zur Concorde«, hatte ich soeben zu mir gesagt. Die Straßen waren belebt. Da war schon die Place de la Concorde. Ich lief durch die schmalen Straßen hinter der Nationalversammlung. Diesmal vergaß ich, mir ein Ziel vorzunehmen. Ich dachte an all das Gute, das Denise für mich getan hatte. Wie tröstlich es war, daß sie nicht nur an mein Interesse gedacht hatte! Ich dachte an diese stürmischen Tage, wo ich nicht zu existieren schien. Denise kämpfte um ihr Glück, und ich hatte das köstliche Gefühl, nicht der alleinige Grund für diesen Kampf zu sein. Ich überließ sie ihrem Kampf, und es kam ihr nicht einmal in den Sinn, mir das vorzuwerfen. Sie fand es normal, daß die schwierigen Fragen ihr zufielen. Jetzt fragte ich mich, ob sie im Inneren nicht erwartet hatte, daß ich mehr Mut zeigte. Ich hatte geglaubt, meine Trägheit bliebe unbemerkt. Nun war ich mir dessen nicht mehr so sicher. Während ich weiterlief, sagte ich mir, daß ich offen hätte sprechen müssen, sie hätte führen müssen, sie daran hätte hindern müssen, bestimmte Dinge zu tun, anstatt mich zu verstecken, mich für schwächer und verantwortungsloser halten zu lassen, als ich war. Die Haltung der Leute, ihre Meinung, ihre Ablehnung wurden mir auf einmal klar. Sie hatten recht. Aber wie hatten sie von einem Mann wie mir erwarten können, zu wissen, daß es Umstände gibt, unter denen man sich nicht lieben lassen darf?

Vier Tage waren vergangen. Das wenige Geld, das ich bei mir hatte, war ausgegeben. Ich wußte nichts anderes zu tun, als zu unserer kleinen Bank in der Rue Cambon zurückzukehren, eine Straße, die direkt in den Boulevard de la Madeleine einmündet. Oh, wie ich dieses Viertel verabscheute! Hier in diesem Viertel hatten Richard und ich gemeinsam mit einem Auktionator zu Mittag gegessen, hier befanden sich die Büros von Denises Freunden, hier war ich während des Krieges herumgelaufen, weil es damals das Zentrum von Paris war, hier drang aus den Restaurants ein Geruch, der nichts mit Küchengerüchen gemein hatte, hier bewunderte ich die Schneider, die Hemdenmacher, die Cafés, hier dachte ich, wenn ich die Walzermusik aus den Grammophonen hörte, sehnsüchtig an eine strahlende Vergangenheit, die ich jedoch nie gekannt hatte. Ich war jung, und ich trauerte einer vergangenen Epoche nach!

Und jetzt stand ich wieder in der Rue Cambon. Ich erinnerte mich an einen Tag, wo ich auf Denise gewartet hatte. Sie hatte sich mit ihrem Bruder zur Bank begeben. Er wußte nicht, daß wir uns danach treffen wollten. Ich ging die hundert Schritte weiter bis zum Boulevard de la Madeleine. Plötzlich sah ich Bruder und Schwester auf mich zukommen. Was tun? Die Straße überqueren? Eine zufällige Begegnung vortäuschen? Aber Denise rief mir zu. »Wir suchen Sie schon überall. Wo waren Sie bloß?« Sie war keineswegs verlegen. Richard zeigte sich überhaupt nicht verwundert, doch ich lief rot an vor Scham.

Ich ging zum dritten Mal an der Bank vorbei, auf die von außen kein Schild hinwies. Ich entschloß mich, hineinzugehen. Wieviel war noch auf unserem Konto? Denise hatte Wert darauf gelegt, daß es uns beiden gehörte. »Ein gemeinsames Konto«, hatte der Bankier angemerkt. Aber hatte ich heute, wo sie gestorben war, tatsächlich das Recht, alles Geld, was sich dort noch befand, abzuheben? Ich versuchte nicht, es in Erfahrung zu bringen. Ich würde es schon sehen. Ich hatte keine Selbstachtung mehr. Der Gedanke, daß sie vielleicht gar nicht wußten, daß Denise tot war, kam mir in den Sinn, ohne mich zu erschrecken. Ich wußte, daß ich diese Bank zum letzten Mal betreten würde. Sie machte mir Angst. Ich erinnerte mich an das lange Warten in einem Kundenraum, als wir völlig ruiniert um eine Vorauszahlung auf nicht notierte Anteilsscheine nachgefragt hatten. Die Vorauszahlung war leichtfertig vom Direktor, René Poiret, bewilligt worden. Er hatte uns jedoch gebeten, wieder vorbeizukommen. Dann hatte er uns verkündet, daß es ihm zu seinem großen Bedauern sachlich unmöglich sei, uns diese Vorauszahlung zu leisten, da die Anteilsscheine, die wir ihm als Gegenwert zurückgelassen hatten, nicht notiert seien. »Sie wußten das!«

»Ja, aber soweit ich weiß, handelte es sich um die Emission aus dem Jahr 1924.« Ich erinnerte mich an die peinliche Szene bald danach in derselben Rue Cambon. Wie naiv Denise gewesen war! Sie hatte mich davon überzeugen wollen, daß, wenn ich René Poiret allein aufsuchte, er es nicht wagen würde, mir diese Vorauszahlung zu verweigern, *weil ich ein Mann war*! Er hatte sie uns nur verweigert, weil sie, Denise, dabei gewesen war. War das nicht reizend? Für Denise war ich ein Mann wie jeder andere. Weder meine Herkunft noch mein Verhalten hatten sie ihre Meinung ändern lassen. Und ich hatte nachgegeben. Am nächsten Tag war ich wieder bei René Poiret. Er hatte mich zwischen Tür und Angel empfangen, da er gerade auf dem Weg zur Börse war. »Kommen Sie um fünf Uhr wieder«, hatte er zu mir gesagt. Aus Freundschaft zu Denise, der er den Hof gemacht hatte, tat er so, als ob er die exzentrische Seite ihrer Heirat übersähe und ich für ihn ein ganz normaler Kunde sei. Um fünf Uhr war ich wiedergekommen. »Ich bedaure sehr, aber wie ich schon zuvor zu Denise gesagt habe, kann ich Ihnen diese Vorauszahlung nicht gewähren.« Er trieb die Liebenswürdigkeit soweit, zu sagen, er habe erst am Nachmittag entsprechende Auskünfte eingeholt. Ich blieb beharrlich. Ich appellierte an seine Freundschaft zu uns, sogar an sein gutes Herz, denn ich wußte, wie sehr Denise sich wünschte, daß ich Erfolg hätte. Ich kannte die Menschen zu wenig, nur weil er höflich zuhörte, glaubte ich, daß er nachgeben würde. Doch plötzlich unterbrach er mich mit diesem Satz, der mir, so einfach er war, aus einer anderen Welt zu stammen schien: »Sie würden mich kränken, wenn Sie weiter darauf bestehen.«

Anstatt meine Betroffenheit zu verraten, konnte meine überstürzte Abreise aus Compiègne auch als Teilnahmslosigkeit aufgefaßt werden. Das war mir jetzt egal. Ich war entschlossen, nie wieder den geringsten Kontakt mit Richard aufzunehmen. Er wußte nicht, wo ich war. Ich war abgereist, ohne eine Adresse zu hinterlassen, als wäre er nichts weiter als ein gewöhnlicher Hotelier. Ich gab zu, daß er stets recht gehabt hatte und ich immer unrecht, ohne daß ich mich deshalb ihm unterlegen fühlte. Ich schrieb ihm trotzdem. Es gibt eine Art Genugtuung, die man sich nicht versagen kann. Ich schrieb ihm, daß ich auf das Testament verzichtete, das Denise zu meinen Gunsten aufgesetzt hatte, und bat ihn darum, es zu verbrennen. Das war überflüssig. Richard hatte es bestimmt schon getan, aber er sollte wissen, daß mein Desinteresse ein bewußter Akt war. Früher hätte mich so ein Verhalten angewidert. Doch heute hatte ich nichts mehr in der Hinterhand. Ich mußte mich nur so verhalten, wie er selbst sich verhielt, und wenn mein Verhalten mir einige Beachtung einbringen konnte, brauchte ich mich nicht zu schämen, es öffentlich zu machen. Da ich noch nicht ahnen konnte, daß ich vier Jahre lang in dem Hotel in der Rue Casimir Delavigne wohnen würde, wo ich gerade abgestiegen war, bat ich ihn (ohne mich darum zu kümmern, was er daraus schließen würde), mir, wenn er mir etwas mitteilen wolle, postlagernd in die Rue Cujas zu schreiben.

Sich zwischen vier Wänden einzuschließen, wenn man leidet, ist eine Art Kasteiung. Ich verließ mein Zimmer nur zu den Mahlzeiten. Mir schien, daß nur so das Schlechte, das ich Denise angetan hatte, gesühnt werden konnte. Den ganzen Tag über saß ich am Fenster, ohne Zeitungen, ohne Bücher. Zwei Wochen vergingen auf diese Weise. Vor siebzehn Tagen war Denise gestorben. Siebzehn lange Tage!

Ich konnte dieses Eingesperrtsein nicht mehr länger ertragen. Doch bevor ich wieder anfing zu leben, mußte ich erst, so wurde mir zunehmend klar, Denises Grab aufsuchen. Die merkwürdigsten Gedanken kamen mir in den Sinn. Ich mußte es heimlich tun, so daß niemand in Compiègne es merkte. Es wäre ein Trost gewesen, in diesem Moment einen Freund zu haben, der mir voller Mitgefühl zur Seite stand, der mich hinführte, der die Fahrkarten bereithielt, der sich um mich kümmerte wie um ein Kind. Liegt nicht einer der größten Nachteile des Alleinseins darin, daß man alles selbst machen muß? Ich entsann mich der Wohlhabenden, denen alles erspart blieb. Ich rief mir den Tod von Madame Dechatellux in Erinnerung. Weder Jules, noch Richard, noch die herbeigeeilte Verwandtschaft fühlten sich in ihren Schmerzen erleichtert. Ich mußte mich um meinen Körper, um seine Bedürfnisse kümmern. Früher hatte ich das mit Freuden getan; als ich wieder in das Zivilleben zurückgekehrt war, mußte ich nähen, waschen, kochen. Ich hatte nicht im entferntesten daran gedacht, die zu beneiden, denen diese undankbare Arbeit erspart blieb. Ich hatte diese verwöhnten Kinder sogar verachtet.

Ich würde also alleine nach Compiègne fahren. Es ist eine ausgezeichnete Übung, sich um praktische Details des Lebens kümmern zu müssen, wenn man leidet oder auch wenn man glücklich ist. Niemand würde mich begleiten. Ich bedauerte das, denn aus solchen Umständen gehen Freundschaften gestärkt hervor. Doch in dem Moment, wo mir mein Vorhaben ein Ziel gab, machte ich eine unangenehme Feststellung. Wie kam es, daß ich eben jetzt, wo ich den frommen Gedanken hatte, mich vor Denises Grab zu sammeln, feststellte, daß ich gar nicht wußte, wo sich das Grab befand, daß eben jetzt, wo ich mich bereit machte, mich wie meine Mitmenschen zu verhalten, eine unerwartete Einzelheit mir zeigte, daß ich noch immer außerhalb der menschlichen Gemeinschaft stand? Ein Jahr zuvor hätte ich, wenn ich in einer vergleichbaren Situation gewesen wäre, mich damit gerechtfertigt, daß ich mich in einer besonderen Lage befände. Aber heute, welche Entschuldigung vorbringen?

Ich fuhr trotzdem nach Compiègne. Ich nahm den ersten Morgenzug, um möglichst niemandem bei der Ankunft zu begegnen. »Warum verstecke ich mich?« fragte ich mich, während ich durch die menschenleere, sonnige Landschaft dahinrollte. Die gerade aufgegangene Sonne blendete schon. Alle Welt schlief noch. Die Sonne schien für mich allein. Sie mußte noch eine lange Strecke in Einsamkeit hinter sich bringen. Dann würden Wolken sie vor den Menschen verbergen, wenn sie aufwachten. Wie berauschend war dieses Gefühl von Freiheit für mich! Jetzt, wo ich alles verloren hatte, konnte ich nichts mehr verlieren.

Kein Auto wartete am Bahnübergang von Compiègne. Ich unternahm einen Ausflug in die Vergangenheit, doch die Zeit, die mir seit Denises Tod so lang vorgekommen war, schien mir wie ein einziger Tag , als ich den Bahnhofsplatz überquerte. Meine Erregung ließ nach. Ich hatte mich an

Denises Grab knien sehen, und ich war innerlich ruhig. Stand ich auch jetzt noch im Schatten von Denise? Sie hatte nachgedacht, gehandelt, und ich hatte geschwiegen. Ich schwieg noch immer. Ich blieb reglos und stumm, wie damals bei unseren Auseinandersetzungen, als sie noch lebte.

Ich entfernte mich. Mir wurde bewußt, daß diese Pilgerfahrt nicht von Herzen kam, daß ich mich nur einem Brauch angepaßt hatte. Ich entdeckte, daß die so natürliche Geste, ein Grab mit Blumen zu schmücken, mir nicht erlaubt war.

Was würde ich bloß jeden Tag tun in der Rue Cujas? Richard und ich, waren wir einander nicht vollkommen fremd? Was hatten wir uns noch zu sagen, wo Denise nicht mehr war? Brauchte ich ein Lebenszeichen in der Einsamkeit, in der ich mich befand? Ließ das Warten auf ein solches Zeichen mich unser gegenseitiges Unverständnis vergessen? Handelte ich weiter im Verborgenen, weil ich mich vor der Öffentlichkeit scheute? Ging ich jeden Tag in die Rue Cujas, weil mich dort niemand sehen konnte?

Ich setzte mich auf eine Caféterrasse am Boulevard Saint-Michel. War ich nicht trotzdem ein Mensch wie jeder andere? Studenten kamen vorbei, sie sangen, rempelten sich an. Ich schaute ihnen zu. Ihre Sorglosigkeit half mir.

HEUTE

Hotel Maillot, ein Montagmorgen im Januar 1939. Seit meiner denkwürdigen Unterredung mit Maître Logelin sind einundzwanzig Monate vergangen. Vor vier Monaten habe ich ihn noch einmal aufgesucht. Er hielt nicht mehr die geringste Geldsumme zu meiner Verfügung. Ich bat ihn, Richard von meinem Besuch zu unterrichten. Achtundvierzig Stunden später erhielt ich einen Scheck über achtzehntausend Francs. Im Grunde hat sich mein Leben nicht verändert. Ich mache noch immer dieselben Höhen und Tiefen durch. Ich bin glücklich, wie ich es oft gewesen bin, wenn ich mich nach einer schwierigen Phase wieder von den Sorgen des nächsten Tages befreit fühle.

Von meinem Fenster aus sehe ich die Porte Maillot, die Achterbahn, den Mond des Luna-Parks, die komplizierten weißen Fahrbahnlinien an der Kreuzung. Ein leichter Nebel schwebt über den ersten Rasenflächen. Es ist ein schöner Sonntag. Und die eisernen Behälter, in denen Altpapier verbrennt, qualmen sanft vor sich hin.

Obwohl es in diesem Hotel nicht üblich ist, habe ich erreicht, daß ich nur monatlich zu bezahlen habe. Man hat mir einen lächerlichen Preisabschlag gewährt. Von der Endsumme von eintausendundfünfzig Francs, gleich fünfunddreißig Francs (der Zimmerpreis pro Tag) mal dreißig (die durchschnittliche Zahl der Tage im Monat), sind die fünzig Francs abgezogen worden. Früher hätte ich einen Preisabschlag abgelehnt, der so unerheblich war, daß er den Vorteil, wie alle Welt zu bezahlen, nicht ausglich. Aber ich habe akzeptiert, denn ich lege keinen Wert mehr auf die Achtung, die ich früher einzuflößen glaubte, wenn ich nicht auf meinen Vorteil bedacht schien.

Den lästigen Teil meiner Morgentoilette habe ich beendet. Was noch aussteht, kann unbegrenzt in die Länge gezogen werden. Die Wahl von Hemd und Krawatte, die Prüfung meines Erscheinungsbildes, dehne ich möglichst lange aus. Das ist durchaus nicht vergebens. Wenn das Leben uns zulächelt, haben wir jeden Morgen Freude daran, unserem Äußeren wieder die Frische vom Vortag zu verleihen.

Ab und zu kehre ich zum Fenster zurück, wie im Zug, wenn sich die Landschaft verändert. Spatzen, die nur selten auffliegen, hüpfen auf meinem Simsabschnitt herum. Ich beobachte, wie sie Krümel aufpicken, die von den höheren Stockwerken herabgefallen sind. Sehen sie mich durch die Fensterscheibe?

Dann werfe ich einen letzten Blick in den Spiegel. Ich entdecke keine Geschmacksverirrung, keine Nachlässigkeit. Mehr ist nicht zu machen. Es geht jetzt darum, so zu tun, als wisse man es nicht.

Heute werde ich mich lieber nach rechts wenden, die Avenue de la Grande Armée hinauf. Wieder ein neuer Tag, wieder Wolken, wieder Sonne. Ich habe Maître Logelin noch einmal besucht. Stellen wir uns vor, alle Welt wüßte davon. Manche würden mich verachten. Aber würden andere es nicht auch gutheißen?

Auf Höhe der Rue Duret treffe ich einen ehemaligen Offizier aus einem Spahi-Regiment, Hauptmann Lamoure. Ich treffe ihn mitten in Paris. Wir bleiben stehen. Die Passanten gehen weiter. Wir kennen uns.

»Besuchen Sie mich einmal«, sagt er zu mir.

Der Tag ist so lang gewesen, daß ich schon um halb sieben im Restaurant bin. Ich habe Lust zu reden, zu lachen, gute Laune zu verbreiten. Ohne irgend etwas dafür getan zu haben, merke ich, daß man mir einen höheren sozialen Rang als den anderen Gästen zumißt, daß man mich, wäre ich noch zwanzig, für einen jungen Mann aus gutem Hause hielte. Der Eßraum ist nicht erleuchtet. Ich gehe nach hinten durch. Der Besitzer, die Besitzerin und die Bedienung sitzen gemeinsam an einem Tisch. Eine junge Frau, die Tochter der Besitzer, zeigt ihre Einkäufe vom Nachmittag: Seidenstrümpfe, ein Parfumfläschchen, eine Schachtel Briefpapier. Man reicht die Sachen von Hand zu Hand. Ich mache eine ungewöhnliche Feststellung. Auch ich könnte diese Dinge in die Hand nehmen, die man mir hinhält wie Fotos, auf denen ich nicht abgebildet bin, wobei es aber unfreundlich wäre, sie mir nicht zu zeigen. Man erwartet einen Funken Interesse von mir. Ich rühre mich nicht. Ich kann diese Dinge nicht anfassen. Sie gehören mir nicht.

Was dann geschieht, ist noch eigenartiger.

»Wie finden Sie dieses Briefpapier, Monsieur Jean?« fragt mich die junge Frau. »Ich habe es für meine Tochter gekauft. Sie will nur auf Briefpapier schreiben, das ihr gehört.«

»Sie wird zufrieden sein.«

»Aber stimmt es, daß dieses Briefpapier von Prix Unique aus Japan kommt?«

»Ich weiß es nicht.«

»Made in Japan. Hier, lesen Sie.«

Sie reicht mir die Schachtel. Ich nehme sie. Aber beinahe hätte ich sie nicht genommen. Ich mußte beim Ausstrecken meiner Hand daran denken, welche allgemeine Verblüffung entstanden wäre, wenn ich mich geweigert hätte.

Es ist vier Uhr morgens. Ich liege auf dem Rücken. Wenn ich rauche, ziehe ich diese Position vor. Ich mag den Geschmack meiner Zigarette, wenn sie schlecht zieht. Ich denke an meinen Bettnachbarn im Standquartier beim Militär, der ebenfalls nachts rauchte. Ich kann nicht einschlafen, aber mich plagen keine dunklen Gedanken. Gestern abend habe ich mich gehenlassen, körperlich und moralisch. Ich fühle bereits das Verlangen, diese verlorene Zeit wieder einzuholen.

»Sie sind früh aufgestanden!« sagt Henry Lamoure zu mir, als ich vor seinem Schreibtisch stehe.

Als Offizier in Compiègne hatte Henry Lamoure Denise, ihre Eltern, ihren Onkel, Jacqueline, Madame Mobecourt und deren Schwester, wahrscheinlich auch Oberst Laîsné sowie die ganze Gesellschaft der Stadt gekannt. Ihm war natürlich aufgefallen, daß ich dort nur toleriert wurde. Er hatte gleichwohl so getan, als wisse er das nicht. Als stellvertretender Direktor der Versicherungsgesellschaft, wo Richard mich hatte unterbringen wollen, war er immer wieder zur Hetzjagd, zum Sport, zu festlichen Veranstaltungen nach Compiègne gekommen, und nicht wegen irgendwelcher düsteren Familiengeschichten, deren Kenntnis ihm bestimmte Türen verschlossen hätte. Oh, diese Feste in den Parks! Wie schäbig kamen mir die Lampions vor, die man zur Beleuchtung an Eisendrähten zwischen den Bäumen aufgehängt hatte! Ich machte mir nicht klar, daß, wie beim Kasperletheater, wo nur ein Stock den Gendarmen darstellt, es auch hier nur wichtig war, die Illusion nächtlicher Feste zu erzeugen.

Ich möchte Lamoure bitten, von Compiègne zu erzählen und mir den letzten Klatsch zu berichten. Er verkündet mir, daß ich der Mann sei, den er braucht. Er hat deswegen mit der Direktion gesprochen, eine professionelle Unterredung über einen Dilettanten, der von Nutzen sein kann. »Oh, glauben Sie nicht, daß wir Sie wie einen Anfänger behandeln werden! Das Vermittlungsgeschäft, auf das Sie dann ein Anrecht haben, ist bedeutender als das von vielen unserer dienstälteren Agenten. Wir wollen weg von den ausgetretenen Pfaden. Wir wollen eine Mannschaft bilden, die ausschließlich aus Leuten besteht, die Beziehungen haben und aus den entsprechenden Kreisen kommen. Wenn es Ihnen zum Beispiel gelingt, daß Ihr Onkel Dechatellux bei uns einen Vertrag abschließt... Aber setzen Sie sich doch.«

Er überreicht mir Papiere, die er von verschiedenen Stapeln nimmt wie in einem Reisebüro. Eine bestimmte Rechentabelle ist nicht mehr vorrätig, er wird sie mir zuschicken.

»Überlegen Sie sich das Angebot. Lassen Sie mich Ihre Antwort wissen. Ich sage noch einmal, daß es für Sie sehr interessant ist.«

Kaum aus der Tür, habe ich die Papiere weggeworfen. Dann bin ich einer hübschen Frau gefolgt, ohne Ergebnis. Dabei bin ich in eine schmale Straße geraten, die auf den Markt von Saint-Honoré führt, den ich nicht kannte. Mehr als eine Stunde habe ich vor dem Haus gewartet, in das sie hineingegangen ist. Ich habe zu Mittag gegessen und dabei Zeitung gelesen. Meinen Café habe ich im Maison du Brésil in der Rue Auber getrunken.

Es ist vier Uhr, als ich wieder bei mir bin. Ich öffne das Fenster. Das Wetter ist schön. Die Sonne versinkt hinter dem Bois de Boulogne. Ich sehe sie schon nicht mehr, aber wenn ich mich beeile und auf die Hotelterrasse hinaufgehe, kann ich sie vielleicht noch erblicken. Sie ist wie die Lampe, die man ins Nachbarzimmer trägt. Sie erleuchtet Saint-Cloud, und hier scheint alles verlassen zu sein. Mein Gott, ich bitte dich, mir ein Ziel im Leben zu geben, mir zu vergönnen, meine Kräfte für eine schöne und nützliche Sache zu einzusetzen.

Wir gehen gemeinsam die Champs-Élysées hinunter. Es ist elf Uhr morgens. Weiter unten sieht man die weißen Dächer der Busse. Die Tuilerien liegen unter einem Dunstschleier. Ist es Staub oder Nebel? Lichtreflexe von Fenstern in der Rue de Rivoli reißen manchmal Löcher hinein. Wir reden wenig. Es scheint, daß wir keinen Grund haben, zusammenzubleiben, und trotzdem trennen wir uns. Eines Abends hat Madame Valloisier zufällig das Restaurant betreten. Sie hat sich an den erstbesten Tisch gesetzt. Sie hat mich gebeten, ihr die Karte zu reichen. »Bringen Sie mir, was Sie haben«, hat sie zu der Bedienung gesagt, ohne sie gelesen zu haben. Sie hat die Stammgäste neugierig gemacht. »Versuchen Sie doch zu erfahren, wer diese Dame ist«, flüsterte mir die Besitzerin ins Ohr.

Wir sind an der Place de la Concorde angekommen. »Wo möchten Sie hin?« Ich habe eigentlich zu nichts Lust. »Möchten Sie auf den Boulevards einen Apéritif zu sich nehmen?«

Ich rede jetzt über mich. Mein Vater war Offizier. Aber ich habe ihn nicht gekannt. Meine Mutter hatte kein Vermögen. Madame Mobecourt, eine Dame aus Compiègne, die sich um sie kümmerte, tat nichts, um sie zu verheiraten. Meine Mutter wohnt gegenwärtig in der Rue Théodore de Banville. Ich bin immer hin- und hergeschoben worden. Ich verbrachte meine Schulzeit im Lakanal, auf dem Gymnasium von Menton und dem von Nizza. Der Krieg hat meine Ausbildung unterbrochen. Als ich aus dem Militär entlassen worden war, wollte ich nur noch an mich denken, unabhängig sein. Ich habe meine Ausbildung wieder aufgenommen, doch die Zeit drängte. Ich habe schwierige Zeiten durchgemacht. Wenn ich davon erzählen würde, wäre man verblüfft. Als ich dann verstanden habe, daß es mir unmöglich war, das zu werden, was ich mir vorgenommen hatte, bin ich wieder nach Compiègne zurückgekehrt und habe eine Jugendfreundin geheiratet. Aber sie ist genau zu der Zeit gestorben, als wir uns im Süden niederlassen wollten. Augenblicklich lebe ich allein. Ich weiß noch nicht, was ich machen werde.

Stundenlang könnte ich so reden, ohne mir ein einziges Mal zu widersprechen.

Ich werde meine Mutter besuchen. Heute, wo mich nichts mehr an die Vergangenheit bindet, wo ich frei bin von jedem äußeren Einfluß, zögere ich nicht, denen einen Besuch abzustatten, die mir nahestehen oder die auf mich zugegangen sind. Schon seit Jahren wohnt meine Mutter nicht mehr in der Rue Théodore de Banville. Sie wohnt in einem kleinen Haus mit Flachdach, eingeklemmt zwischen zwei schönen Wohnhäusern in der Rue des Acacias. Die Höhen und Tiefen des Alters verwundern mich immer wieder. Ich glaube zu schnell, daß alles vorbei ist.

Ich steige eine schmutzige Treppe hoch. Ich ziehe an einer Klingelschnur und stehe auf einmal meiner Mutter gegenüber. Sie muß jetzt über sechzig Jahre alt sein. Ich erfahre nebenbei, daß sie mit einem Sohn zusammenlebt, den sie von einem ihrer Liebhaber hat. Ein junger Mann von zwanzig Jahren, der Medizin studiert. Der Vater des Jungen hat lange Zeit meine Mutter unterstützt, doch inzwischen gibt er ihr kein Geld mehr. Sie erklärt mir, daß es dabei nicht um eine gewöhnliche Frage der Sparsamkeit ging, als er aufhörte, ihr Geld zu geben. Er besitzt, so scheint es, Millionen. Er konnte sich mit meiner Mutter nicht über die Erziehung ihres gemeinsamen Sohnes André einigen. Rasch fügt sie hinzu, daß sie weiterhin in gutem Einvernehmen mit diesem Mann steht, daß sie ihm nichts übelnimmt und ihn noch immer sehr schätzt. Ich merke, daß sie aufrichtig ist. Aber warum muß sie wieder so steif werden, nachdem sie mir soviel Vertrauen gezeigt hat, als ich davon spreche, wie nützlich es für André wäre, Richard kennenzulernen, der Arzt ist? Sie wechselt das Thema. Sie berichtet mir, daß sie gerade umgezogen ist, daß das Haus, das sie verlassen hat, noch ärmlicher gewesen sei als das hier. »Das war eine ausgezeichnete Gelegenheit«, bemerke ich, »um von Andrés Vater Geld zu erbitten.« Sie erklärt mir, daß sie es nicht getan habe, damit dieser Mann (den ich zunehmend unsympathisch finde) nicht auf die Idee käme, sie würde auf ihre Beziehung setzen, um auch später sich an ihn wenden zu können. Sie beeilt sich, hinzuzufügen, daß er es sicher nicht abgelehnt hätte. Aber auf einmal wird mir klar, daß dieser Mann, von dem sie so nachsichtig spricht, schon seit Jahren aus ihrem Leben verschwunden ist. Seine Erwähnung diente dazu, meine Aufmerksamkeit abzulenken, einen heimlichen Ehrgeiz vor mir zu verbergen. Dieser Ehrgeiz besteht darin, daß aus André ein bedeutender Arzt wird. In dem Moment, wo er reich, gebildet, geachtet ist, wird er dankbar sein. Wenn man am Ende seines Seins einen Sinn gefunden hat, dem man sich ganz und gar verschreiben kann, will man mit niemandem die Freude teilen, wenn es zu einem Erfolg kommt. Ein klares Ziel ersetzt das vage Glück, mit dessen Suche man sich das ganze Leben lang zufrieden gegeben hat. Man nimmt weder Ratschläge noch Ermutigungen an. Die anderen suchen nicht aus den gleichen Gründen wie wir. Ihre Anerkennung mag noch so ernst gemeint sein, sie kann einen, wenn die ersten Schwierigkeiten auftauchen, wieder in das Ungewisse der Vergangenheit zurückfallen lassen. Meine Mutter hat entdeckt, daß man stark sein muß, um Erfolg zu haben. Ihr Sohn wird stark sein. Ihr Sohn wird sich durch nichts rühren lassen. Ich sehe ihn mir an. Er ist weit entfernt davon zu ahnen, was man von ihm erwartet!

Enttäuscht gehe ich wieder. Meine Mutter hat mich ins Vertrauen gezogen und mich dabei stets auf Abstand gehalten. Das ist sehr unangenehm gewesen. Ich will mich nicht in ihre Angelegenheiten einmischen. Meine Gleichgültigkeit von früher verbietet mir das. Ich denke an André. Wir haben nur ein paar Worte gewechselt. Er ähnelt mir im Aussehen. Ich habe das Überlegenheitsgefühl eines älteren Bruders. Oh, ich habe mir Mühe gegeben, es mir nicht anmerken zu lassen. Ich glaube inzwischen, daß meine Bemühungen vergeblich waren, denn für meine Mutter gibt es keinerlei Zweifel: André ist ihr einziger Sohn.

Obwohl ich seit dem Morgen (pünktliche Mahlzeiten, was ist aus euch geworden!), nichts zu mir genommen habe, habe ich weder Hunger noch Durst. Ich spüre eine Art Druck in den Schläfen, so etwas wie einen Schmerz, der sich nicht klar zu erkennen gibt. Und wenn ich sie berühre, ist dieses Gefühl verschwunden. Es ist ein schöner Tag. Ich betrachte die Sonne. Ich kann meinen Blick eine Sekunde lang auf denselben Fleck im Zentrum des Glutofens fixieren, der weniger blendet als das von ihm erzeugte Feuer. Das überrascht mich. Die Menschenmenge verändert sich ständig, ohne daß mir ein Gesicht bekannt vorkommt und ohne daß sie mir fremd erscheint. Ich denke, daß das Leben wunderbar ist. Die fernen Erinnerungen, die mein Glück bedrohen, ich glaube, ich werde sie später noch einmal durchleben.

Auf einer Caféterrasse setze ich mich aus dem plötzlichen Bedürfnis, mich auffällig zu benehmen, in die vorderste Reihe. Ich reibe mir die Hände in einem derartigen Tempo, als könnte diese Geste sofort etwas bewirken. Ich spüre in mir die Kraft, etwas zu zerbrechen. Ich koche. Ich bin kurz davor, zu explodieren. Ich zeige mit dem Finger auf eine Zeitung, die etwas zu weit aus einer Tasche ragt.

»Ihre Zeitung fällt gleich herunter, Monsieur.«

Immer häufiger mische ich mich in dieser Weise ein. Ich beiße die Zähne zusammen. Ich brauche niemanden. Ich bitte niemanden um etwas. Ich bin. Folglich habe ich das Recht, Freundschaften zu schließen, Leute anzusprechen, mit dem Fuß auf den Boden zu stampfen.

»Monsieur!«

Ein dicker Mann wendet sich um.

»Verzeihung, aber Sie sehen so aus wie einer meiner Freunde.«

Diesmal presse ich die Fäuste zusammen. Ich spüre ein Zittern an mir, das nicht von Angst oder Nervosität herrührt. Ich zittere vor Kraft. Ich zittere wie Espenlaub. Die Zukunft liegt noch immer strahlend vor meinen Augen. Es ist eine Art von Glücklichsein. Ich erblicke verschwommen die Verwirklichung meiner Träume und bin vor Freude außer mir.

Das Jäten hat begonnen. Ich werde nicht länger eine ungerechtfertige Zärtlichkeit für Madame Mobecourts Schwester in mir bewahren. Ich hatte sie schon vor Jahren aus den Augen verloren, und trotzdem stellte ich mir vor, daß ein geheimes Band uns miteinander vereinte. Jedesmal, wenn ich einen Entschluß gefaßt hatte, fragte ich mich, was mir diese Frau wohl geraten hätte. Seltsam, dieser Glaube, einer Person, die einen als Kind gekannt hat, besonders nahe zu stehen, seltsam, dieses Bedürfnis, einen letzten Rückhalt zu bewahren, für den Fall, daß ein Unglück geschieht! Diese Unglücksfälle sind passiert, aber sie schienen mir niemals schwer genug, um mich hilfesuchend an diesen letzten Rückhalt zu wenden. Und obwohl nichts Ernstes geschehen ist, nehme ich heute den Zug nach Versailles.

Ein altes, unauffälliges Haus, schlecht gelegen in einer engen Straße, durch die die Straßenbahn dicht am Bürgersteig entlangfährt, dann solange wartet, bis die Gegenbahn durch das Nadelöhr hindurch ist. Doch bei allem, was mit Reichtum zu tun hat, vertraue ich nicht dem äußeren Anschein. Das Haus mag noch so heruntergekommen sein, an bestimmten Anzeichen erkenne ich, daß diejenigen, die dort wohnen, reich sind. Der große offene Portalvorbau verleiht dem düsteren Eingang einen gewissen Prunk. Im Hintergrund ein weiter Innenhof. Das efeubewachsene

Gitterwerk an der Mauer ist zur Hälfte abgerissen. Man muß genau hinsehen in welcher Weise. Es ist, wie man so sagt, ordentlich abgerissen worden, so daß keine einzige Latte herunterhängt und die restlichen Teile den Eindruck wertvoller Bruchstücke machen. Der Innenhof ist vollkommen leer. Kein Eimer, kein Besen, kein Blumenkasten. Ich fühle, daß diese Leere ein Luxus für die Bewohner ist, etwas wie ein Wunsch, von der Haustür an nur Wohlwollen zu erzeugen.

Ich verberge meine Verwirrung. Eine innere Stimme rät mir, nicht die geringste Regung zu zeigen. Um das zu bewahren, was man hat, sollte man zuallererst so erscheinen, als habe man keine Angst, es zu verlieren. Ich gehe die breite marmorglänzende Treppe hinauf. Doch plötzlich merke ich, daß man hinter meiner Sicherheit das Gefühl entdecken kann, daß die Barriere gefallen ist, daß die Jahre uns näher gebracht haben, daß meine Ungezwungenheit ausreicht, das zu ersetzen, was mir eigentlich fehlt. Ich stehe vor der Tür. Ich will nicht läuten. Aber ich bin schon zu nahe bei der Klingel, um eine überflüssige Reise gemacht zu haben. Ich hebe die Hand. Ich richte einen Finger auf den Knopf aus weißem Elfenbein, der sich genau in der Mitte einer bronzenen Kreisfläche befindet. Ich läute nicht.

Um sieben Uhr habe ich eine Verabredung mit Lucette, einer Verkäuferin im Métyl, an der Metrostation Étoile. Sie mag diese Rendezvous in der Menschenmenge. Jedesmal frage ich mich, ob sie kommen wird. Wenn man sich treffen will, darf einem kein Gesicht entgehen, das aus dem Metroschacht auftaucht. Nehme ich diese Art Verabredungen mit Lucette hin, weil Denise sie immer verabscheut hat? Ich warte. Ein lebhaftes Durcheinander herrscht um mich herum. Das ist die schönste Stunde für die, die sich langweilen. Die Stunde, die alle anderen uninterressant erscheinen läßt. Manche leben dafür. Ich erinnere mich an eine Frau, die tagsüber schlief, die es jedoch nie versäumte, um sieben Uhr auszugehen. Ich erinnere mich, daß ich es ihr nachmachen wollte, daß ich mein Leben so führen wollte, daß es erst um sieben Uhr beginnt. Neben mir ruft man die Abendblätter aus. Die Busse sind voll besetzt, und die Klingeln läuten fröhlich mehrmals hintereinander. Ununterbrochen kreisen Autos um den Arc de Triomphe. Da ist Lucette. Sie steht ganz in meiner Nähe, aber sie sieht mich nicht. Ich rufe in dem Moment nach ihr, als sie sich entfernen will. Oh, sie wäre wiedergekommen, aber ich hatte Angst. Ich betrachte sie von Kopf bis Fuß, ohne ein Wort zu sagen. Sie ist hübsch. Sie hat ihre Lippen auffällig rot angemalt. Ich denke an all die Leute, die mich wie einen falschen Bruder behandelt haben.

Wir gehen die Avenue de Wagram hinunter. Ich gehe hinter ihr, damit sie sich auf der linken Seite die Kinos anschauen kann. Ich habe richtig gesagt: Ich gehe hinter ihr. Als wir am unteren Ende, wo die Straße ein Gefälle hat, angekommen sind, wenden wir uns der Porte des Ternes zu, um in der Menge zu bleiben. Heute morgen habe ich von einem Zahnarzt einen Einschreibebrief erhalten, wegen einer Behandlung, die fünf Jahre zurückliegt. Ich bin wütend geworden. Wie kann ein vernünftiger Mensch eine so schlechte Zahlungsmoral haben? Wenn Denise noch da wäre, dann könnten wir über diesen Brief reden. Was soll ich Lucette darüber sagen? Sie würde mir raten, eine Anzahlung zu leisten oder gar nicht zu antworten. Aber sie würde mir nicht das sagen, was ich hören möchte.

Wir bleiben stehen, um die Speisekarte eines Restaurants zu studieren. Dann laufen wir weiter. Um neun Uhr gehen wir ins Kino. Gegen Mitternacht versuche ich, Lucette ohne große Überzeugung zum Bleiben zu bewegen. Ich weiß, daß es unmöglich ist, da ihre Eltern auf sie warten. Sie verabschiedet sich.

Jetzt bin ich allein. Ich kann nicht nach Hause gehen. Ich suche ein Abenteuer: eine von Begierde getriebene Frau, die aus dem Hause gegangen ist, um sich dem erstbesten hinzugeben. Ich träume davon, dieser Mann zu sein, ich träume davon, daß es keine andere Wahl gibt, daß es wirklich so ist, weil ich der erste Mann bin, den sie trifft.

Ich schlendere die Avenue Foch entlang, doch an der Porte Dauphine kehre ich gegen meine eigentliche Absicht wieder um. Ich habe Angst vor dem Bois de Boulogne. In den schlimmsten Augenblicken bleibe ich vorsichtig. Beruhigenderweise sprechen mich Prostituierte an. Ich schiebe sie höflich beiseite, gebe ihnen zu verstehen, daß ich sie als menschliche Wesen betrachte. Ich muß wohl nicht der einzige sein, der sie in dieser Hinsicht bestätigt, denn sie danken es mir nicht im geringsten. Als Denise noch lebte, vermied ich, daß ich mich in so einer Lage befand, daß ich einen ganzen Abend lang mir selbst ausgeliefert war. Aber jetzt bin ich jeden Abend allein.

Weißes Licht erleuchtet den Arc de Triomphe. Ohne zu wissen wie, bin ich wieder an meinen Ausgangspunkt zurückgekehrt. Welcher Müßiggang! So ein langer Weg, um dann wieder bei der Metrostation Étoile anzukommen! Einige Minuten tue ich so, als erwarte ich jemanden. Dann wende ich mich wieder in die Avenue Foch. Die Frauen müssen mich wiedererkennen, denn je nach der Vorstellung, die sie von mir haben, beachten sie mich überhaupt nicht oder bedrängen mich noch mehr. Ich drehe um. Ich kann nicht mehr weiter. Die Schultern tun mir weh, und wie immer führe ich das auf das Gewicht meines Mantels zurück. Ich habe Lust, ein Bad zu nehmen, eine druckfrische Zeitung zu lesen. Wie gern würde ich zugleich von einer Mutter, einer Schwester, einer Frau erwartet werden! Sie würden mir Fragen stellen, wären erstaunt über meine späte Rückkehr. Keine uneingestandenen Wünsche mehr. Aber niemand wartet auf mich, und ich fühle mich nicht in der Lage, nach Hause zu gehen. Ich weiß, daß ich sehr spät heimkehren werde, erst wenn ich begriffen habe, daß die Straßen genauso leer sind wie mein Zimmer.

Ich überquere alle Straßen, die auf die Étoile zulaufen. Und wieder stehe ich vor der trostlosen Metrostation. Das Gitter unten am Ende der Eingangstreppe ist verschlossen. Das hat etwas Niederschmetterndes. Ich gehe in ein Café, stütze mich mit den Ellbogen auf die Theke. Ein Mann ist schon da. Er ist etwa fünfundvierzig Jahre alt. Obwohl er keinen Bauch hat, ist der Unterleib schon etwas schlaff. Im Knopfloch seines schäbigen Mantels trägt er das Band einer militärischen Auszeichnung und das Verdienstkreuz. Ein ehemaliger Kriegsteilnehmer, kleiner Beamter oder Angestellter. Ich habe viel Sympathie für Leute dieser Art, so daß ich eine Bekanntschaft anknüpfe. Ich fühle mich ihm nah und gleichzeitig so fern! Seit zwanzig Jahren ist der Krieg zuende. Seit zwanzig Jahren läuft er ungebunden durch Paris, und doch ist mir von seinem Leben nichts unbekannt. Ich habe nicht am Krieg teilgenommen, für ihn bin ich ein Rekrut, aber er denkt nicht daran, das auszunutzen. So ein Mann hätte ich sein müssen, um mit Richard sprechen zu können, ein glorreicher Hauptmann, Mitglied der Ehrenlegion, Träger einer militärischen Auszeichnung und des Verdienstordens mit drei Sternen, der mit seinem General in Paris zu Abend gegessen hat und nach der Entlassung Präsident der Vereinigung der Ehemaligen des 153. geworden ist.

Wir unterhalten uns. Ich frage ihn, ob er auch in Verdun dabeigewesen ist. Er erzählt mir ein paar Geschichten. Er hat gemerkt, daß ich auch Soldat gewesen bin. Nicht einen Augenblick lang fragt er mich danach. Welch bewundernswerte Zurückhaltung bei denen, die den Krieg mitgemacht haben! Er läßt sich einen Cognac kommen. Es ist das dritte

Glas, das er vor meinen Augen trinkt. Wie gern hätte ich auch das Recht, so offenherzig zu leben wie er! Wie sehr wünschte ich, daß der Krieg mehr sichtbaren Einfluß auf mein Leben gehabt hätte! Wie sehr wünschte ich, daß meine Traurigkeit nicht so elende Gründe hätte, sondern die aller Männer meiner Generation wäre! Es ist zwei Uhr in der Frühe. Als jemand, der seine Arbeit beendet hat, gesellt sich eine Frau zu uns. Sie hört uns zu, wir sprechen nicht über ihren Bruder, sondern über ihren Vater, der 1916 gefallen ist. Zum ersten Mal zeigt sich mein Trinkkumpan weniger zurückhaltend. Er will wissen wo, in welchem Regiment.

Bald sind wir beide alleine, sie und ich, und ich lasse mich gehen. Der Ernst unseres Gesprächs hat mich einige Augenblicke zurückgehalten. Dann habe ich gelächelt. Das hat genügt. Sie hat verstanden und mich gebeten, ihr zu folgen. Wir sind in der Rue Brey in ein Hotel gegangen. Niemals, außer unter diesen besonderen Umständen, wäre ich einer Frau gefolgt. Während wir die Treppe hochsteigen, versuche ich mir zu erklären, was passiert ist. Gleich werde ich mich mit meiner Angst, mir eine Krankeit einzuhandeln, lächerlich machen. Meine Begleitung versteht zu rasch meine Furcht, als daß ich der erste wäre, der sie bei ihr empfindet. Diese Entdeckung von Gemeinsamkeiten, die wir Männer haben, verursacht ein ungutes Gefühl in mir. Dann bemerke ich, daß hinter der totalen Fügsamkeit dieser Frau gegenüber meinen Begierden ein gewisses Geschick steht, sie auf eine Liebe ganz nach ihren Vorstellungen zu richten. Ich fühle mich davon berührt wie von mütterlicher Zuwendung. »Mach es dir bequem, mein Großer. Ich komme gleich. Soll ich die Vorhänge zuziehen?« Ich denke daran, daß ich mich morgen in der Gesellschaft von Kindern und alten Menschen befinden werde. Hat mein intimes Leben etwas Schlimmeres an sich als bei anderen?

»Hast du Angst, daß ich eine Krankheit habe? Du hast nichts zu befürchten.«

»Es ist schwierig«, sage ich, als würde die Beschäftigung, der ich nachgehe, mir jedes Risiko verbieten.

»Ich schwöre dir, ich bin gesund.«

Sie ist aufrichtig. Ich spüre, daß sie eine professionelle Einstellung hat. Falls sie mich ansteckt, ist es klar, daß sie Schwierigkeiten mit der Präfektur bekommen kann. Die Präfektur! Ich habe meine Freundin vom Boulevard Saint-Michel vergessen. Ich möchte der seriöse, furchtsame Herr bleiben, der dabei ist, wieder nach Hause zu gehen.

Die Stadt ist noch hell erleuchtet wie nach dem Abendessen, aber die Straßen sind fast menschenleer. Ich bin in einer sonderbaren Verfassung. Einerseits verspüre ich tiefen Abscheu darüber, daß ich mich neben diese Frau gelegt habe, andererseits weiß ich, daß ich vorsichtig gewesen bin und daß es physisch unmöglich ist, daß ich dafür bestraft werde. Mein Unbehagen hat also nichts mit Furcht zu tun. Durch einen einfachen Händedruck, durch diesen keuschen Kuß, den sie mir gab, bevor sie wußte, mit wem sie es zu tun hatte, wollte die Hure sich am Anfang mir gegenüber zärtlich zeigen; es ist also möglich, daß sie mich angesteckt hat. Ich tröste mich mit dem Gedanken, daß ein paar Stunden später, bei Tag, diese Bedenken vollkommen verflogen sein werden. Wie glücklich bin ich jetzt, daß ich nicht nachgegeben habe! Viel hätte nicht gefehlt. An einem bestimmten Punkt hatte ich mich wegen meiner Vorsicht geschämt. Ich hatte mir gesagt: »Ich mache den Eindruck eines kleinen betulichen Herrn.« Fast hätte ich sie in meine Arme gezogen.

Ich stütze mich in der Kabine auf das Ablagebrett für das Telefonbuch. Ich spreche mit dem Bedürfnis zu gefallen. Dann gehe ich wieder hoch an die frische Luft. Mein Abenteuer mit Madame Vallosier kommt mir sehr rätselhaft vor.

Ich kann sie nur an bestimmten Tagen, zu bestimmten Stunden sehen. Ich muß so tun, als wisse ich, wohin ich will, wenn ich am Häuschen der Concierge vorbeigehe. Das Häuschen der Concierge! Auch das habe ich vergessen. Noch vor wenigen Jahren hätte ich Angst vor einem Skandal gehabt. Aber heute kann passieren was will.

Ich gehe zu Madame Vallosier hinauf. Die Zeit ist vorüber, wo eine einfache Verabredung mit einer Frau den Tag verschönte. Madame Vallosier lebt in einer Wohnung, die in einer Reihe von Häusern liegt, die einer Immobilienfirma gehören. Der Garten im Zentrum der Anlage, die schmiedeeisernen Gittertore, die Laternenpfähle im Stil eines Badeorts verleihen dieser kleinen Stadt ein luxuriöses Aussehen. Ich bin ein wenig der Provinzler geblieben und stelle mir vor, daß in einem dieser Häuser die Junggesellenwohnung von Jules Dechatellux liegt, von der ich soviel gehört habe. Vielleicht treffe ich ihn sogar eines Tages. Ich muß gestehen, daß mir das schmeicheln würde.

Die Wohnung geht auf die Gärten der Villa des Ternes hinaus. Sie ist geräumig, geschmackvoll eingerichtet, und man spürt hier weniger den Respekt vor dem Geld als in den Wohnsitzen von Compiègne. Es wird hier ohne viel Überlegung ausgegeben.

Madame Vallosier hat viel Sympathie für mich. Ich habe gemerkt, daß sie mich für gut erzogen hält, daß sie insgeheim meine Umgangsformen bewundert, meine Ungezwungenheit, meine gewandte Art, was belegt, daß man für jemand anderen immer über die Qualitäten verfügt, die man nicht zu haben glaubt. Ich bin zuversichtlich. Wenn ich nur diese Frau auf der Welt kennen würde, könnte ich glauben, es gäbe nicht den geringsten Unterschied zwischen Richard und mir.

Als ich von ihr fortging, machte ich eine Feststellung, die mich sehr überrascht hat. Die Gegenwart ist ein ununterbrochener Kampf. Man kann die Entwicklung einer neuen Freundschaft nicht vorhersehen. Die Leute, die man gerade kennengelernt hat, können zu Feinden werden, während jene, die wir im Stich gelassen haben, einen lieben können. Von diesen alten Freunden habe ich keinen mehr. Ich leide darunter, es nur mit ungewissen Freundschaften zu tun zu haben. Wenn ich die Verkäuferin von Métyl sehe, bin ich glücklich, aber wird sie mich morgen nicht verabscheuen?

Ich überrasche mich dabei, wie ich um Denise trauere. Ich stelle mir unser Leben vor, unser Glück, wenn wir das Zimmer im Hotel Maillot teilten. Jetzt, wo sie tot ist, kommt mir alles so leicht vor. Warum kümmerten wir uns so sehr um die Familie, um das Geld, um unsere Selbstsucht, wo es so einfach gewesen wäre, uns in aller Ruhe im Hotel Maillot zu lieben? Warum? Es ist also immer die Unkenntnis, die mich davon abhielt, glücklich zu sein! Ebenso wie ich früher nicht in der Lage gewesen war, mich freiwillig zur Armee zu melden, so hätte ich auch vor drei Jahren nicht mit Denise in einem bescheidenen Zimmer leben können. Das Leben läuft dahin, als könnten wir keinerlei Einfluß darauf nehmen, und plötzlich, wenn es zu spät ist, merken wir, daß es für uns ganz einfach gewesen wäre, es sich zunutze zu machen.

Ich besuche wieder meine Mutter. Es friert seit ein paar Tagen, und obgleich die Wohnung kaum geheizt ist, wirkt sie warm. Obwohl ich zur rechten Zeit gekommen bin, gibt sich meine Mutter ablehnend. Sie will keine wohnliche Atmosphäre um sich haben. Kein einziges Kissen, kein bequemer Sessel. Alles ist dem Erfolg ihres Sohnes untergeordnet.

Beim ersten Mal bin ich ein wenig förmlich empfangen worden, und ich habe nur das Eßzimmer betreten. Inzwischen gehe ich auch in die anderen Räume. Ich bin überrascht von der Unordnung und dem Schmutz. Durch einen offenen Türspalt sehe ich, wie André, auf einem Klappbett sitzend, von dem die Lakenenden auf den Boden hängen, sich gerade anzieht. Eine Kiste dient ihm als Nachttisch, Zeitungen als Bettvorleger. So eine Schlamperei ist unverständlich. Nichts kann sie erklären. Das ist keine Nachlässigkeit, keine Armut. Eher eine Art Fehdehandschuh gegen die Anforderungen des täglichen Lebens. In einen Zukunftstraum versunken, lehnt meine Mutter ab, sie wahrzunehmen. Jahrelang hat sie dagegen angekämpft, und jedesmal hat sie diese Zwänge noch zahlreicher auf sich zukommen sehen. Sie hat es aufgegeben. Sie leidet nicht mehr unter dem Schmutz. Sie sieht keinen Sinn mehr, dahinter herzujagen, weil sie weiß, daß es morgen wieder von vorne beginnt. Es ist besser, dem Feind das Feld zu überlassen, sich einfach daran zu gewöhnen, damit man darüber nicht mehr nachzudenken braucht.

Wir plaudern in einem Zimmer, das sie sich eingerichtet hat, das aber genauso schmutzig ist wie die anderen, doch mit dem Unterschied, daß das Mobiliar an die Wände gerückt ist und über dem Teil des Tisches, an dem sie ihren Café zu trinken pflegt, eine Decke liegt. Wie kommt es, daß alle Möbel wackelig, beschädigt sind, daß jedes Stück Stoff zerrissen oder fleckig ist. Nichts ist sauber, weder das Briefpapier noch das Innere der Schubladen. Man könnte meinen, es hätte dort hineingeregnet. Sie sind voller Krumel und Staub, voller angetrocknetem Dreck, der was weiß ich woher kommt. Das Badezimmer ist in demselben Zustand. Ganze Büschel Borsten fehlen an den Zahnbürsten. Das an einer Seite zerbrochene Glas kann nur zur Hälfte gefüllt werden. Die Leiste, die das Waschbecken umgibt, hängt an einer Stelle herunter. Und die Badewanne ist schwarz. Aber das eigentlich Unverständliche ist, daß ich keinen Abscheu empfinde, daß ich nur darüber nachdenke, wie diese Einrichtung wohl auf einen Dechatellux wirken würde. In Wahrheit fühle ich mich dort gar nicht so unbehaglich. Ich bewege mich ganz ungezwungen. Mir scheint sogar, daß ich mich, wenn ich dort wohnen müßte, sehr schnell daran gewöhnen könnte. Das Häuschen der Conciergefamilie taucht aus der Erinnerung auf. Davor ist es die Holzfällerhütte gewesen. Meine Mutter und ich, wir haben die gleiche Herkunft. Jeder von uns hatte es nur vergessen. An einem Wintertag finden wir uns wieder. Ich beginne zu verstehen, daß das Leben, das ich fernab von ihr geführt habe, mich nicht davon abhält, ihr Sohn zu sein.

Ich hatte geglaubt, mehr Möglichkeiten als meine Mutter zu haben, mich in eine Welt begeben zu haben, die gediegener ist als ihre. Ich möchte Ratschläge erteilen. Ich gebe zu verstehen, daß wir uns, selbst wenn ein größerer Ehrgeiz uns das materielle Leben verachten läßt, an ein Mindestmaß von Schicklichkeit halten sollten, und sei es nur für diejenigen, die uns teuer sind. André ist gut und sanftmütig. Aber vielleicht leidet er darunter, so wenig komfortabel zu leben.

Meine Mutter scheint nicht zu verstehen, wer mich dazu bringt, so mit ihr zu reden. Sie hat stets ihr Mißtrauen gegenüber der Welt zum Ausdruck gebracht, in der ich gelebt habe. Sie glaubt, sie aus meinem Munde sprechen zu hören. Sie wechselt das Thema. Doch man täuscht sich immer wieder in den Leuten. Ich habe geglaubt, daß sie mir grollte, weil ich dort großgezogen worden bin, wo man sie so schlecht behandelt hat. Ich habe geglaubt, daß sie stark war, und auf einmal stelle ich fest, daß sie Angst vor mir hat. Sie hat Angst, daß meine Ratschläge mehr Einfluß auf André haben als ihre. Sie hat Angst vor Spitzfindigkeiten. Sie hat Angst davor, daß André sich verlocken lassen könnte, daß er auf die Idee käme, es gäbe noch andere Wege als die Arbeit, um erfolgreich zu werden. Der einzige Weg, über den sie sich sicher ist, von dem sie sich unter gar keinem

Vorwand abbringen läßt, ist für sie die Arbeit. Sie hat Angst, daß ihr Sohn unter meinen Einfluß gerät, daß er sich verändert, daß er sich von ihr entfernt. Sie kann ihre Autorität nur aufrechterhalten, wenn sie unnachgiebig bleibt. Wenn sie ihre Leitlinie verläßt, wenn sie Intrigen und Empfehlungen akzeptiert, dann wird sie, wie sie genau weiß, ein Hindernis für den weiteren Erfolg und nicht sein Schöpfer sein.

Aus zeitlichem Abstand muß ich sagen, daß es in meiner Liebe zu Denise eigentlich nur Gleichgültigkeit gegeben hat. Jetzt, wo ich ein unabhängiges Leben führe, wo ich niemandem gegenüber Verpflichtungen habe, wird die Vergangenheit durchschaubar. Es sind die unwesentlichen Ereignisse, die uns die Augen öffnen. Lucettes Vater wollte mich kennenlernen. Er kam mich besuchen. Wir haben uns unterhalten. Ich habe mich vor ihm als Mann gefühlt. Ich war Herr meiner Worte, meines Handelns. Wenn wir wirklich frei sind, fühlen wir uns wie berauscht! Was ich versprochen habe, konnte ich einhalten. Was ich verbergen wollte, niemand wird es aufdecken können. Obwohl dieser Mann unbedeutend ist, erlebte ich in seiner Gegenwart eine herrliche Stunde. Wie habe ich nur so lange Denises Bevormundung ertragen können? Habe ich meine Liebe nicht überschätzt aus Scham vor meiner materiellen Abhängigkeit?

Verändert sich mein Charakter? Heute denke ich daran, mich Madame Vallosier anzuvertrauen wie einer Frau, die ich liebe! Ich stelle fest, daß ich allein lebe, daß mir nach Zärtlichkeit zumute ist und natürlich nach Schutz! Ich zögere , nicht weil ich mir über die Leichtfertigkeit meiner Absichten im klaren bin, sondern weil ich wie früher Angst habe, daß mein Mitteilungsbedürfnis sich künftig gegen mich wendet! Ich verwende das Wort Zukunft, worüber ich mich sonst lustig mache! Ich will Madame Vallosier sagen, daß ich unglücklich bin, daß ich geliebt, verstanden werden möchte!

Ich frage mich manchmal, ob ich nicht verrückt bin. Als ich mich ins Leben geworfen habe, träumte ich davon, alles zu verkomplizieren, um später stolz sein zu können auf die Schwierigkeiten, die ich überwunden habe. Trotzdem werde ich heute nicht wieder von vorne beginnen.

Ich habe noch einen Halbbruder, einen Schuhmacher auf den Buttes-Chaumont. Meine Mutter hat es mir eben mitgeteilt. Da ich sie jetzt ab und zu besuche, muß ich es wissen. Diese Neuigkeit hat mich sehr getroffen. In dem Moment, wo ich das Bedürfnis habe, offen zu leben, wo es mir egal wäre, einen Mann wie zum Beispiel Richard meiner Mutter vorzustellen, teilt man mir mit, daß ich einen Schuhmacher zum Bruder habe. Ich bilde mir zu rasch ein, ich sei ohne jeden Stolz. Es ist wichtig, daß eine Neuigkeit dieser Art, die mich im tiefsten Inneren verletzt, mir zeigt, daß ich noch immer derselbe bin. »Marcel würde dich sehr gerne kennenlernen«, hat meine Mutter gesagt. Ich habe ihn besucht. Er ist etwa dreißig Jahre alt. Er hat mit mir gesprochen. Ich habe festgestellt, daß es sehr viele Gemeinsamkeiten in unserem Leben gibt. Von einer alten Frau in einem Pariser Vorort großgezogen, hatte er seine Mutter, die er nur selten sah, als wunderbares Wesen betrachtet. Das entspricht meiner Geschichte mit Jacqueline. Aber er hat weniger Glück gehabt als ich. Seine Mutter ist immer seltener gekommen. Er ist in dem Vorort geblieben. Er ist dort zur Schule gegangen, er hat seine Lehre gemacht. Und er ist Schuhmacher geworden. Er stellt mir seine Frau, seine Kinder vor. Der ältere ist schon zehn. Er sieht mich erstaunt an mit seinen großen blauen Augen. Bin ich jemand, der die kindliche Vorstellung beeindrucken kann? Auch die Frau schaut mich verwundert an. Das also ist ein Verwandter, ein Bruder meines Mannes und von André! Stolz zeigt man mir das Geschäft, die Wohnung. Sie haben vier Jahre lang gewartet, bevor sie sie mieten konnten. Davor lebten sie ein paar Häuser weiter in einer viel kleineren Wohnung. »Du siehst«, sagt mein Bruder zu mir, »man sollte nie aufgeben.«

Ich gehe wieder. Marcel und ich, wir kennen unsere Mutter, aber weder er noch ich kennen den Vater. Wir sind Brüder. Und trotzdem, wie weit sind wir voneinander entfernt! Ich kann nicht glauben, daß der Mann, den ich soeben verlassen habe, genauso gelitten hat wie ich. Ich weiß eigentlich nichts darüber. Ich gehe langsam die Buttes-Chaumont hinunter. Die Sonne ist untergegangen. Es ist kalt. Ich denke daran, daß ich mich möglicherweise kaum von Marcel unterscheide. Ach, wie sehr wünschte ich, daß Denise da wäre! Nur eine Frau, die einen liebt, kann in einem solchen Augenblick tröstende Worte sagen. »Aber nein, ihr habt absolut nichts Gemeinsames«, würde sie zu mir sagen. Sie würde mich überzeugen. Sie würde es mir beweisen. Jeder wußte, daß mein Vater ein Mann von Welt war. Ich bin in einer Umgebung aufgewachsen, die man nicht mit der von Marcel vergleichen kann. Aber Denise ist nicht mehr da, und ich fühle, wenn ich mein Leben kühl betrachte, daß es keinen so großen Unterschied zwischen mir und meinem Bruder gibt.

Ich befinde mich im entlegensten Winkel von Paris, aber ich benutze nicht den Bus. Ich gehe an der Busstation nach Compiègne vorbei. Nicht die kleinste Erinnerung kommt mir in den Sinn. Ich bin traurig. Einen so langen Weg zu laufen, um schließlich an dieser Station zu landen! Ich bin heute genau der Mann, der ich auch geworden wäre, wenn sich niemand um mich gekümmert hätte, wenn ich Denise nicht kennengelernt hätte, wenn ich brav in irgendein Verwaltungsbüro eingetreten wäre, wie es mir meine Mutter bei meiner Entlassung aus dem Militär geraten hatte (noch hätte man mich einstellen müssen). Wie heute, würde ich von den Buttes-Chaumont zurückkommen, wo ich meinen Bruder besucht hätte. Ich hätte meinen Platz in der Gesellschaft. Wie Marcel würde ich André um das beneiden, was meine Mutter für ihn tut.

Ich folge dem Boulevard de la Chapelle. Ich habe geglaubt, die Kenntnis des bourgeoisen Lebens, seiner Gewohnheiten und Vorurteile könne man sich aneignen. Jetzt habe ich meine Zweifel daran. Ich habe nur während eines zwanzigtägigen Urlaubs beim Militär in diesem Viertel gelebt. Trotzdem gibt es viele Erinnerungen. Dort ist die Rue Pajol, wo ich eine Unterkunft ab Mitternacht fand, dort ist das große Kino, das mir so teuer vorkam. Wie heruntergekommen es ist! Dort ist das Café, wo ich eine Frau kennengelernt habe, die mir soviel Angst eingejagt hat. Ich war fortgegangen. Ich konnte sie nicht wiedersehen. Und sie schrieb aus dem Krankenhaus! Würde ich auch krank werden? Sie bat mich, glaube ich, um Verzeihung. Ich erinnere mich nicht mehr. Wenn die Erinnerungen genau sind, wühlen sie einen schon auf. Doch wenn sie unscharf sind wie jetzt diese, werfen sie einen um. Zu jener Zeit wuchs Marcel in dem Vorort auf. Wie weit wir auseinander waren! Für einen Außenstehenden, der sich nur an Tatsachen hält, sind wir heute wieder vereint.

Ich ging den Weg weiter zu meinem Haus. Was für ein Haus! Ich möchte stehenbleiben, ein Zimmer in einer der Straßen mieten, die zu irgendeiner Ecke am Sacré-Cœur führen, und nicht mehr in meinem Hotel auftauchen. Niemand liegt tot in meinem Zimmer. Wie ich aus Compiègne fortgegangen bin, so möchte ich auch von der Porte Maillot fort. Aber es ist angenehm, am Abend dorthin zurückzukehren, wo man Leute kennt, selbst wenn sie einem gleichgültig sind, selbst wenn man unfreundlich begrüßt wird, wo aber niemand den Kopf hebt und einen fragt, wer man sei. Früher hätte ich es getan. Ich wäre in das erstbeste Hotel gegangen. Bevor ich wieder hinausgegangen wäre, hätte ich meinen Mantel trotz der Kälte hängen lassen, um meinen Platz zu markieren, und wäre den ganzen Abend, die ganze Nacht herumgezogen, um eine Frau zu finden. Den nächsten Morgen hätte ich im Schwimmbad verbracht und auf die abendliche Verabredung gewartet. Und wenn die Person nicht gekommen wäre, hätte ich mich anderweitig auf die Suche gemacht. Und wenn sie ergebnislos verlaufen wäre, hätte ich mich so spät ins Bett begeben, daß ich auf der Stelle eingeschlafen wäre. Auf alles wäre ich stolz gewesen, auf die schlichteste Sache wie beispielsweise das Essen eines Sandwichs an irgendeiner Theke.

Brüder, sowohl meine als auch die anderer Leute, nehmen in meinem Leben einen Platz ein, dessen Bedeutung mich überrascht. Tatsächlich hat auch Madame Vallosier einen Bruder. Ich frage mich, warum sie darauf bestanden hat, daß ich ihn kennenlerne. Will sie damit ihr Vertrauen in mich beweisen, oder daß sie im Falle einer Gefahr, ähnlich wie bei Germaine, nicht alleine wäre? Liebt sie ihn so sehr, wie sie behauptet? Sie versichert mir, daß er ihr kleiner Bruder, daß sie seine große Schwester geblieben ist.

Ich habe also diesen jüngeren Bruder kennengelernt. Nach dem, was ich über ihn gehört hatte, dachte ich, ich träfe auf einen vornehmen, zuvorkommenden, diskreten jungen Mann, der seine Schwester bewundert. Aber er ist ein großer Lümmel, der alles aus Widerwillen zu tun scheint, und dessen Eleganz an die eines Zuhälters erinnert. Wieso hat Madame Vallosier nicht gemerkt, daß ein solcher Bruder nicht zu dem Bild paßt, das sie von sich erzeugen will? Wieso sieht sie nicht, daß er sie genauso verdächtig macht, wie Marcel mich in ihren Augen verdächtig machen würde, wenn ich ihn ihr vorstellte? Ich zögere nicht mit der Antwort. Es ist ihr wirklicher Bruder. Sie sind gemeinsam unter demselben Dach aufgewachsen. Er kann ihr keine Schande bereiten, wie verschieden auch immer die Wege sein mögen, die sie eingeschlagen haben. Ist das nicht der wahre Geist der Familie, die Menschen so zu akzeptieren, wie sie sind, mit all ihren Fehlern, und sich nicht darum zu kümmern, daß sie uns in Mißkredit bringen könnten?

Eine bleiche Wintersonne scheint in mein Zimmer. Von meinem Bett aus sehe ich, wie sie nur knapp über den Häuserdächern steht. Es ist die gleiche Sonne wie damals, als ich nach Denises Tod nach Compiègne zurückkehrte, als ich aus der Rue du Château-d'Eau fortging, um durch die vornehmen Viertel spazierenzugehen.

Ich stehe auf. Der Tag wird so lang sein, daß ich beim Anziehen ein wenig trödele. Werde ich nach dem Mittagessen der Gast sein, der zusammen mit den Leuten eintrifft, die es eilig haben, sich zur selben Zeit wie sie einen Kaffee bringen läßt, doch dann die Ellbogen aufstützt, seinen Stuhl nach hinten schiebt, um die Beine übereinander zu schlagen, und bleibt, wenn sie schon längst fort sind?

Das Zimmermädchen bringt mir das Frühstück, das mit seinen drei Röllchen Butter und dem Teelöffel Konfitüre üppiger aussieht, als es ist. Sie fragt mich, wann ich fortzugehen gedenke, weil sie das Zimmer machen möchte. Ich habe einen so schlechten Nachgeschmack vom Vorabend, daß ich nicht weiß, woran ich denken soll, damit das nicht wieder passiert. Schließlich komme ich auf die Idee, nach dem Mittagessen wieder hierher zurückzukehren. Es wird zwei Stunden dauern. Während meiner Abwesenheit wird man ein Feuer im Kamin anzünden. Um vier Uhr nachmittags wird man mir Tee und Kuchen bringen, ohne daß ich geklingelt habe. Am Abend wird man mir kalte Platten bringen. Die Fensterläden werden geschlossen, die Vorhänge zugezogen sein, bevor es richtig dunkel ist. Ich werde zweimal denselben Lichtschalter gedreht haben, um alle vier Birnen des Lüsters anzumachen. Die Nachttischlampe wird ganz überflüssig das Kopfende meines Bettes beleuchten. Ich versuche, das Zimmermädchen für all diese Vorbereitungen zu interessieren, indem ich sie um Ratschläge bitte. Ich werde Zeitungen kaufen, ein Kartenspiel, vielleicht ein Buch. Ich werde Patiencen legen. Es ist zufälligerweise der Tag, an dem man auf der Etage die Wäsche bügelt. Ich werde meine Tür halboffen lassen. Es erleichtert mich, daß ein Nachmittag im Hotel einem so viel Geborgenheit geben kann.

Ich mache einen kurzen Spaziergang. Der einzige Nachteil ist, daß das Wetter schön ist. Aber nach dem Mittagessen hat auch der schönste Wintertag etwas Trostloses.

Ich kehre um zwei Uhr wieder zurück. Alles ist so vorbereitet, wie ich es wollte. Eine angenehme Überraschung kommt noch hinzu. Ich bin nicht der einzige, der seine Zeit auf dem Zimmer verbringen will. Noch eine andere Tür steht offen. Ich bemerke einen dicken Mann, der in Hemdsärmeln auf dem Bettrand sitzt. Er sieht zu, wie das Zimmermädchen die Fensterläden schließt. Er hat nicht wie ich Anweisungen gegeben. Er hat keinerlei Vorkehrungen getroffen. Trotzdem scheint er ernsthaftere Gründe zum Bleiben zu haben, vielleicht ein Briefwechsel oder Abrechnungen. Ich höre, wie er um Tinte, Schreibpapier und um eine neue Feder bittet. Scheinbar gleichgültig sage ich dann zu dem Zimmermädchen, als sei ich überrascht, daß noch ein anderer Gast daran denkt, nicht noch einmal wegzugehen: »Er hat recht. Zuhause ist es immer am besten.«

Vor mir liegen so viele Stunden, daß ich nicht sofort meinen Mantel ausziehe und die Tür schließe. Ich bitte das Zimmermädchen um nichts. Ich warte darauf, daß sie bei meinem Zimmernachbarn fertig ist. Ich habe alle Zeit. Ab und zu mache ich ein paar Schritte auf dem Flur, dann kehre ich wieder um, als habe ich mich anders besonnen. Wenig später fange ich wieder von vorne an. Dabei entdecke ich etwas, das mir großes Vergnügen bereitet. Obwohl die Arbeit vollbracht ist, muß das Personal dableiben, sich irgendwie beschäftigen. Die Tür der Wäschekammer steht offen. Ein Stapel Laken kommt leise mit dem Aufzug hoch. Man nimmt ihn nicht sofort weg. Man schwatzt. Und obwohl es heller Tag ist, sind alle Lampen an.

Schließlich kommt der Augenblick, wo ich nichts anderes mehr machen kann, als hinter mir die Tür zu schließen. Unter meinen morgendlichen Einkäufen sind auch rote Lederpantoffeln, die mich recht viel Geld gekostet haben. Ich habe mein Jackett und meine Weste ausgezogen, aber den Hemdkragen und die Krawatte umbehalten. Ich habe einen ganz eigenen Stil. Es wird wahrscheinlich nichts passieren, aber man weiß ja nie. Ich setze mich in einen Sessel neben das Kaminfeuer. Das Paket mit den Spielkarten, das Buch, die Zeitungen sind in Reichweite. Jetzt muß ich nur noch dafür sorgen, daß ich mich nicht langweile. Trotzdem stehe ich ab und zu auf, um irgend etwas woanders hinzulegen. Nichts darf meinen Blick stören. Vor allem muß ich den Augenblick hinauszögern, wo alles getan ist.

Es schlägt vier Uhr. Man bringt mir den Nachmittagstee, den ich bestellt habe. Aber wieso stellt man mir dieselbe Tasse, dieselbe Kanne, denselben Teller wie am Morgen hin? Das ist kein Nachmittagstee, sondern noch ein Frühstück. Ich spüre eine gewisse Genugtuung. Es bedarf eines bestimmten Feingefühls, um das zu bemerken.

»Dieselbe Tasse?« sage ich in leicht ironischem Ton zu dem Zimmermädchen.

Sie blickt mich verwundert an.

»Schon recht, schon recht«, füge ich hinzu wie jemand, der weiß, daß man ihn nicht versteht.

Wie lächerlich das ist! Ach, wenn ich bloß woanders wäre! Aber wo? Ich stehe auf, um mir selber einzuschenken. Nun ist die gefährliche Stunde gekommen. Ich ringe mit mir, daß ich nicht doch den Vorhang aufziehe. Schließlich kann ich nicht anders. In der Dunkelheit draußen leuchten die Lichter. Der Tag ist kaum vorüber, und sie sind eben erst angegangen. Frauen bleiben vor der Auslage eines Blumenhändlers stehen. Nirgendwo riechen die Blumen schöner als in Paris. Ich bekomme Lust, auszugehen. Ich betrachte das Kaminfeuer in der Hoffnung, daß es mich zurückhält. Ich habe gerade zwei neue Scheite nachgelegt. Sie liegen mitten in den Flammen, ohne schon Feuer zu fangen, und ich muß hinaus.

Es ist Sonntag. Ich soll bei den Eltern von Lucette zu Mittag essen. Als sie mich einlud, hat mich ihr Blick überrascht, denn meine Zustimmung löste bei ihr eine andere Freude aus, als wenn sie nur einen Tag mit mir verbringen würde. Sie muß von mir gesprochen haben, wie viele Leute über mich reden, wobei sie den Leuten, mit denen sie sprach, näher steht als mir. Ich habe angenommen, weil ich weiß, daß ich äußerst freundlich empfangen werde. Ich habe nie gekocht oder einen Haushalt geführt, doch ich empfinde dieses Vergnügen der kleinen Leute, dorthin zu gehen, wo ich nichts zu machen brauche, wo alles für mich getan wird. So wird es auch bei Lucettes Eltern sein. Jemanden empfangen, heißt für diese braven Menschen, den Gast soweit zu schonen, daß man ihm sogar einen Stuhl beiseite schiebt.

Der Morgen vergeht langsam, denn ich wache jetzt sehr früh auf, gegen sieben Uhr, manchmal auch um sechs oder gar um fünf Uhr. Ich weiß, daß man sich auf mich freut, und denke nicht weiter an dieses Mittagessen.

Um elf gehe ich zu Fuß hinunter. Ich habe mein Zimmer mit der Nummer dreißig verlassen, dreißig, wie mein Platz im Gymnasium. Die Treppe ist mit einem weichen Teppich ausgelegt. Jetzt denke ich an das Mittagessen. Die Vorstellung, daß man es gerade zubereitet, ist mir unangenehm. Um etwa sieben Francs zu sparen, habe ich mir keinen Café au lait hochbringen lassen. Die genaue Summe kenne ich nicht. Ich bin großzügig. Ich gebe alles unbedenklich aus. Aber dem Beispiel der Dechatellux' folgend habe ich Gewohnheiten angenommen. Ich habe gelernt, genau auf das zu achten, was Kosten nach sich zieht, aber nicht, den Wert des Geldes einzuschätzen. Und ich bin noch stolz auf diese Angewohnheit.

Es ist ein grauer Sonntag. Die menschenleere Avenue erinnert an einen gemieteten Saal, eine Stunde vor Beginn der Feierlichkeiten. Alles ist vorbereitet. Die offiziellen Vertreter werden bald kommen. Ich bleibe stehen, um mit der Kassiererin zu reden. Ich liebe es, mit Leuten zu scherzen, die nicht scherzen würden, wenn ich ihnen etwas schuldete. Dann gehe ich zu Fuß hinauf bis zur Étoile und spare damit das Geld für einen Streckenabschnitt. Es geht mir nicht viel schlechter, obwohl ich aufs Frühstück und auf den Bus verzichtet habe, und außerdem habe ich noch acht Francs mehr in der Tasche. Wenn ich nicht aufpasse, finde ich noch Gefallen an diesem Exerzitium und gleiche noch mehr dem kleinen vorsichtigen Herrn meiner Einbildung. Ich werde versuchen, mich kleiner zu machen, weniger Raum einzunehmen, und nicht wie jedermann, wie Lucette, wie ihre Eltern, mich größer zu machen, mich auszubreiten.

Ich muß einen Kuchen kaufen. Unbedingt. Trotzdem zögere ich. »Augenblicklich stehe ich mitten im Leben«, sage ich mir schließlich, »und ich werde ohne nachzudenken einen Kuchen kaufen, denn es ist das normalste von der Welt.« Ich werde mit dem Kuchen in der Hand eintreffen.

Aber soll ich ihn bei Boissier kaufen oder besser bei der Station Barbès-Rochechouart? Einige Minuten lang beschäftige ich mich mit dieser Frage. Ich entscheide mich für Boissier. Ich werde mir den Anschein geben, als hätte ich nicht im Traum daran gedacht, ihn anderswo zu kaufen. Der Preis zwanzig statt zwölf Francs. Aber man wird den Unterschied merken. Man wird nichts sagen, aber man wird es zu schätzen wissen.

Ich entdecke meinen Kuchen in einer Patisserie in der Rue Rodier. Aber es ist nicht der gleiche. Die Verzierungen sind nicht so fein. Die Schneckenhäuser aus Sahne wirken etwas derber. Das sind die Unterschiede, auf die ich so viel Wert lege.

In meiner Erinnerung war diese Rue Rodier viel steiler, viel belebter, hatte einen vorstädtischeren Charakter. Die Hänge beginnen sich abzuflachen. Während des Krieges bin ich eines Tages zum Sacré-Cœur hochgestiegen. Ich glaubte, auf einen Berg zu klettern. Heute ist es ein belangloser Hügel.

Die Rue Rodier steigt kaum an. Ich mache mir wieder die verrücktesten Gedanken. Ich geniere mich, dabei gesehen zu werden, wie ich das Haus von Lucette betrete. Alle Türen in Paris sind für mich gleich. Ich kann überall hineingehen. Aber ich habe nicht dieses lächerliche Äußere: einen Kuchen in der Hand, einen ausgebeulten Mantel, umgeschlagene Handschuhe, einen Filzhut mit hochgestellter Krempe, der genau waagerecht sitzt; früher trug ich ihn schräg über dem Ohr und nach hinten geschoben. Heute habe ich den Wunsch, eleganter aufzutreten.

Ich habe auf einmal Lust, meinen Kuchen der erstbesten Person zu schenken, die ihn meiner Meinung nach nehmen sollte. Das wäre eine originelle Geste, eine dieser Gesten, denen ich einen tieferen Sinn gebe und die es mir möglich machten, mich von eigentlich wertvollen Dingen zu trennen.

»Monsieur, erlauben Sie, daß ich Ihnen diesen Kuchen anbiete.«

»Monsieur, Sie erstaunen mich. Ich verstehe nicht. Ich habe keinen Grund, ihn zu nehmen.«

»Ich bitte Sie darum, Monsieur.«

Man muß lügen, man muß jetzt lügen, damit man annimmt, was ich zu verschenken habe. Ist das nicht erstaunlich?

»Ich sollte bei Freunden zu Mittag essen, ich wollte deshalb einen Kuchen mitbringen. Aber sie scheinen vergessen zu haben, daß ich kommen sollte, denn sie sind nicht zu Hause.«

In meiner Stimme liegt nichts, was eine Enttäuschung verrät oder einen Vorwurf anklingen läßt.

»Wenn ich jetzt im Restaurant esse, möchte ich nicht den Anschein erwecken, daß ich mein Dessert mitbringe.«

Ich betrachte ein paar Passanten. Niemand scheint mir in der Lage zu sein, von einem Unbekannten etwas anzunehmen, was immer es auch sei. Ich betrete schließlich den dunklen Hausflur. Eine schmale verglaste Tür gibt den Zugang zur Treppe frei. Es ist anders als in den Arbeiterhäusern, wo nicht einmal so eine Tür existiert. Ich öffne sie, und sofort stehe ich vor einer Treppe, deren erste Stufe kaum breiter ist als die erste Sprosse einer Leiter. Ich steige in den vierten Stock hinauf, wie es mir Lucette erklärt hat. Je höher ich gehe, um so freundlicher scheint mir alles zu sein. So ist es immer in dieser Art Häuser. Die Armseligkeit schwindet in dem Maße, wie man sich vom Eingang entfernt. Etwas zunehmend Persönliches tritt einem aus den immer helleren Wänden entgegen. Auf jeder Etage wohnen mindestens drei Familien. Schließlich bleibt nur noch die, die man besuchen will.

Ich klingele. Ich habe Schwierigkeiten damit, den kupfernen Knopf aus seiner ölverschmutzten Buchse herauszubekommen. Die Tür öffnet sich, und Lucette begrüßt mich. Sie trägt keinen Hut, keinen Mantel, keine Handtasche, aber sie hat nicht ihr Kleid gewechselt. Sie ist die Verkäuferin bei Métyl geblieben. Sie ist intelligent genug gewesen, um zu verstehen, daß ich sie als muntere Verkäuferin am liebsten sehe. Ich reiche ihr den Kuchen. Der fachgerecht gefaltete Karton, das kleine Stück Holz mit einer Auskerbung, damit der Bindfaden nicht abrutscht, der überall aufgedruckte Name Boissier machen entschieden mehr Eindruck als gewöhnliches Einwickelpapier mit umgeschlagenen Enden. Man bittet mich herein. Die Wohnung ist bescheiden, doch es fehlt an nichts. Ich erinnere mich, in der Zeit mit Germaine einige dieser Art gesehen zu haben. Man glaubt zu hören: »Wir sind zwar nicht reich, aber es fehlt uns an nichts.« Ich merke, daß diese Wohnungen mir nicht so fremd sind, wie ich es gerne glauben machen möchte.

Bei Tisch setzt die Unterhaltung in einem lebhaften Ton ein. Es macht den Eindruck, als bedauerten wir es, daß wir uns nicht früher kennengelernt haben. Am Ende des Mittagessens stelle ich plötzlich etwas Befremdliches fest. Wir haben nichts gesagt. Die Floskeln zu Beginn sind bereits die Unterhaltung gewesen.

Lucettes Eltern denken nicht einen Augenblick daran, mich spüren zu lassen, daß ich wegen ihrer Tochter ihnen gegenüber Verpflichtungen hätte. Für diese kleine Familie ist es eine Freude, mich zu Besuch zu haben. Sie zeigt mir gegenüber eine übertriebene Hochachtung. Sie versteht, daß Lucette und ich nicht darauf gewartet haben, verheiratet zu sein, um uns intimer kennenzulernen. Ich erinnere mich an einen Satz von Lucette: »Sie werden sehen, es ist überhaupt nicht so, wie Sie denken.« Sie hat tatsächlich recht. Aber das ist genau das Drama. Diese großzügige Sichtweise macht es für mich nicht besser. Im Innersten verachte ich noch immer dieses enge Leben, das so leicht auch das meine hätte sein können. Lucette fühlt es, und ihr Gesicht wird traurig. Ich rede schwungvoll, um angenehm überrascht zu wirken von dem Empfang ihrer Eltern. Jetzt schauen sie mich sonderbar an. Bin ich nicht etwas anmaßend gewesen, hierher zu kommen? Hatte ich nicht daran gedacht, daß man mir meine Herablassung anmerken könnte?

Als ich mich verabschiede, kann ich dem Zwang nicht widerstehen, mich unbeschwert zu zeigen. Mein Abschied ist gelungen. Mir scheint, als hörte ich: »Das ist wirklich ein Mann von Welt.« Ich stoße gegen kein einziges Möbelstück, als ich mich rückwärtsgehend hinausbegebe. Ich bin meiner so sicher, daß ich sogar stehenbleibe, um einen Stuhl beiseite zu schieben, damit sich nicht jemand anderes unangenehm weh tut.

Ich wende mich zum Carrefour Châteaudun. Meine Schleimhäute sind von Alkohol getränkt. Eine unsichtbare Sonne vergoldet den Nebel. Die Ladenstuben der Kupferstich-, Antiquitäten- und Briefmarkenhändler geben eine Idee von der Behaglichkeit bürgerlicher Wohnungen. Ich denke an die Freuden, die der Poesie dieses späten Winternachmittags entsprechen. Lieben, geliebt werden, das genügt nicht. Man müßte lieben, weil man so viel Schönes gemacht hat. Die Stunden müßten sich aneinanderreihen, es müßte noch andere Freuden geben als die, Freunde zu haben, reich zu sein.

Ich gehe an der Oper vorbei. Ich kann nicht dagegen an, in die Rue Cambon zu gehen. Da ist das Gebäude. Am Tage teilt es die schmale Straße mit seinem Schatten, am Abend teilt es sie mit seiner hellen Beleuchtung. Heute geht niemand mehr für mich in die Banken. Ich sagte zu Denise: »Geh nur, ich warte im Café.« Es ist noch immer da, dieses Café, wo man an Strom spart und wo die Angestellten aus den anliegenden Hotels die Bescheidenheit ihrer Herkunft vorfinden. Mitten unter ihnen lauerte ich hinter den Vorhängen. Ich mische mich nicht mehr unter sie. Trotzdem habe ich mich nicht so sehr verändert. Das Mittagessen bei Lucettes Eltern beweist es. Wie lange es gedauert hat! Was für eine Idee mir von einem angeblich sehr reichen Onkel zu erzählen, der mit dem Auto herumfährt und ein Landhaus an der Gironde besitzt! Ich hatte Lust gehabt, zu sagen, daß ich ihn verabscheue. Welche Verblüffung! Man hätte es mich merken lassen, daß ich ihn gar nicht kenne. Ich hätte geantwortet, daß ich ihn trotzdem verabscheute. Kälte hätte sich über dem vollbeladenen Eßtisch ausgebreitet.

Ich werde wieder nach Hause gehen. Vom Direktor, der Kassiererin, den Zimmermädchen dort wiedererkannt zu werden, ist für mich im Moment ohne Bedeutung. Ich weiß, daß ich doch wieder ausgehen werde. Warum also überhaupt erst dorthin zurückkehren?

Es ist zehn Uhr abends. Ich habe soeben das Licht eingeschaltet, und für einige Sekunden wirkt das Zimmer wie das eines Unbekannten auf mich. Ich hänge meine Kleidung auf, damit sie in Form bleibt. Es gab eine Zeit, wo ich davon träumte, sie irgendwo hinzuwerfen, wo ich hingerissen war von dieser Nachlässigkeit, mit der sich bestimmte Frauen ausziehen. Ich halte die Säume meiner Hose ans Licht, die Säume, die den ganzen Tag lang über den Boden gescheuert sind. Ich schüttele die Hosenumschläge aus, in die sich Brotkrümmel verirrt haben. Ich untersuche meine Schuhe. Alles geht schneller, nicht nur die Abnutzung, sondern auch das Nachwachsen der Haare und der Fingernägel. Ich sah voraus, daß ich eines Tages von neuem allein sein und mich von den Manien des Ehelebens befreien würde. Dieser Tag ist gekommen, aber ich habe ebenso viele Manien. Ich klammere mich noch mehr an die Dinge. Ich leide darunter, daß sie keinen Wert auf die Dauer meines Lebens legen, daß sie mich so schnell verraten. Die Voraussetzungen sind gegeben, daß ich mich bessere. Und kaum ist eine alte Gewohnheit verschwunden, taucht sogleich eine neue auf.

Ich strecke mich aus, hebe die Arme, genieße die Frische, die in die Achselhöhlen dringt. Ich denke: »Hier liegt also ein Mann auf seinem Bett wie tausende andere auch.« Werde ich mich in allgemeinen Betrachtungen verlieren? Nein. Ich stehe auf. Um irgend etwas zu tun, schüttele ich mein Taschentuch über dem Kamin aus. Der Luftzug wirbelt ein wenig Staub auf. Ein winziges Wasserrinnsal ringelt sich das Waschbecken hinunter. Ich drehe den Hahn fest zu. Es nutzt nichts, das Rinnsal bleibt. Es erzeugt nicht das geringste Geräusch auf der Schräge des Beckens, aber ich sollte das Zimmermädchen davon unterrichten. Mir tut der Kopf weh. Ein so unbedeutendes Detail läßt mich glauben, daß die ganze Welt mir feindlich gesonnen ist.

Endlich schlägt es Mitternacht. Ich werde zu Bett gehen. Das Licht ist aus, aber ich schlafe nicht ein. Ich mache das Licht an, stehe wieder auf. Ich liebe es, wieder aufzustehen, mir vorzustellen, daß mein Bett zwar kein Nest ist, aber eine Art Lager. Das gehört zu meiner Vorstellung von Freiheit, von wirklichem Behagen. Ich verabscheue diese von kälteempfindlichen Leuten eingeschlagenen Bettlaken. Viel Raum, ein sauberer Fußboden, damit ich mit bloßen Füßen umherlaufen kann, angenehme Temperaturen, das liebe ich. Ich mache meine Toilette für die Nacht. Meine Wäsche liegt auf den Sitzmöbeln herum. Ich habe eine Komödie gespielt, die eines Mannes, dem es nicht in den Sinn kommt, irgend etwas zu verbergen. Ich liebe es, am Morgen Überraschung vorzutäuschen, wenn ich dem Zimmermädchen ein »Herein« zurufe und so tue, als sei ich eben erst aufgewacht.

Dieses Zimmermädchen ist eine kräftige Bretonin. Meine Koketterie ihr gegenüber ist um so unverständlicher, als sie verschwindet, sobald ich angezogen bin. Ich gebe mich wie ein großzügiger Herr gegenüber einem armen Diener. Am letzten Sonntag habe ich ihr Teegebäck geschenkt, das weich geworden war. Gestern noch habe ich absolut darauf bestanden, daß sie für ihren Mann ein Paar Schuhe mitnimmt, die ich nicht mehr anziehe. »Von morgen an werde ich nicht mehr klingeln«, habe ich vor einigen Tagen zu ihr gesagt, »Sie brauchen mir erst um neun Uhr das Frühstück zu bringen.«

Heute morgen liege ich entblößt da. Ich halte die Augen geschlossen. Ohne etwas zu merken, habe ich mich im Schlaf aufgedeckt. Als das Zimmermädchen an die Tür klopft, rufe ich mit ausdruckloser Stimme »herein«. Dann ziehe ich, als hätte ich eben erst bemerkt, daß ich bloß liege, die Laken wieder hoch. Ist es zu spät? Ich wage nicht, das Zimmermädchen anzusehen. Ich fühle mich um so unbehaglicher, als sie scheinbar um nichts in der Welt aus der Fassung zu bringen ist. Eine Viertelstunde später versuche ich, sie zu überzeugen, daß das, was soeben geschehen ist, keine Absicht war. Unter irgendeinem Vorwand klingele ich und halte mich hinter der Tür versteckt, strecke lediglich den Kopf vor, als wolle ich nicht einmal im Schlafanzug gesehen werden. Diese Art von Zerstreuung auf Kosten des Zimmermädchens kommt in Hotels sehr häufig vor. Ich habe zum Glück eine solche Überzeugungsgabe, daß sie sich schließlich sagt: »Wahrscheinlich hat er tatsächlich keine Hintergedanken gehabt.«

Der Zwischenfall ist vergessen. Ich habe mehrmals Lucette eingeladen. Ich zeigte damit, daß ich ein normaler Mann bin. Es wäre in der Tat unverständlich, daß ich bei einer so jungen und hübschen Geliebten solche Irrwege nötig habe.

Vierzehn Tage später fange ich wieder an. Doch diesmal setzt das Zimmermädchen eine beleidigte Miene auf. Ich tue so, als sei ich darüber verblüfft. Recht laut macht sie eine Bemerkung. Türen öffen sich einen Spalt breit. Ich schreie: »Was bilden Sie sich eigentlich ein!« Ich glaube, daß es schwer ist, so böswillig zu sein. Kaum ist sie fort, schließe ich die Tür ab. Ich zittere. Mir scheint, daß die Folgen meines Verhaltens schrecklich sein werden. Schon glaube ich eine Stimme zu hören, die mir sagt, daß ich nicht zurechnungsfähig sei. Nachdem er getötet hat, muß der Mörder diese Stimme hören. Mir ist vom Leben übel mitgespielt worden. Mein Unglück hat mich so sehr in Anspruch genommen, daß ich, ohne es zu bemerken, allmählich damit aufgehört habe, mich selbst zu beobachten. Zum Glück ist der Vorfall passiert. Er hat mir die Augen geöffnet. Ohne ihn wäre ich vielleicht später auf Schlimmeres verfallen.

Noch am selben Tage verlasse ich das Hotel.

Ich setze mich in den Tuilerien in die Sonne. Es macht mir Spaß, sie anzusehen. Als berühre man ein Feuer. Man nimmt den Blick weg, wie man eine Hand fortzieht. Ich denke an die Zukunft. Es ist offensichtlich, daß dieses Leben nicht mehr so weitergehen kann. Ich frage mich, ob es an dem liegt, was eben geschehen ist, oder ob ich selbst der Grund bin. Ich werde es nie wissen. Es passiert etwas, das unser ganzes Leben aus der Bahn wirft. Aber wenn es nicht passiert wäre? Ein Baum verstellt mir den Blick auf eine Uhr. Es ist elf Uhr dreißig, oder zwölf, oder zwölf Uhr dreißig. Ein Spaziergänger setzt sich zu mir. Wie kann man seine Gewohnheiten, seine Manien, seine Charakterzüge nur so unbedenklich zur Schau stellen, durch die Kleidung, die man trägt, durch die Gesten, die man macht, durch den Anhänger, der an der Uhrkette baumelt? Ich vergleiche mich mit dem Unbekannten. Ich würde gerne einen Spiegel benutzen. Ich würde mich gerne sehen wollen. Ich wüßte gerne, ob man herausbekäme, wer ich bin, wenn man mich betrachtet. Vielleicht verrät uns jede Verstellung genauso wie eine Krawattennadel.

Aber was habe ich bloß? Ich ziehe eine Grimasse. Ich bringe meine Gesichtszüge wieder in Ordnung und sage mir: »Ich ziehe keine Grimasse. Mein Gesicht ist so wie immer.« Und ich fange an, ganz von selbst zu sprechen. Mein Nachbar wendet sich nicht ab. Eine Frau kommt mit ihrem Kind vorbei. Sie sieht mich an und ist in keiner Weise überrascht. Ich könnte ein anderer Mensch werden, niemand wird es bemerken. Es bedeutet meinen Mitmenschen wenig, wenn ich eine Grimasse ziehe. Ich erinnere mich, daß ich alle möglichen Rollen spielen wollte: den Intellektuellen, den Künstler, den Sportsmann, den jungen Mann aus gutem Hause. Welche Rolle spiele ich heute, nachdem ich das alles aufgegeben habe?

Ich stehe auf. Werde ich meine Bewegungen so entstellen können, wie ich mein Gesicht entstellt habe? Ich wechsle die Gangart. Ich fange an zu hüpfen. Da nähert sich eine hübsche Frau. Ich hüpfe einfach weiter. Es könnte ja tatsächlich sein, daß ich seit meiner Geburt herumhüpfe. Es könnte ja sein, daß ihr mein Gehüpfe besser gefällt als mein normaler Gang. Ich verlasse die Tuilerien. Dieser Park ist wenig geeignet für meine Übungen. Man muß sich im Zickzack bewegen, um an den Spaziergängern vorbeizukommen. Ich ziehe die Boulevards vor.

Ich bin noch immer derselbe Mensch. Ich verstehe noch immer nicht den Schrecken einer bestimmten Vertrautheit. Nach der entwürdigsten Intimität amüsierte ich mich mit Kindern, ohne mich darüber zu wundern, daß man mich mit ihnen alleine ließ. Ich habe mich nicht verändert, denn ich nutze meinen Auszug aus dem Hotel Maillot, um für ein paar Tage nach Compiègne zu fahren.

Es herrscht eisige Kälte, als ich dort ankomme. Die Oise scheint still zu stehen. Alle Steine, alle Bäume sind grau. Am Ende einer Jahreszeit hat man manchmal die gleiche Empfindung wie zu Beginn. Man gewinnt ein ganz neues Wintergefühl, wenn man an einem Morgen im Februar in einer kleinen Stadt aussteigt. Die Straßen sind nicht gesäubert worden, denn das Wasser ist gefroren. Diese Vernachlässigung läßt sie aussehen wie am Tag nach einer festlichen Veranstaltung. Es ist zehn Uhr, und noch verläßt niemand das Haus. Ich bin ein Unbekannter. Man kann noch so lange in einer Stadt gelebt haben, es gibt immer Viertel, in denen man nicht gewesen ist. Dorthin richte ich meine Schritte, zu den Kasernen, zum Gaswerk. Warum kehre ich nicht auf der Stelle an die mir vertrauten Plätze zurück? Warum dieser Umweg? Als ich Albert Dechatellux besucht hatte, trat ich durch eine Hintertür im Garten ein. Ich glaubte, daß ich dann herzlicher empfangen würde. Um unbeschwert zu erscheinen, habe ich stets auf so kleine Listen zurückgegriffen.

Nachdem ich die Runde durch den großen Park gemacht habe, gelange ich vom Wald her in das Viertel der Avenuen. In den Anwesen herrscht Ruhe. Wohnen dort noch immer dieselben Leute? Vor meinen Augen liegt die Vergangenheit, aber wohl nur für mich. Ich begegne einem gewissen Doktor Fernstein, den ich für tot gehalten habe. »Voller Trauer geben wir den Tod von Doktor Fernstein aus Compiègne bekannt.« Diese Anzeige war mir unter die Augen geraten. Er ist es also nicht gewesen, denn er geht ja vor mir, ohne zu wissen, daß ich ihn für tot gehalten habe. Wie friedlich diese breiten Avenuen sind! Ich komme mir dort wie ein Fremder vor. Etwas weiter entfernt sehe ich die bedeutendste Persönlichkeit der Stadt: Monsieur Chauvigny, ehemaliger Minister, Abgeordneter seit dreißig Jahren, Stadtrat und Bürgermeister. Er schreitet rüstig voran. Wohin will er? Als hochgestellte Persönlichkeit wird er keine Bittgänge machen müssen. Genau wie früher wird er sich auch heute zu Freunden begeben.

Warum besuchte ich eigentlich nicht Jacqueline? Wir sind keine Feinde. Sie hat alles teuer bezahlt. Ich habe kein Recht, ihr vorzuwerfen, daß sie nicht genug getan hat. Ich suche sie auf. Was für eine Überraschung! Jacqueline ist ein Schatten ihrer selbst. Im Alter ist sie mager geworden. Ihr Rücken ist gebeugt. Ihr Haar ist dünn geworden. Mir ist das Alter unbekannt. Ich hatte nie Gelegenheit gehabt, es mit der Jugend zu vergleichen. Es war mir immer als ein langsamer Entwicklungsprozeß vorgekommen. Und heute stehe ich, als habe mich die Natur außerhalb der Zeit gestellt, einem alten Menschen gegenüber, den ich als jungen gekannt habe. Jacqueline ist nicht mehr als eine ältere Dame, die mich freundlich empfängt, denn wir haben alle beide unsere Fehler begriffen. Und während sie sich mit mir wie mit einem gleichaltrigen Bruder unterhält, merke ich, daß sie mich weder damals noch heute verstanden hat. Sie war dreißig, und ich war zehn Jahre alt gewesen. Ich betrachte sie. Ich bin noch weniger ihr Sohn als damals. Ich bin nur ein Junge, den sie aufgezogen hat, den sie aus den Augen verloren hat. Aber sie ist mehr als nur meine Mutter. Sie ist die schöne junge Frau, an der unglückliche Kinder vorbeilaufen, damit sie von ihr bemerkt werden. Denise war auch so eine Frau, nicht für mich, aber für andere Kinder. Ich erinnere mich, sie vorbeirennen gesehen zu haben. Sie warteten auf sie, um dann wieder von vorne anzufangen. Man mußte ihnen sagen, daß sie nach Hause gehen sollten. Ich schloß mich Denises Meinung an und fühlte mich dabei grausam. Ich hatte vergessen, was ich selbst ertragen hatte.

»Was wäre dieser Kleine heute, wenn ich nicht dagewesen wäre?« fragt sich Jacqueline, die es zweifellos wunderbar findet, daß ich ein Mann geworden bin. Was für eine merkwürdige Frage! Weshalb stellt sie sich nicht weitere dieser Art?

»Wen hätte ich geheiratet, wenn ich nicht Étienne getroffen hätte? Was wäre geschehen, wenn der Krieg nicht ausgebrochen wäre?«

Ich fahre nach Paris zurück. Ich wende mich wieder dem Leben zu, während ich lange Zeit denselben Zug nur für einen Tagesaufenthalt nahm. Ich betrachte einen Augenblick den eigenartigen Boulevard Denain, der für seine Breite zu kurz ist. Ich trage einen Koffer, den ich vor Jahren bei einem Trödler gekauft habe. Er ist mit rotem Leder ausgeschlagen. F.Best, 186, Sloane street. Er ist ganz nach meinem Geschmack: Luxus und Einfachheit. Dennoch hat er einen Makel: die Herkunft. Aber dieser Makel, betrifft er nicht meine ganze Person?

Ich nehme den Bus. Der ehemalige Minister Chauvigny sieht mich nicht. Wir haben oft gemeinsam diese Fahrt gemacht. Ich weiß, daß er an der Ecke Boulevard Haussmann aussteigen wird und sich freut, daß er nur ein paar Schritte zu machen braucht, um sich in den Sitz von ich weiß nicht welcher Gesellschaft zu begeben, deren Präsident er ist.

Ich steige später aus, an der Oper. Paris kann sich noch so verändern, die Oper bleibt für mich das Zentrum. Ich wende mich in Richtung Louvre. Etwas enttäuscht über diese unnötige Unterbrechung besteige ich einen anderen Bus.

In der Rue du Laos liegt ein Hotel, wo ich meiner Erinnerung nach einmal gewohnt habe. Erst gegen zehn Uhr abends werde ich mich entscheiden, ob ich dort absteige. Es ist niemand da. Ich setze mich in die Eingangshalle und warte. Der Portier kommt auf mich zu. Er ist schon in jungen Jahren kahlköpfig. Das ist alles, was ich feststelle. Ich biete ihm eine Zigarette an. Ich sage zu ihm: »Trinken wir doch etwas zusammen.« Es entspricht ganz meiner Art, auf diese Weise Sympathie zu gewinnen. Er nimmt an unter der

Bedingung, daß ich keinen Anstoß daran nehme, wenn er bald wieder gehen muß. Nein, ich werde daran keinen Anstoß nehmen.

»Kennen Sie ein Café?«

Er sieht mich verwundert an.

»Aber ja, gegenüber.«

Er zeigt auf ein Schaufenster, vor dem sich eine leere Terrasse erstreckt. Stühle und Tische sind fachgerecht aufeinandergestapelt. Durch diesen Hochwald aufgereckter Beine hindurch erkenne ich einen schwachen Lichtschein, der zweifellos die Tagesabrechnungen beleuchtet. Wir setzen uns in die Nähe der Besitzer, ohne uns einzumischen. An einer besonderen Gunst teilzuhaben, diese Tatsache entgeht mir nie. Jede Bevorzugung, jede besondere Erlaubnis wekken meine Aufmerksamkeit, denn ich denke immer an die Zeit, als man zu mir sagte: »Würden Sie bitte so freundlich sein, sofort zu gehen.«

Es fehlen zwei oder drei Francs in der Kasse. Während der Besitzer nach dem Fehler sucht, mustert uns seine Frau. Sie trägt einen Kneifer, sie sieht anständig aus. Dann kommt ein junger Mann von fünfzehn Jahren aus einem Hinterzimmer herein. Ich erfahre, daß er ein Neffe ist, dessen Vater, ein Unteroffizier, beim Krieg im Rifgebirge dabei war. Der junge Mann ist Pensionsschüler in der höheren Schule der Brüder von Sarlat, eine Anstalt für Hitzköpfe, so scheint es. Ich trinke also ein Glas Bier mit einem Hotelportier und höre, daß es in Sarlat eine höhere Schule für Hitzköpfe gibt! Dann redet die Besitzerin über die Grandes Écoles. Sie will auf jeden Fall, daß ihr Neffe später auf die École navale geht.

Der Portier hat wieder gehen müssen. Ich bin alleine. Ruhe kehrt jetzt ein, wo der Fehler gefunden ist. Ich denke über mein Leben nach. Warum hat keiner der barmherzigen Menschen, die sich in meiner Jugend um mich gekümmert haben, daran gedacht, mich nach Sarlat zu schicken, oder noch besser auf die Navale?

Ich gehe hoch in mein Zimmer. Eine Dreißigwattbirne wirft ein trübes Licht. Ich stelle meinen Koffer auf einen Tisch mit einer Glasplatte, unter der eine Spitzendecke zu erkennen ist. Die Vorhänge sind zugezogen. Die Temperatur ist angenehm. Nicht die geringsten, zumindest keine sichtbaren Spuren des vorherigen Mieters. Wie auch immer, das Zimmer gefällt mir. Ich setze mich aufs Bett. Es ist aufgeschlagen. Ich bemerke sofort an der rauhen Oberfläche, daß die Laken von schlechter Qualität sind.

Es klopft. Es ist mein Kumpan aus dem Café, der nun wieder Portier ist und mich fragt, ob ich noch etwas benötige. Die Aufmerksamkeit ist für ein Hotel dieser Kategorie außergewöhnlich. Aber es ist mir gleich. Ich bin nicht traurig. Meine Müdigkeit ist rein körperlich. Alles um mich herum ist mir fremd. Der Tisch ist ein Tisch. Ich bin nicht einmal mehr heimatlos. Mir scheint, ich werde es nie wieder sein.

Mitten in der Nacht werde ich von einem weinenden Kind aufgeweckt. Eine Frau fängt an, die traurigsten Lieder zu singen, die es gibt. Meine Mutter mußte genauso gesungen haben, um mich zum Einschlafen zu bringen. Vor einigen Jahren hätte ich geglaubt, an einem Abgrund des Schmerzes entlangzugehen.

Ich kann nicht wieder einschlafen. Ich erinnere mich, daß ich mit einer Frau in dieses Hotel gekommen bin. Es war zu der Zeit, als Denise und ich ab und zu einen Tag in Paris verbrachten. Diese Frau hatte mich gefragt, warum ich sie gewählt hätte. Sie war mindestens fünfzig Jahre alt und hatte Ansprüche an eine Unterhaltung. Sie hatte mir sagen wollen, daß ich wohl auf mehr Gefälligkeit gesetzt hatte. Sie irrte sich. Es fehlte mir einfach an Selbstvertrauen. Ich wollte glauben machen, daß ich ein seriöser Mann sei, der von einer Prostituierten mitgenommen worden ist. Ich sollte wirklich an etwas anderes denken, wenn ich wieder einschlafen will. Außerdem sollte diese Mutter mit dem Singen aufhören.

Das Verlangen, das Madame Vallosier in mir hervorrief, ist plötzlich verschwunden. Sie glaubt, ich habe verstanden, daß sie eine anständige Frau ist. Sie möchte nun einen günstigen Einfluß auf mich ausüben. Trotzdem besuche ich sie wieder. Ich fühle, daß mein ganzes Dasein sich verändern wird, und mir gefällt es, abwartend von einem Tag auf den anderen zu leben.

Eines Abends schieben wir ein Sofa vor das Fenster und setzen uns nebeneinander wie im Theater. Es ist der erste Frühlingstag. Die Fenster sind geöffnet. Der Mond scheint hell auf die kahle Gartenanlage der Villa des Ternes. Die Kinder sind noch nicht schlafen gegangen. Über uns sind auch andere Fenster geöffnet. Ein Mann spricht. Er schimpft auf die Regierung. Plötzlich besänftigt er sich und sagt: »Mein Liebling.« Ich vermute, daß er ein älterer Mann ist, der keine anstößigen Worte von sich geben wird. Trotzdem zittere ich. Endlich schweigt er. Es ist wie eine Erlösung. Doch Madame Vallosier steht plötzlich auf, macht das Licht an. Nichts konnte mir mehr beweisen, wie groß der Abstand zwischen uns ist. Solange der Mann redete, fühlte sie sich sicher.

Ich habe erfahren, daß mein Bruder André eine Geliebte hat. Sie hat, wie einst Germaine, ein kleines Vermögen, ist aber weit weniger gefährlich als jene, denn meine Mutter paßt auf. Sie ist Sekretärin bei einem Anwalt. Jeden Morgen geht sie gegen elf Uhr in die Kanzlei. Sie hat Ersparnisse, Eltern. Hin und wieder hilft sie meiner Mutter aus. Sie erfreut sich aller Vorteile einer langjährigen Mitarbeiterin. Sie kann krank werden, um Extraurlaub bitten. Dies zeichnet ihr Privatleben mit einem gewissen Ansehen aus. Sie wohnt in einem hübschen Appartement. Sie ist bereit, für André alles zu opfern, aber er hat seine Mutter und verlangt nichts von ihr. Äußerlich hat sie die Erscheinung einer Frau angenommen, die ihre vier Wände nicht verläßt. Sie besitzt ein einziges Schmuckstück, aber das ist sehr wertvoll. Ihr ziemlich häßlicher Mund ist stets halb geöffnet und feuchtglänzend. Sie befaßt sich in übertriebener Weise mit ihren Händen. Vor allem hat sie eine fürchterliche Art, Monsieur zu sagen. Sie sagt es zu oft, sogar nach einem entspannten, freundschaftlichen Gespräch. Ich denke an diese Weihnachtsfeier, wo wir Champagner getrunken haben, wo wir uns unter dem Mistelzweig geküßt haben, und wo sie, als wir auseinandergingen, plötzlich zu mir sagte: »Auf Wiedersehen, Monsieur.«

Bei meiner Mutter sitzen wir uns gegenüber. André ist noch nicht nach Hause gekommen. Ob ich dieser empfindlichen Person die folgende Geschichte erzählen soll?

In der Rue des Acacias bemerke ich in einem Café eine Frau von großer Schönheit, die die Rechnung begleicht. Ich bleibe stehen. Ich warte, bis sie aufsteht, um dann so hineinzugehen, daß wir uns zwischen den Tischen auf der Terrasse begegnen. Endlich kommt sie heraus. Wir sehen uns an. Im selben Augenblick stellt sie fest, daß sie ihre Handschuhe vergessen hat. Sie lächelt über ihre Zerstreutheit und kehrt um. Ich trete beiseite, um sie vorbeizulassen. Der Platz, an dem sie gesessen hat, befindet sich dicht neben der Tür. Da ich ihr den Weg versperren würde, wenn sie wieder hinaus will, bittet sie mich, vorzugehen. Ich beweise meine Geistesgegenwart. Ich nehme die Handschuhe und reiche sie ihr hin. »Ich hatte geahnt, Madame, daß Sie Ihre Handschuhe vergessen haben.« Sie lächelt mich an. Ich füge hinzu: »Aber ich belästige Sie, Madame, denn ich hatte gar nicht vor, mich in das Café zu setzen.« Ich gehe zwischen den Tischen neben ihr her. Sie wendet den Kopf zur Seite, um mir zu danken. Und damit sie weiterhin eine gute Meinung von mir hat, entferne ich mich, anstatt mich noch länger mit ihr zu unterhalten.

Weil ich Andrés Geliebte blöde finde, erzähle ich deshalb diese blödsinnige Geschichte? Weil ich meiner Kindereien überdrüssig bin, trage ich sie deshalb jemandem vor, der mir das nie verzeihen wird?

Solange Vibot, die Freundin von Denise, ist seit einigen Jahren verheiratet. Zufällig treffe ich sie in der Rue de Richelieu. Wir unterhalten uns, behindern die Passanten auf dem schmalen Bürgersteig. Autos fahren ohne Unterbrechung dicht an uns vorbei.

»Wollen Sie auch in meine Richtung?« fragt sie mich.

Wir gehen gemeinsam weiter. Nie zuvor habe ich die Empfindung gehabt, so Herr meiner selbst zu sein.

Ich bin schon lange nicht mehr in Compiègne gewesen«, sagt sie zu mir.

»Ich auch nicht.«

Die Fahrt, die ich gerade gemacht habe, zählt nicht. Ich laufe dicht neben Solange her, ohne sie anzusehen. Ich freue mich darüber, so dicht neben ihr zu laufen, als wäre sie eine enge Freundin, eine Schwester. Wir sind gleichwertig. Denise und ich, wir sind es nie gewesen, während Solange und ich es sind. Gleichheit ist das Ideal meines Lebens. Es nieselt. Für den Augenblick ist alles vollkommen. Nichts Gekünsteltes. Wir trennen uns ohne Zögern, ohne Bedauern. Ich ahne, daß wir uns wiedersehen werden.

Im Moment bin ich verwirrt. Ein außergewöhnlicher Umstand, ich, der ich nie etwas besessen habe, der nie etwas für sich behalten wollte, ich spüre das Verlangen, reich zu sein. Wie ich bedauere, so sorglos in den Tag hinein gelebt zu haben! Wie gut ich verstehe, daß die Leute, die ich gekannt habe, an ihrem Hab und Gut festhielten, wie ich ihre Vorsicht, ihr Mißtrauen verstehe! Ich konnte mir nicht erklären, warum man so lange Zeit brauchte, um sich zu entscheiden, während ich alles mit einer Geste regelte. Daran muß ich denken, während ich nach Hause gehe, das heißt in die Rue du Laos. In der Tat gibt es nichts Peinlicheres als dieses Verlangen nach Größe, wenn wir anderen gefallen wollen. Und dieses Bedauern! Wir sind auf uns selbst böse wie auf einen Geschäftsmann, der uns hatte betrügen wollen. Wenn man gewußt hätte, daß man eines Tages lieben würde!

Es dämmert hinter der École Militaire. Noch ist ein wenig Helligkeit da. Könnte ich nicht geliebt werden, so wie ich bin? Wir sind alle nur Menschen, und einige davon sind glücklich. Könnte ich nicht für ein paar Jahre einer von ihnen sein? Solange hat keinen Grund, den Verlust des Vermögens zu beklagen, das ich hätte erwerben können.

Zwei Tage später rufe ich sie an: »Ich werde Sie anrufen«, hatte ich zu ihr gesagt, als wir uns trennten. Ein unangenehmer Augenblick, der einen schlechten Beigeschmack vergangener Versuche hat. Ich bin alleine in der Telefonkabine. Mehr als je zuvor wird alles vom rechten Wort abhängen. Ich schnalze mit der Zunge, um sie beweglich zu machen. Ich muß mich frei und natürlich fühlen. Bei diesem Telefongespräch darf es nur den Reiz einer Frau auf einen Mann geben. Wie groß mein Glück ist, endlich ein Wesen gefunden zu haben, das wirkliche Gefühle in mir weckt! Für einen Moment kommt mir der Gedanke, Solange zu sagen, wie schwer es mir fällt, sie anzurufen. Warum? Warum immer über das reden, was man empfindet? Könnte ich nicht ganz einfach sagen, wie glücklich ich wäre, sie wiederzusehen?

»Liebste Freundin, ich wäre sehr glücklich darüber, Sie wiederzusehen.«

»Hätten Sie etwas dagegen, in Versailles zu Mittag zu essen, wenn es wieder schön wird?«

»Es wird vielleicht erst in ein paar Tagen wieder schön...«

»Kommen Sie doch in mein Atelier. Ich warne Sie, es ist in Unordnung. Ich bin schon seit drei Jahren nicht mehr dort gewesen. Wir fahren später nach Versailles.«

Versailles! Schon wieder Versailles! Ich weiß nicht, warum diese Stadt immer wieder in mein Leben tritt.

Sie erwartet mich um fünf Uhr. Ich selbst habe die Uhrzeit festgelegt. Ich hätte fast vier gesagt oder sogar drei Uhr. Ich beherrsche meine Ungeduld. Noch ein Sieg fügt sich zu denen der letzten Wochen.

Doch im Moment ist es eine Niederlage. Ich sitze in einem kleinen Café, fünf Minuten entfernt von der Ecke Rue Falguière, Rue du Cherche-Midi, gleich neben dem Militärgefängnis. Ich bin der einzige Gast in einem halbdunklen Raum. Noch immer kann ich nicht umhin, vor einer Verabredung noch in ein Café zu gehen. Schon seit dem Morgen dachte ich daran, daß diese Verabredung mich frühzeitig stark beschäftigen würde. »Ich werde noch in der Nähe einen Kaffee trinken.« Nun sitze ich hier auf der schmalen, von ungleichmäßig straffen Federn aufgewölbten Bank. Der Besitzer trägt eine Wollweste mit Zickzackmuster. Wenn Richard sie trüge, würde die Weste dann nicht so aussehen, als stamme sie von einer bekannten Firma? Damit beschäftigen sich meine Überlegungen. Man bringt mir die berühmte Tasse Kaffee, die ich seit dem Morgen trinken wollte und auf die ich keine Lust habe. Ich hätte im Hotel bleiben sollen. Ich hätte mich, koste es, was es wolle, ablenken und erst im letzten Augenblick losgehen sollen, auf die Gefahr hin, zehn Minuten zu spät anzukommen. Aber warum ein kleines düsteres, verlorenes Café aufsuchen? Warum nicht eines auf dem Boulevard Montparnasse? Habe ich Angst vor einem Zwischenfall, der mich hindert, Solange aufzusuchen? Habe ich Angst, sie vor der verabredeten Zeit zu treffen?

Endlich ist es fast soweit. In der Rue de Sèvres gehe ich an einem Krankenhaus vorüber. Ich bemühe mich, nicht auf die Schilder mit den Sprechstunden zu schauen. Da ist schon die Rue Falguière. Beim Gehen habe ich versucht, mir ein Bild von dem Atelier zu machen. Es gleicht in keiner Weise der Junggesellenwohnung, die mir vorschwebte. Es ist ein für die Arbeit möblierter Raum. An den Wänden kein Christus von Greco, kein Frühling von Botticelli wie in der Rue du Château-d'Eau, dafür seltenere Reproduktionen. Ich betrachte sie aufmerksam, ein wenig beschämt, weil ich sie nicht kenne. Eine große Glühbirne aus Milchglas erhellt das Atelier. Solange bereitet den Tee und bittet mich, Platz zu nehmen. Ein gepolsterter Louis-Philippe-Sessel hier? Ein Möbelstück, das Anlaß zu Scherzen geben könnte? Aber ich schweige lieber.

Am übernächsten Tag verlasse ich das Hotel nur, um zu einem weiteren Rendezvous mit ihr zu gehen. Den ganzen Tag über hatte ich den Eindruck, ein Mann zu sein, der nur zu Hause seine Brille aufsetzt. Niemand sonst weiß davon. Er widmet sich irgendwelchen Tätigkeiten. Danach nimmt er seine Brille ab und verläßt das Haus.

Wir sitzen nebeneinander im vollen Tageslicht auf der Terrasse des Café Dôme zwischen einer Menge anderer Gäste. Manche Passanten schauen uns an. Mir kommt es vor, als seien sie unbeweglich, als seien wir es, die sich bewegen. Solange und ich, wir schauen uns nicht an. Ich möchte genau das sagen, was ich denke, geliebt werden, weil ich nichts verberge. Für eine Frau ist das, was ich verberge, weit weniger schlimm als eine Krankheit. Wie ich sie fürchtete, diese Krankheiten, die es mir untersagen könnten zu lieben!

Ich suche Solange. Das Wetter ist herrlich: ein Frühlingsmorgen. Ich verliere keinen Blick an die Pracht des Hauses, an den Verlaufder Avenue. Fast alles Äußere ist mir gleichgültig, und ich empfinde darüber große Erleichterung. Wie weit liegen sie hinter mir, diese Überlegungen, die ich anstellte, als Denise noch lebte!

Endlich erscheint Solange. Sie bleibt vor der Pförtnerloge stehen, spricht ein paar Worte mit dem Concierge. Wie angenehm es ist, sie zu beobachten, wenn sie Anordnungen gibt! Lächelnd kommt sie auf mich zu. Ich denke nicht mehr daran, im Hintergrund zu bleiben. Ich gehe ihr entgegen. In diesem Augenblick habe ich mir nichts vorzuwerfen.

Wir laufen zu Fuß bis zur Gare des Invalides. Als wir die Esplanade überqueren, kommen mir ein paar beschämende Dinge in Erinnerung. Ich gehe in Solanges Begleitung an Parkbänken, an Ecken vorbei, die sie wachrufen. Der Bahnhof ist fast menschenleer. Solange erschreckt mich ein wenig. Sie geht los, sie kommt mir nach. Wir steigen in ein leeres Abteil. Es ist ein alter Zug, denn es ist elf Uhr morgens, er wird lediglich zwischen den Stoßzeiten eingesetzt. Vor zwanzig Jahren waren alle Züge so. Das läßt mich an das ideale Leben denken, von dem ich träumte. Diese Fahrten an einem Tag in der Woche zu Zeiten, wenn es leer ist, dieses angenehme Gefühl, nicht der Menge zu folgen, diese Freude, Einrichtungen zu genießen, die vorübergehend ruhen, diese Mittagessen, für die sich die Bedienung erneut ins Zeug legt, während alle Welt schon wieder fort ist! Ich weiß, wie man die Sympathie von Leuten gewinnt, denen man zusätzliche Arbeit macht.

»Solange, ich finde Sie reizend.«

Sie lächelt. Sie akzeptiert, daß ich sie reizend finde. Sie akzeptiert sogar, daß ein Mann wie ich ihr das sagt. Ich denke an jene, die wissen, wer ich bin. Wenn sie redeten, würde Solange ihnen zuhören?

Der Zug ist abgefahren. Wir sind allein. Die Seine fließt im Frühnebel dahin. Paris verschwindet langsam. Ach, wie verschieden ist dieses Paris von dem, das ich so oft gesehen habe, wenn ich aus Compiègne zurückkehrte. Der Eiffelturm versteckt nun nicht mehr seine Stelzen vor uns. Die Häuser auf der rechten Uferseite betrachten geruhsam dasselbe Panorama wie wir.

Wir sind da. Avenuen so breit wie in Compiègne, Kinoplakate, deren Schriftzüge bereits denen der Provinzzeitungen gleichen. Flugzeuge am blauen Himmel, sehr viel höher als früher. Für einen Augenblick trägt der Wind ihr Brummen herüber. Wie trostlos dieses Geräusch ist! Wie gern würde ich wieder fortfahren! Wie gern wäre ich noch glücklicher! Wie gern würde ich nicht an diese Schwester meiner Mutter denken, die, so glaube ich, für eine Familie in Versailles gearbeitet hat!

Es ist halb drei. Wir sitzen im Restaurant. Schon ist der Tag fast vorüber, und trotzdem steht die Sonne noch am Himmel. Wie sehr wünschte ich etwas anderes! Wie sehr wünschte ich, daß der bevorstehende Abend genauso schön wäre wie der Vormittag; daß keine Cognacgläser mehr auf dem Tisch stünden, daß es keinen Zigarettenrauch mehr in dem kleinen Speisesaal gäbe! Wie sehr wünschte ich, daß man sich weniger diskret verhielte, daß wir nicht verliebt wären, daß Solange nicht das Blut zu Kopf gestiegen wäre! Ihre Hände, die ich vielleicht hundertmal gedankenlos betrachtet habe, liegen jetzt entspannt da. Ich möchte sie küssen. Ich rede. Solange redet. Aber warum kann ich nicht aufhören, daran zu denken, daß dieser Augenblick nur eine Minute in meinem Leben ausmacht? Warum flüstert eine

Stimme mir ins Ohr, daß wir nur zwei sind, daß wir, selbst wenn wir uns lieben, trotzdem nur zwei sein werden?

Ich stütze mich auf den Tisch, um die Seite zu wechseln. Ich setze mich neben Solange. Beim Wechseln des Platzes habe ich mich nicht aufgerichtet. Ich wollte Solange die Illusion geben, daß ich dicht neben ihr sei, ohne mich bewegt zu haben. Unsere Arme berühren sich. Seit dem Morgen sind wir zusammen. Jahrelang haben wir dicht nebeneinander hergelebt, ohne uns zu kennen. Ich nehme Solanges Hand. Sie senkt nicht den Blick.

Ich kehre in die Rue du Laos zurück. Ich muß wissen, wohin ich gehe. Ich habe Solange am Ende des Mittagessens geküßt. Diese Liebesbezeigungen in Restaurants lassen entschieden an Naschsucht denken. Ich mache immer wieder dieselben Gesten. Dieses Leben kann so nicht weitergehen. Aber eines weiß ich genau. Falls ein neuer Krieg ausbricht, dann wäre ich diesmal ein Held, oder ich würde getötet werden. Aber es wird keinen Krieg geben. Ich werde kein Held sein, und ich werde nicht getötet werden. Ich bin einundvierzig. Was werde ich tun? Die Unmöglichkeit, auf diese Frage eine Antwort zu geben, bedrückt mich nicht. Ich spüre (ich spüre es seit mehreren Monaten), daß in meinem Leben etwas geschehen wird, etwas Unvorhergesehenes und Außergewöhnliches. Ohne jeden Zweifel werde ich dann die Fortsetzung dieser Erinnerungen schreiben. Ich kann schon jetzt versichern, daß sie so anders als der Beginn sein wird, daß jene, die sie lesen werden, nicht glauben können, daß sie von demselben Mann geschrieben worden ist.

NACHWORT

In Emmanuel Boves Nachlaß findet sich ein Notizbuch aus dem Jahr 1944, in das eine - offensichtlich einer Zeitschrift entnommene - Karikatur eingeklebt ist. Darauf sieht man zwei ärmlich gekleidete Frauen, Mutter und Tochter, die am Bett eines alten kranken Mannes stehen. Ihnen gegenüber der wutschnaubende Vermieter, der gerade die Kündigung gebracht hat, weil die Familie die Miete nicht mehr bezahlen kann. In diesem Bild ist das ganze Trauma von Boves Kindheit enthalten: die unzähligen Wohnungswechsel und Vertreibungen, die finanzielle und moralische Misere der Eltern - allein in den ersten zwanzig Monaten nach seiner Geburt wandert Bove zwischen sechs Ammen hin und her, weil die Mutter als Dienstmädchen Geld verdienen muß -, die Heimatlosigkeit, Einsamkeit und Verbitterung. Noch wenige Monate vor seinem Tod schreibt Bove in sein Tagebuch: *Merkwürdig, noch nie in meinem Leben habe ich einen Menschen getroffen, der wirklich verbittert ist, einen Menschen, dem ich mein Herz ausschütten könnte, dem ich all das sagen könnte, was ich über die Welt denke, einen Menschen, der so tief verletzt ist wie ich.*

Emmanuel Bove (eigentlich Emmanuel Bobovnikoff) wurde am 20. April 1898 als Sohn eines mittellosen russischen Emigranten und einer Luxemburgerin in Paris geboren. Sein Vater, der im jüdischen Ghetto von Kiew aufgewachsen war und von einem bürgerlichen Leben, von Wohlstand und Anerkennung träumte, verließ schon bald die Familie, um mit der reichen Engländerin Emily Overweg zusammenzuleben. Bove ging mit dem Paar nach Genf und besuchte dort bis zum Jahr 1914 das Lycée Calvin. Der

Kontrast zwischen dem luxuriösen Genfer Leben und dem Elend der Mutter, mit dem er bei seinen Besuchen in Paris konfrontiert wurde, hat Boves Werk entscheidend geprägt. Nachdem er eine Collegeausbildung in England abgebrochen hat, kehrt Bove mit achtzehn Jahren nach Paris zurück und schlägt sich dort als Straßenbahnschaffner, Kellner und Taxifahrer durch. Wegen seines ‚verdächtigen' Namens und zweifelhafter Einkünfte wird er einen Monat lang im Santé-Gefängnis interniert. Es folgt, ab 1918, ein dreijähriger Militärdienst; im Mai/Juni 1921 wird Bove zur Besetzung des Ruhrgebietes einberufen. Ende 1921 heiratet er die aus wohlhabenden Verhältnissen kommende Lehrerin Suzanne Vallois, mit der er zwei Kinder haben wird, und zieht mit ihr nach Tulln bei Wien. Er beginnt zu schreiben.

Als er 1922 wieder nach Paris zurückkehrt, hat er die Romane *Mes amis* und *Armand* im Gepäck. Wenig später wird seine Erzählung *Nuit de Noël* (späterer Titel *Le crime d'une nuit*), die er an eine französische Zeitschrift geschickt hat, von der Colette entdeckt; er erhält das Angebot, im Ferenczi Verlag ein Buch zu veröffentlichen. Als dort im Juni 1924 *Mes amis* herauskommt, wird Bove mit einem Mal berühmt. Schon der erste Roman, den er vorlegt, ist ein Meisterwerk, das einen ganz eigenen Ton anschlägt und keinem Vorbild, keiner literarischen Richtung zugeordnet werden kann: *un écrivain tout fait.*

Es folgt eine Phase schier unglaublicher Produktivität. In den kommenden sechs Jahren veröffentlicht Bove nicht weniger als acht Romane, vier Erzählungen und zwei Erzählbände. Seine Bücher werden in den wichtigen Literaturzeitschriften besprochen, doch Bove kümmert sich nicht um die Kritiker und setzt nie einen Fuß ins Rampenlicht der literarischen Öffentlichkeit. Im Jahr 1928 lernt er die jüdische Bildhauerin und Kommunistin Louise Ottensooser kennen, Tochter aus einer reichen elsässischen Bankiersfamilie, die er

1930 heiratet. 1942 flieht er mit ihr ins Exil nach Algier, wo sich die französische Intelligenzia von André Gide über Philippe Soupault bis Antoine de Saint-Exupéry versammelt hat. Bove engagiert sich im *Comité national des écrivains*, der Resistance-Organisation der Schriftsteller, und weigert sich strikt, seine Bücher im besetzten Frankreich erscheinen zu lassen. Im algerischen Exil entstehen die letzten Romane *Le Piège*, *Départ dans la nuit* und *Non-lieu*. Ende Oktober 1944 kehrt Bove schwer krank nach Paris zurück. Am 13. Juli 1945 schreibt der Arzt in der Avenue des Ternes Nr. 59 den Totenschein: »Monsieur Emmanuel Bove verstarb heute morgen gegen 8 Uhr an Auszehrung und Herzversagen, das durch eine Serie äußerst heftiger Sumpffieberanfälle herbeigeführt wurde.«

Ich habe vom Leben nichts Außergewöhnliches verlangt. Nur eines. Es ist mir immer verwehrt worden. Ich habe wirklich darum gekämpft. Meinesgleichen hat es, ohne danach zu suchen. Es ist nicht das Geld, nicht die Freundschaft, nicht der Ruhm. Es ist ein Platz unter den Menschen, ein Platz für mich, ein Platz, der mir ohne Neid zugestanden würde, weil er nichts Beneidenswertes hätte. Er unterschiede sich in nichts von dem ihrigen. Er wäre ganz einfach respektabel.

Der Ich-Erzähler des 1938/39 geschriebenen Romans *Mémoires d'un homme singulier*, dessen vollständiger Name - Jean-Marie Thély - nur an einer Stelle genannt wird, ist, wie viele Boveschen Protagonisten, ein Außenseiter und Einzelgänger, ein *homme singulier* im doppelten Sinne: einsam und absonderlich. Sein sehnlichster Wunsch ist es, eine Aufgabe im Leben zu finden, einen »Platz unter den Menschen« - doch er ist unfähig, sein Schicksal selbst in die Hand zu nehmen und wartet bis zum Ende auf ein »unvorhergesehenes Ereignis«, das sein Leben ändert. Aber es passiert nichts. Das Hotelzimmer, in dem er seine Aufzeichnungen niederschreibt, trägt dieselbe Nummer wie sein Platz in Klasse des Gymnasiums.

Un homme humilié, Un déshérité, Mémoires d'un abandonné - in immer neuen Ansätzen umreißen die verschiedenen Titel, die Bove dem Roman während der Abfassung gab, die Kontur eines Mannes, der bis zum Ende kein Profil annimmt. Gedemütigt, enterbt, verlassen flüchtet sich Jean-Marie Thély in die unterschiedlichsten Rollen - er spielt den Intellektuellen, den Künstler, den Sportsmann, den jungen Mann aus gutem Hause - aber auf die einfache Frage von Jules Dechatellux weiß er keine Antwort zu geben: »Wissen Sie, wer Sie sind?«

Als Thély eines Abends das Bedürfnis hat, unter Menschen zu sein, trifft er in einem Café einen gewissen Cyprien, den er auf den ersten Blick für eine »elende Figur auf der Suche nach Zuhörern« hält. Doch die Situation kehrt sich um. Cyprien will nicht mit ihm reden und verbittet es sich, geduzt zu werden. Wenig später macht Thély, eher aus Langeweile als aus wirklichem Interesse, einer Engländerin, die im selben Hotel wohnt, den Vorschlag, zusammen ins Kino zu gehen. Während der Vorstellung fragt er sich, ob er seinen Widerwillen überwinden und seine Hand auf die ihre legen soll. Aber sie ist es, die aufsteht und ihn sitzenläßt. Der schwankenden Selbsteinschätzung des »Helden« entspricht seine Unfähigkeit, andere Menschen richtig zu beurteilen. Mit minutiöser Genauigkeit zeichnet Bove, den schon Beckett einen Meister des »treffenden Details« nannte, die inneren Widersprüche seines Protagonisten, der einmal »vor Kraft zittert« - und dann wieder versucht, »sich kleinzumachen« und nachts angezogen in seinem Hotelzimmer bleibt, um sich »verteidigen« zu können.

Ich will keine Geschichte erzählen - Schon im ersten Satz des Romans kündigt sich an, daß die »Memoiren« dieses

Außenseiters kein in sich geschlossenes Ganzes, keinen lükkenlosen Rückblick darstellen. Was sich vor dem Auge des Lesers abspielt, ist ein Film, der aus zahlreichen Szenen und Episoden besteht und einmal ganze Jahre wie im Zeitraffer zusammenzieht, um dann einen einzigen Moment, eine Geste wie in Zeitlupe zu dehnen. *Ich stehe vor der Tür. Ich will nicht läuten. Aber ich bin schon zu nahe bei der Klingel, um eine überflüssige Reise gemacht zu haben. Ich hebe die Hand. Ich richte einen Finger auf den Knopf aus weißem Elfenbein, der sich genau in der Mitte einer bronzenen Kreisfläche befindet. Ich läute nicht.*

Nicht selten bricht die Erzählung da ab, wo Thély sich an einen dunklen Punkt, eine traumatische Erfahrung vorgetastet hat - so bei der letzten Begegnung mit Édith Dechatellux, die vollständig im dunkeln bleibt. Der Erzählfluß stockt, die Erinnerung wird wie in einem Malstrom fortgerissen. Aus den ‚blinden Flecken', den Schnitten, die Bove durch diese Auslassungen setzt, entsteht ein Spannungsbogen, der die Architektur des gesamten Romans trägt. Nicht aus dem, was gezeigt, sondern aus dem, was abgeblendet und übersprungen wird, setzt sich das Bild zusammen, das der Leser sich von diesem *homme singulier* machen muß. Die zwei zentralen ‚Leerstellen', die bis zum Ende offen bleiben, sind die »Geste« Thélys, die Richard Dechatellux dazu bewogen hat, ihm eine Rente zu zahlen; und ein ominöses Vergehen aus seiner Militärzeit, von dem die Dechatellux' durch den Oberst Laîsné erfahren und das so gravierend gewesen zu sein scheint, daß sie den Kontakt zu Jean abbrechen wollen: *Nein, es war irgend etwas passiert. So wie eine gewisse Geste, um den Ausdruck von Richard zu gebrauchen, mich seinen Respekt hatte gewinnen lassen, so brachte mir eine andere Geste - die ihm zweifellos gerade enthüllt worden war - seine Mißachtung ein.* Wenig später heißt es: *Sie wissen, daß wir Oberst Laîsné kennen... Er hat uns besucht und, ohne daß wir ihn danach gefragt hätten, darauf gebe ich Ihnen mein Wort, über Sie gespro-*

chen. Was er uns berichtet hat, machte uns buchstäblich starr vor Bestürzung. Sie werden zugeben, daß es da etwas gab. Sie werden zugeben, daß unsere Beziehung, die wir notfalls hätten aufrechterhalten können, nun nicht mehr möglich ist.

Welches Vergehen dazu geführt hat, daß Jean-Marie Thély degradiert wird - die Nachricht (*nouvelle*) von seiner Degradierung verkündet ihm der Offizier Laîsné während einer Exerzierübung - wird bis zum Schluß nicht aufgelöst. Die - fast Kleistsche - »unerhörte Begebenheit«, die Jeans ganzes Leben in andere Bahnen lenkt, bildet den Höhepunkt in Boves Dramaturgie des Auslassungen: eine Wunde, die nicht berührt werden darf.

Als Emmanuel Bove im Juni 1939 die *Mémoires d'un homme singulier* abschließt, steht der Krieg, von dem sich sein Protagonist eine Wende in seinem Leben versprochen hat, vor der Tür. Am 20. Juli 1939 erhält Bove einen Brief, in dem ihm mitgeteilt wird, daß Gallimard den Roman »aus Absatzgründen« nicht verlegen wird. Nur zwei Bücher - *Le Piège* und *Départ dans la nuit* - erscheinen noch zu seinen Lebzeiten, nach dem Krieg gerät Bove vollständig in Vergessenheit. Erst Ende der 70er Jahre beginnt man in Frankreich, seine Werke wieder neu aufzulegen; die *Mémoires* erscheinen erstmals 1987.

Ein Autor, der sich von keiner Partei vereinnahmen läßt, dessen Bedeutung nur in der Originalität seines Schreibens liegt, wurde in der Nachkriegszeit ideologischer Debatten, in der Sartre den *roman engagé* propagierte, nicht zur Kenntnis genommen. Bove ist, so sein Biograph Raymond Cousse, »der Prototyp des einsamen Schriftstellers.« Was die Figuren seines Oeuvres im Innersten verbindet, ist ein Gefühl abgrundtiefer Einsamkeit, Heimatlosigkeit und Entwurzelung, das Bove von seiner frühesten Kindheit an erfahren hat. Er schreibt, um sich von der Vergangenheit zu befreien;

indem sie zur Quelle seiner literarischen Inspiration wird, soll sie ihre Bannkraft verlieren: *écrire comme question de survie*. Doch wie bei Kafka wird die Erfahrung der existentiellen Einsamkeit zu einer *mise à nu de la condition humaine* (Cousse), die den autobiographischen Hintergrund transzendiert und Boves Werk eine bleibende Aktualität sichert. Das Unzeitgemäße ist das Zeitlose.

An den Rand einer Manuskriptseite der *Mémoires* hat Bove die Namen seiner Mutter, Stiefmutter und seines Halbbruders - Henriette, Emily, Victor - gekritzelt. In das Geflecht der Erinnerungen Thélys (der wie Bove 1898 geboren ist) hat der Autor, wie in den meisten seiner Bücher, den roten Faden seiner eigenen Geschichte eingewoben. Was den Roman jedoch zu einem der ‚autobiographischsten' Texte Boves macht, ist die Tatsache, daß hier ein Mann gezeigt wird, der sich durch das Niederschreiben seiner Erinnerungen, seiner Reflexionen über seine Herkunft Erleichterung verschafft.

Was werde ich tun? Ich bin einundvierzig. Zur Tagesordnung zurückkehren? Aber ich will mein Leben riskieren. Wenn ich Arzt wäre, oder auch nur Krankenpfleger, ich würde in eine ferne Kolonie fahren und dort die Lepra oder den Typhus heilen. Wenn ich Offizier wäre... Aber es ist unmöglich. Heute weiß ich, daß ich mein Leben riskieren muß, um glücklich zu sein. Es sei denn, daß ich noch andere Bücher schreibe. Wenn ich auch keine Geschichten erzählen kann, so kann ich doch die Wahrheit sagen. Vielleicht ist das meine Bestimmung auf Erden. Das Schreiben als Suche nach der Wahrheit, die Literatur als Ersatz für das Leben - vielleicht hat Bove diese Passage, die ursprünglich den Schluß des Romans darstellte, deshalb geändert, weil er sein Credo für sich behalten wollte.

Bettina Augustin

Emmanuel Bove

Dinah
Roman
Aus dem Französischen von Michaela Ott
Band 12525

Ein Außenseiter
Roman
Aus dem Französischen von Dirk Hemjeoltmanns
Band 14326

Ein Junggeselle
Roman
Aus dem Französischen von Georges Hausemer
Band 10621

Die Liebe des Pierre Neuhart
Roman
Aus dem Französischen von Thomas Laux
Band 10400

Menschen und Masken
Roman
Aus dem Französischen von Uli Aumüller
Band 10790

Der Mord an Suzy Pommier
Roman
Aus dem Französischen von Barbara Heber-Schärer
Band 11658

Fischer Taschenbuch Verlag

fi 1156 / 9